KB043789

수레바퀴 아래서

클래식 라이브러리 011

수레바퀴 아래서

클래식 라이브러리　011
Unterm Rad

헤르만 헤세 지음
박광자 옮김

arte

일러두기

1 이 책은 Hermann Hesse, *Unterm Rad*(Gesammelte Schriften in 7 Bänden, Frankfurt a. M. 1978. S. 373-546)를 옮긴 것이다.
2 인명, 지명 등 고유명사의 우리말 표기는 국립국어원 외래어표기법에 따르되, 일부 예외를 두었다.
3 주석은 모두 옮긴이의 것이다.

차례

제1장

　중개업과 대리업을 하는 요제프 기벤라트 씨는 다른 주민들에
비해 뛰어난 점도, 특이한 점도 없었다. 그는 떡 벌어진 건강한 체격,
돈에 대해 솔직하고 진정 어린 존경심에서 나온 엄청난 장사 수완,
마당 딸린 작은 집과 묘지에 있는 가족묘, 꽤 개화했지만 낡아 빠진
신앙심, 하나님과 공권력에 대한 적당한 존경심, 시민이 지켜야 하
는 예절의 훌륭한 법도에 대한 맹목적인 복종심의 소유자였다. 술
은 상당히 마시지만 취한 적은 한 번도 없었다. 가끔 의심스런 거래
도 하지만 결코 법적 허용의 한계를 넘지 않았다. 자신보다 가난한
사람들은 가난뱅이, 더 부유한 사람들은 벼락부자라고 욕했다. 지역
모임의 회원이어서 매주 금요일 '독수리' 회관에서 볼링을 했고, 마
을에서 빵 굽는 날이면 언제나, 그리고 해장국이나 돼지찌개를 끓이
는 날에도 얼굴을 내밀었다. 일을 할 때는 값싼 시가를 피우지만, 식
후나 일요일에는 고급 시가를 피웠다.

　내면생활은 속물적이었다. 감정이라 할 만한 것은 먼지 쌓인

지 오래였고, 대대로 내려오는 투박한 가족관계, 아들에 대한 자부심, 가난한 사람한테 가끔씩 베푸는 적선이 전부였다. 지능은 타고난 극히 제한적인 영민함과 산술 능력에서 벗어나지 못했다. 독서는 신문뿐이고, 예술 향유의 욕구를 채울 만한 것은 매년 열리는 시민 단체의 아마추어 공연과 가끔 가는 서커스 구경이 전부였다.

어떤 이웃 사람하고 이름이나 집을 바꿔도 그는 다른 사람과 차이점이 없어 보였다. 마음속에 깊게 숨어 있는 것, 모든 뛰어난 능력이나 인물에 대한 변함 없는 불신, 그리고 모든 평범하지 않은 것, 좀 더 자유로운 것, 좀 더 우아한 것, 정신적인 것에 대한 본능적이고 질투 섞인 증오에 있어 그는 마을의 여타 아버지들과 똑같았다.

그에 관해서는 이것으로 충분하다. 더 신랄한 사람만이 그의 평범한 삶이나 알 수 없는 비극을 묘사할 수 있을 것이다. 하지만 그에게는 외동아들이 있는데, 그 아이에 관해서라면 이야기를 할 만하다.

한스 기벤라트는 의심의 여지 없이 재능 있는 소년이었다. 다른 아이들 사이에서 기품 있고 특이하게 돌아다니는 모습만 보아도 그것은 충분히 알 수 있었다. 슈바르츠발트[1]의 작은 마을에서는 통상적으로 이런 인물이 나오지 않았다. 협소한 이 공간 밖으로 시선을 보내고 영향력을 행사한 인물은 한 번도 나온 적이 없었다. 대체 어디에서 이 소년이 진지한 눈과 영리한 이마와 우아한 걸음걸이를 갖게 되었는지는 알 수 없었다. 혹시 어머니한테서일까? 어머니는 오래전에 세상을 떠났다. 어머니는 생전에 늘 아프고 근심이 많았다는

---

1 Schwarzwald: 독일 남서부의 산악지대.

것밖에는 특별한 것이 없었다. 아버지는 전혀 닮지 않았다. 정말로 신비한 불꽃이 하늘에서 오래된 이 소도시로 떨어진 것이다. 이곳에서는 팔구백 년간 건실한 주민은 많이 배출했지만 재능 있는 인물이나 천재는 한 번도 배출한 적이 없었다.

현대의 교육을 받은 사람이라면 병약한 어머니와 오랜 가문의 역사를 보면서 지나치게 똑똑한 것이 몰락의 징조라는 것을 알아볼 것이다. 그러나 다행히 이 소도시에 그런 사람은 없었고, 단지 관리와 교사들 가운데 좀 더 젊고 좀 더 영리한 사람들이 잡지의 기사를 통해 '현대인'의 존재에 관해 어렴풋이 알고 있을 뿐이었다. 이곳에서는 차라투스트라에 대해 몰라도 유식한 척할 수 있었다. 결혼생활은 탄탄하고 때로 행복하기도 했다. 하지만 전체적으로 생활은 손을 못 댈 정도로 구식이었다. 유복하고 부유한 시민들 중에는 지난 20여 년 동안 수공업자에서 공장주가 된 사람도 있었다. 이들은 관리 앞에서 모자를 벗고 경의를 표하며 친분을 맺으려 하지만, 자기들끼리 있을 때는 그들을 상거지, 서기 나부랭이라고 불렀다. 그런데도 이상하게 그들이 품은 최고의 야심은 가능하면 아들을 대학에 보내 관리로 만드는 것이었다. 하지만 유감스럽게도 그것은 결코 이루어질 수 없는 아름다운 꿈일 뿐이었다. 왜냐하면 이들 자손의 대부분은 라틴어학교마저 낙제를 하며 힘들게 다니면서 겨우 졸업하는 수준인 때문이었다.

한스 기벤라트의 재능은 의심의 여지가 없었다. 교사, 교장, 이웃, 市목사, 동급생과 모든 사람이 이 소년이 두뇌가 명석하고 정말 특별한 존재라고 말했다. 그래서 아이의 미래는 정해지고 확고해졌다. 왜냐하면 이곳 슈바벤 지방에서는 부모가 부유하지 못하면 재능 있는 학생들에게 단 하나의 좁은 길밖에 없는 까닭이었다. 즉 주州 시험에 합격해서 신학교에 가고, 그 뒤에 튀빙엔 대학에 가서 목사가 되거나 교직으로 가는 것이다. 매년 이 주州에서 사오십 명이 평탄하고 확실한 이 길에 발을 들여놓았다. 지치고 여위고 이제 막 견진성사를 받은 아이들이 다양한 분야의 전문 지식을 국비로 공부하고 나서 8년이나 9년이 지나면 학창 시절보다 더 긴 제2의 인생 여정으로 들어가 국가에게 받은 혜택을 갚아야 한다.

몇 주 후에 시험이 있을 예정이었다. '국가'가 해마다 주의 어린 꿈나무를 뽑는 '헤카톰베² 기간에 소도시와 시골마을에서는 많은 가족의 한숨, 기도, 소원이 주도州都³로 향한다. 시험은 그곳에 있는 어느 성城에서 시행된다.

한스 기벤라트는 이 소도시에서 고통스러운 그 경쟁에 나가는 유일한 후보였다. 대단한 명예지만 그런 명예를 거저 얻은 것은 아니었다. 매일 4시까지 이어지는 학교 수업이 끝난 뒤에 교장선생님한테서 그리스어 특별수업을 받았고, 6시에는 친절하게도 목사가 라틴어와 종교 수업을 해 주었다. 그리고 일주일에 두 번, 저녁 식사 후에 수학 교사한테서 한 시간 동안 수업을 받았다. 그리스어 수업에서는 불규칙동사를 배운 뒤 불변화사로 표현되는 다양한 문장 결합 형태를 중점적으로 공부했고, 라틴어 수업에서는 문체를 명확하고 간결하게 쓰는 것, 세련된 운율을 만드는 법을 특히 많이 연습했다. 수학

---

2 헤카톰베Hekatombe: 고대 그리스에서 신에게 황소 백 마리를 제물로 바쳤던 제사로, 많은 희생자를 내는 행사라는 뜻이다.
3 이 소설의 무대인 헤세의 고향 칼프는 바덴 뷔르템베르크 주에 있다. 이곳의 주도는 슈투트가르트이다.

에서는 복잡한 비례 계산에 역점을 두었는데, 수학 교사는 비례식이 나중에 대학 공부나 실생활에서 아무 도움이 안 될 것처럼 보이지만 실은 어떤 전공보다도 중요하다고 여러 번 강조했다. 비례식은 논리적 능력을 길러 주고, 명료하고 냉철하고 효과적인 사고를 하도록 만드는 토대가 된다고 했다.

다른 한편으로는 한스가 정신적으로 지나치게 부담을 느끼고 지식을 쌓느라 정서가 메마르거나 등한시되는 일이 없도록, 견진성사 준비를 받는 아이들이 매일 아침 수업 시작 한 시간 동안 듣는 성서강독에 참여해도 된다는 허락을 받았다. 그 수업에서는 브렌츠[4]의 교리문답을 배우고 질문과 해답을 암기하고 낭송했다. 이를 통해서 얻게 되는 종교적 삶의 고무적인 숨결은 소년들의 영혼에 깊숙이 파고들었다. 하지만 안타깝게도 한스는 힘을 북돋아 줄 그 시간을 활용하지 않고 그 축복을 스스로 저버렸는데, 교리문답서에 그리스어와 라틴어 단어나 연습문제를 적은 쪽지를 몰래 끼워 넣고 한 시간 내내 세속의 학문을 공부한 때문이다. 마음속으로는 양심의 가책에 시달리면서 끊임없이 불안감과 막연한 두려움을 느꼈다. 주임목사가 곁에 오거나 이름을 부르면 항상 깜짝 놀라 움찔했고, 질문에 대답을 할 때면 이마에 진땀이 솟고 가슴이 두근거렸다. 하지만 그의 대답은 발음까지도 흠잡을 데가 없이 완벽해서 목사를 만족시켰다.

하루 종일 수업을 받고 나면 쓰기와 암기, 복습과 예습 숙제가

---

4 요하네스 브렌츠Johannes Brenz(1499~1570): 종교 개혁가이자 개신교 신학자.

산더미처럼 쌓였다. 한스는 밤늦게까지 아늑한 불빛 아래에서 숙제에 매달렸다. 담임교사는 그렇게 평화롭고 조용한 집에서 공부하는 것이 특히 집중이 잘되고 실력도 향상된다고 했다. 한스는 대개 화요일과 토요일에는 10시, 다른 날에는 11시나 12시까지 공부했는데 그보다 더 늦게까지 공부하는 날도 있었다. 아버지는 등잔기름을 많이 쓴다고 투덜대면서도 아들이 열심히 공부하는 모습을 흐뭇한 표정으로 자랑스럽게 바라보았다. 어쩌다 생기는 한가한 시간이나 한 주의 마지막인 일요일이면 한스는 학교에서 다루지 않은 작가의 작품을 읽고 문법을 복습해야 했다.

"무리하면 안 된다. 무리하지 마라. 일주일에 한두 번은 꼭 산책을 하도록 해라. 그게 효과가 좋다. 날씨가 좋으면 책을 들고 야외로 나가는 것도 좋아. 상쾌한 바깥 공기를 마시면서 공부하는 게 얼마나 즐겁고 쉬운지 알게 될 거야. 고개를 들고 기운을 내도록 해라."

그래서 한스는 될 수 있는 한 고개를 들고 다녔고 산책을 하면서도 공부를 했다. 잠이 부족해서 피곤하고 눈가가 푸르스름한 채 휘청거리며 걸어 다녔다.

"기벤라트는 어떻게 될까요? 합격하겠지요?" 어느 날 담임교사가 교장에게 물었다.

"하지요. 합격합니다." 교장이 환호하듯 말했다. "정말 똑똑한 학생입니다. 보기만 해도 영리한 게 보이지 않습니까!"

지난 일주일 동안 한스는 정신적으로 더욱 원숙해진 것 같았다. 귀엽고 부드러운 소년의 얼굴에는 불안해 보이는 쑥 들어간 눈이 어렴풋한 열기로 빛나고, 반듯한 이마에는 지성을 드러내듯 가느다란 주름이 꿈틀거렸다. 그렇지 않아도 가늘고 야윈 팔과 손은 축 늘어져서 보티첼리의 그림을 연상시키는 나른한 우아함마저 보였다.

드디어 때가 왔다. 다음 날 한스는 아버지와 함께 슈투트가르트로 가서 주 시험을 치르고 신학교의 좁은 문을 들어갈 자격이 있는지를 증명해야 한다. 그는 작별 인사를 하러 교장선생님을 찾아갔다.

평소 사나운 폭군 같던 교장은 헤어질 때 전에 없이 부드럽게 말했다. "오늘 저녁엔 더 이상 공부하면 안 된다. 약속해라. 내일은 정말 가뿐하게 슈투트가르트에 가야 한다. 한 시간 산책을 하고 일찌감치 잠자리에 들어라. 젊은 사람은 잠을 잘 자야 한다."

엄청나게 많은 충고를 들을 줄 알고 잔뜩 겁을 먹었던 한스는 친절한 말에 내심 놀랐다. 안도의 숨을 내쉬며 그는 학교를 나왔다. 커다란 키르히베르크 보리수가 늦은 오후의 뜨거운 햇살에 축 늘어져 빛을 발하고, 광장에는 커다란 두 개의 분수가 물을 내뿜으며 반짝이고 있었다. 검푸른 전나무가 울창한 소도시 주변의 산들은 들쭉날쭉한 지붕의 파도를 내려다보고 있었다. 소년은 이 모든 것을 오랜만에 보는 것 같았다. 모든 것이 말할 수 없이 아름답고 매혹적으로 보였다. 머리가 지끈 아팠다. 그래도 오늘은 공부를 더 하지 않아도 된다.

그는 천천히 광장과 유서 깊은 시청 건물을 지나 마르크트가세[5]를 지나고 대장간을 지나 알테 브뤼케[6]까지 왔다. 거기서 잠시 서

---

5 Marktgasse: 시장길이라는 뜻. 여기서는 지명. 여기에 나오는 지명은 대부분 헤세의 고향인 칼프의 실제 지명인 경우가 많다.
6 alte Brücke: 오래된 다리라는 뜻이지만, 여기서는 니콜라우스 교橋를 부르는 말이다.

성거리다가 드디어 넓은 다리 난간에 걸터앉았다. 몇 주, 몇 달 동안 매일 하루 네 번씩 그곳을 지나다니면서도 다리 옆에 있는 자그마한 고딕식 예배당[7]을 쳐다본 적이 없었다. 강물과 수문과 방죽과 물방아에도 눈길 한 번 주지 않았다. 심지어 바데비제[8]와 피혁 공장이 늘어서 있는 버드나무가 늘어진 강가도 바라본 적이 없었다. 그곳의 강물은 깊고 초록빛으로 호수처럼 고요했다. 휘어진 가느다란 버들가지가 물속으로 늘어져 있었다.

그러자 다시 기억이 났다. 얼마나 많은 날을 한나절 또는 온종일 여기서 시간을 보냈고, 얼마나 자주 헤엄을 치고 잠수를 하고 노를 젓고 낚시를 했는지 모른다. 아, 낚시! 하지만 이제는 낚시하는 법을 거의 잊어 버렸다. 작년에 시험공부 때문에 낚시가 금지되었을 때 그는 너무도 슬프게 울었다. 낚시, 그것은 기나긴 학창 시절에서 제일 재미있는 일이었다. 버드나무의 옅은 그늘 아래에 서 있는 것, 가까운 물방앗간 방죽에서 들리는 쏴쏴 하는 소리, 깊고 고요한 강물! 강물에 어른대는 햇빛, 기다란 낚싯대의 가벼운 흔들림, 물고기가 미끼를 물고 당길 때의 짜릿한 흥분, 파닥거리는 차갑고 통통한 물고기를 손에 잡았을 때의 말로 표현할 수 없는 기쁨!

전에는 힘 좋은 잉어를 많이 잡았다. 그리고 은어, 돌잉어와 맛좋은 향어와 작고 색깔이 예쁜 연준모치도 잡았다. 물끄러미 강물을 바라보던 그는 초록빛으로 뒤덮인 강가를 보면서 생각에 잠겨 우울한 기분에 빠져들었다. 아름답고 자유롭고 거칠던 소년 시절의 기

---

7 성 니콜라우스 예배당.
8 Badewiese: 수영할 수 있는 강가의 풀밭이라는 뜻으로 여기서는 지명.

뽐은 이제 아득히 멀리 사라졌다. 그는 가방에서 무심코 빵 하나를 꺼내 크고 작게 덩어리를 만들어 강에 던져서 빵 조각이 물에 가라 앉는 것을, 그리고 물고기들이 빵조각을 물어 가는 것을 바라보았 다. 처음에는 아주 작은 송사리와 잔챙이들이 몰려와 작은 덩어리를 허겁지겁 먹어 치우고, 큰 덩어리는 굶주린 주둥이로 이리저리 밀쳐 냈다. 뒤를 이어 좀 더 큰 은어가 천천히 조심스럽게 다가왔다. 은어 의 거무스름하고 넓은 등은 강바닥과 구분이 잘 되지 않았다. 은어 는 빵 덩어리 근처를 돌다가 갑자기 주둥이를 둥글게 쩍 벌려서 삼 켰다. 느리게 흐르는 강물에서는 눅눅하고 후덥지근한 공기가 솟아 올랐고, 초록빛 물 표면에는 옅은 구름 몇 조각이 흐릿하게 비쳤다. 물방아는 톱니바퀴가 삐걱거렸고, 두 개의 방죽은 서늘하고 낮게 철썩였다. 소년은 얼마 전에 견진성사를 받던 일요일이 생각났다. 엄 숙하고 감동적인 분위기에서 그는 속으로 그리스어 동사를 외우고 있었다. 요즘에는 다른 때에도 그런 일이 자주 일어나서 생각이 뒤 죽박죽되고, 학교에서도 지금 하는 수업 대신 이미 했거나 아니면 나중에 할 공부를 생각하는 일이 많았다. 어떻게든 시험을 잘 봐야 만 한다.

멍하니 자리에서 일어났지만 어디로 가야 할지 알 수 없었다. 억센 손이 그의 어깨를 잡더니 누군가 친절하게 말을 걸자 그는 깜 짝 놀랐다.

"잘 지냈니, 한스야. 같이 좀 걸을까?"

구두 장인匠人 플라이크였다. 전에는 그 집에서 종종 저녁 시 간을 보냈지만 요즘 그곳에 가지 않은 지 꽤 오래되었다. 함께 걸으 면서 한스는 이 경건주의자[9]의 말을 건성으로 들었다. 플라이크는 시험을 언급하면서 그에게 행운을 빌고 용기를 주었다. 하지만 그의 말의 핵심은 그런 시험은 피상적이고 중요하지 않다는 것이었다. 불합격을 해도 절대로 부끄러운 일이 아니고, 최고 우등생도 그럴 수 있으니 혹시 그런 일이 일어난다 해도 하나님께서는 우리 모두에게 그분 나름의 특별한 의도를 갖고 우리의 영혼이 각각의 길을 걷도록 인도하신다는 것을 명심하라는 이야기였다.

한스는 아저씨한테 양심의 가책이 좀 있었다. 이 사람과 그의 확고부동하고 감탄할 만한 인품에는 존경심을 가졌지만, 사람들이 그와 그의 신앙 동료들에 관해 하는 갖가지 농담에 함께 어울려서 비웃은 때문이다. 언제부턴가 이 구두 장인의 날카로운 질문에 겁을 먹고 피한 자신의 비겁함도 부끄러웠다. 한스가 교사들의 자부심이 되고 약간 건방져진 후 플라이크는 한스를 우습게 보면서 그의 기를 꺾으려 했다. 그러는 사이 소년의 마음은 호의적인 이 스승에게서 점점 멀어져 갔다. 소년기의 반항심이 한창때여서 자의식을 건드리는 모든 달갑지 않은 관계에 대해서 예민하게 촉각을 세우고 있는 때문이었다. 이야기를 하고 있는 플라이크 옆에서 같이 걸어가고 있으면서도 한스는 그가 얼마나 걱정하면서 자신을 좋게 생각해 주는지 알지 못했다.

크로넨 골목길[10]에서 두 사람은 목사와 마주쳤다. 구두 장인은 점잖지만 냉담하게 인사를 하고 갑자기 서둘러 사라졌다. 왜냐하면 목사가 신식 목사여서 부활마저 믿지 않는다고 소문이 자자한

---

9   경건주의는 18세기에 신교 교회에서 일어난 종교운동으로 영적 체험을 중요하게 생각했다.

10 크로넨가세Kronengasse: 마르크트 광장과 레더 가街 사이의 골목길.

때문이었다. 목사는 소년과 함께 걸었다.

"어떠냐?" 목사가 물었다. "시험이 다가오니 오히려 마음이 편하지?"

"네, 그래요."

"그래, 잘 견뎌야 한다. 너도 알 거야. 우리 모두가 너한테 희망을 걸고 있어. 나는 네가 특별히 라틴어에서 좋은 성적을 받을 거라고 기대한다."

"만약에 떨어지면요······." 한스가 수줍게 말했다.

"떨어지다니!" 목사가 깜짝 놀라 걸음을 멈추었다. "떨어지는 건 있을 수 없는 일이다. 있을 수 없어. 무슨 그런 생각을 하느냐!"

"하지만 혹시 떨어질 수도······."

"그럴 리 없다. 한스야. 그럴 리 없어. 그런 걱정은 하지 마라. 자, 아버지께 안부 전해다오. 그리고 기운을 내라."

한스는 목사를 눈으로 배웅했다. 그런 뒤 구둣방 주인을 찾느라 주변을 둘러보았다. 아까 아저씨가 뭐라고 했지? 마음을 올바로 두고 하나님을 경외한다면 라틴어 같은 것은 별문제가 아니라고 했어. 말은 그럴듯해. 그런데 목사는! 만약 시험에 떨어지면 목사 앞에 절대로 얼굴을 못 내밀게 될 거야.

한스는 풀이 죽어서 집으로 돌아와 경사를 이루고 있는 마당에 들어섰다. 거기에는 오랫동안 사용하지 않아 이끼가 긴 뒤채가 있었는데, 예전에 그곳에다 널빤지로 우리를 만들어 3년 동안 토끼를 키운 적이 있었다. 하지만 토끼는 시험 때문에 지난가을에 압수당했다. 놀 만한 여가 시간이 없는 까닭이었다.

그는 마당에도 오랫동안 나와 본 적이 없었다. 텅 빈 우리는 무너질 것처럼 보이고, 벽 모퉁이의 석재들은 다 무너졌다. 나무로 만든 작은 물레방아 바퀴는 휘고 부서진 채로 수도관 옆에 쓰러져 있었다. 이 모든 것을 만들고 자르면서 즐거워했던 때가 생각났다. 2년 전 일이다. 아득한 옛날 같다. 그는 물레방아의 바퀴를 집어 이리저리 비틀어 완전히 부순 다음 그것을 울타리 너머로 내던졌다. 다 사라져 버려! 이제 이런 시절은 끝났고 지나가 버렸다. 그러자 학교 친구 아우구스트가 생각났다. 그 아이는 물레방아 바퀴를 만들고 토끼장을 만들 때 한스를 도와주었다. 오후 내내 그들은 여기서 함께 놀았다. 새총을 쏘고 고양이를 따라다녔고, 천막을 치고 간식으로 당근을 날로 먹었다. 그러나 그 후 한스는 공부에 매진하기 시작했고, 아우구스트는 1년 전에 학교를 나가 기계 견습생이 되었다. 그후 겨우 두 번 놀러 왔을 뿐이다. 그 애도 요즘 시간이 없다.

구름의 그림자가 골짜기 위로 빠르게 지나갔다. 해는 벌써 산기슭에 걸려 있었다. 한순간 소년은 쓰러져서 울고 싶은 심정이었다. 하지만 그 대신 헛간에서 손도끼를 꺼내 가냘픈 팔로 토끼장을 내리쳐 산산 조각냈다. 각목이 사방으로 날아가고, 못이 삐걱대며 구부러졌다. 작년 여름부터 있던 약간 썩은 토끼의 먹이가 보였다. 그는 전부 다 부수었다. 그렇게 하면 토끼와 아우구스트와 과거 어린 시절에 대한 그리움을 모두 부숴 없앨 수 있을 것 같았다.

"저런, 저런, 이게 무슨 짓이야!" 아버지가 창문에서 소리쳤다. "거기서 뭐 해!"

"장작 패요."

그 말만 하고 나서 그는 손도끼를 집어 던지고 마당을 가로질러 골목으로 뛰쳐나갔다. 그는 강가를 달려 상류로 올라갔다. 저 멀리 양조장 근처에 뗏목 두 개가 묶여 있었다. 전에 그는 뗏목을 타고 몇 시간씩 강물을 따라 내려간 적이 있다. 더운 여름날 오후에 뗏목의 목재 틈새로 찰싹대는 물소리를 들으며 강을 따라 내려가면 흥분되기도 하고 나른하게 졸음이 오기도 했다. 한스는 물결에 천천히 흔들리는 헐거운 뗏목 위로 뛰어올라 버드나무 더미 위에 누워 상상의 나래를 폈다. 뗏목이 어디론가 흘러간다. 때로는 급하게 때로는 천천히 흘러서 초원, 밭, 소도시, 서늘한 숲가를 지나고 다리를 지나 열린 수문 아래로 흘러간다. 나는 그 뗏목 위에 누워 있고, 모든 것이 다시 전과 똑같다. 카프베르크에서 토끼 먹이를 뜯어오고 강기슭의 피혁 공장 마당에서 낚시를 하고 두통도 걱정도 없던 그때와 똑같다.

　　지치고 짜증난 모습으로 그는 저녁을 먹으러 집으로 돌아왔다. 아버지는 시험을 보러 가는 슈투트가르트 여행을 앞두고 말도 못 하게 흥분해서 똑같은 질문을 열두 번도 더 했다. 책은 다 챙겼는지 양복은 준비됐는지 가는 도중에 문법 공부를 더 할 것인지 기분은 괜찮은지 질문이 쏟아졌다. 한스는 짧고 뻐딱하게 대답했고, 저녁을 먹는 둥 마는 둥 하고 나서 곧 밤 인사를 했다.

　　"잘 자라, 한스. 푹 자거라. 내일 6시에 깨워 주마. 사전은 잘 챙겼지?"

　　"네, 챙겼어요. 안녕히 주무세요."

　　방에서 한스는 불도 켜지 않은 채로 그냥 앉아 있었다. 이 방은 시험이 지금까지 그에게 준 유일한 축복이었다. 자신만의 작은 방이었다. 그는 이 방에서 주인이었고, 아무런 방해도 받지 않았다. 여기서 피곤, 잠, 두통과 싸우면서 밤늦도록 카이사르, 크세노폰, 문법, 사전, 수학숙제와 더불어 지냈다. 야심으로 불타서 오기를 부리며 끈질기게 매달렸지만 절망에 빠진 때도 많았다. 그러나 여기서 또한 소년 시절의 잃어버린 모든 즐거움보다 훨씬 값진 것, 꿈처럼 아주 귀한 시간, 자부심과 열정과 도취감에 가득한 행복한 시간을 갖기도 했다. 이 좁은 방 안에서 학교, 시험, 이 모두를 뛰어넘어 보다 높은 존재의 영역으로 넘어가기를 꿈꾸고 간절히 원했다. 자신이 뺨이 통통하고 온순한 학교친구들과 뭔가 다르고 좀 더 나은 사람이며, 언젠가는 아득히 높은 곳에서 그들을 내려다보게 되지 않을까 하는 건방지고 황홀한 생각에 사로잡히기도 했다. 지금 그는 이 작은 방 안이 더 자유롭고 더 시원한 공기로 가득한 것처럼 숨을 들이쉬며 침대에 앉아 몇 시간이나 꿈, 희망, 예감에 잠겨 시간을 보냈다. 서서히 피로에 지친 그의 큰 눈에 얇은 눈꺼풀이 내려앉았다. 다시 한 번 눈을 뜨고 깜박이더니 곧 그의 눈이 스르르 감겼다. 소년의 창백한 얼굴이 야윈 어깨 위로 기울어지더니 피곤한 듯 가느다란 팔이 축 늘어졌다. 그는 옷을 입은 채로 잠이 들었다. 엄마처럼 부드러운 잠의 손길이 불안한 소년의 가슴속 파도를 다독이고, 예쁜 이마의 잔주름을 펴 주었다.

전에 없던 일이었다. 이른 시간임에도 불구하고 교장선생님이 몸소 역에 나온 것이다. 기벤라트 씨는 검정 예복을 입었는데, 흥분과 기쁨, 자부심 때문에 가만히 서 있지를 못했다. 아버지는 교장과 한스 주변을 불안하게 총총걸음으로 돌아다녔는데, 역장과 모든 역무원들한테서 즐거운 여행과 아들의 합격을 비는 인사를 받았다. 그는 작고 뻣뻣한 짐가방을 왼손과 오른손에 번갈아 들었는데, 우산을 겨드랑이 아래에 끼었다가 다시 무릎 사이에 끼었다가 몇 번 떨어트리기도 했다. 우산을 집어들 때마다 가방은 내려놓았다. 왕복표를 가지고 슈투트가르트를 가는 사람이 아니라 마치 미국이라도 가는 사람 같았다. 아들은 아주 침착해 보였지만 남모르는 두려움이 목을 누르는 기분이었다.

기차가 들어와 멈춰 서자 부자는 올라탔다. 교장이 손을 흔들고 아버지는 시가에 불을 붙였다. 저 아래 골짜기에서 소도시가 사라지고 강이 사라졌다. 여행은 두 사람에게 고역이었다.

슈투트가르트에 도착하자 아버지는 갑자기 생기가 돌고, 즐겁고 친절하고 세련되게 행동하기 시작했다. 작은 마을의 주민이 며칠 동안 주의 수도에 머물게 되니 신이 난 것이다. 하지만 한스는 점점 더 조용해지고 근심에 잠겼다. 도시를 보자 마음이 조여 왔다. 낯선 얼굴, 뽐내듯 높이 솟은 집, 지치게 만드는 먼 길, 마차철도[II], 도시의 소음에 기가 질리고 고통스러웠다. 숙모 집에 묵었는데 그곳에서 낯선 방, 숙모의 친절과 수다, 할 일 없이 멍하니 앉아 있기, 아버지의 끝없는 격려와 충고에 녹초가 되었다. 낯설고 멍한 기분으로 한스는 방 안에 웅크리고 앉아 있었다. 낯선 환경, 숙모와 도시풍의 차림새, 큰 무늬의 벽지, 탁상시계, 벽에 걸린 그림을 보거나 창문 밖의 소음 가득한 거리를 내다보면서 그는 배신당한 기분이었고, 집을 떠난 지 아주 오래되어서 애써 배운 모든 것을 완전히 잊어버린 것 같았다.

오후에는 그리스어 불변화사를 복습하려고 했는데 숙모가 산

II 철제 레일이 나오기 전에는 목재 수렛길로 마차가 다녔다. 처음에는 화물 운송용이었지만 후에 여객 운송을 담당했다.

책을 가자고 했다. 순간 마음속에 푸른 초원草地과 숲의 소리가 떠올라 한스는 기꺼이 따라나섰다. 하지만 여기 대도시에서는 산책도 고향과는 종류가 다른 오락이라는 것을 알게 되었다.

아버지는 시내에 가 볼 곳이 있어서 한스는 숙모와 단둘이서 집을 나섰다. 하지만 계단에서부터 불행이 시작되었다. 2층에서 뚱뚱하고 거만해 뵈는 부인과 마주친 것이다. 숙모가 무릎을 굽혀 인사를 하자마자 상대방은 엄청난 달변으로 수다를 시작했다. 15분 이상 그렇게 붙잡혀 있었다. 한스는 층계 난간에 기댄 채 옆에 서 있었는데, 부인의 강아지가 킁킁대면서 냄새를 맡더니 그에게 달려들었다. 두 부인은 한스에 관해 이야기를 하고 있는 것 같았다. 뚱보 부인이 코안경 너머로 몇 번이나 한스를 위아래로 훑어봤기 때문이다. 드디어 거리로 나오자 숙모는 곧장 어떤 가게로 들어가 한참 만에 나왔다. 그 사이 한스는 부끄러운 듯 길에 서 있었다. 지나가는 사람들한테 밀리기도 하고 길거리의 아이들한테 놀림을 당하기도 했다. 숙모는 가게에서 나오자 커다란 초콜릿 하나를 주었다. 그는 초콜릿을 좋아하지 않지만 공손하게 받았다. 다음 모퉁이에서는 승합마차를 탔다. 북적대는 마차는 끊임없이 딸랑 소리를 내면서 거리를 지나고 또 지나 드디어 넓은 가로수 길과 공원에 도착했다. 분수가 물을 뿜어 댔고, 울타리를 두른 화단에는 꽃들이 피어 있었다. 작은 인공연못에는 금붕어들이 헤엄치고 있었다. 두 사람은 산책하는 사람들 무리 속에서 왔다 갔다 하고, 둥글게 원을 그리며 산보하면서 많은 사람들의 얼굴, 우아한 옷과 그렇지 못한 옷, 자전거와 환자용 휠체어와 유모차를 보았다. 그리고 뒤엉킨 목소리도 들었고, 먼지 섞인 더운 공기를 마셨다. 그러다가 마침내 다른 사람들과 나란히 벤치에 앉았다. 그동안 거의 쉬지 않고 말하던 숙모가 깊이 숨을 내쉬더니 미소 띤 다정한 얼굴로 소년을 바라보면서 초콜릿을 먹으라고 했다. 그는 먹고 싶지 않았다.

"저런, 부끄러워서 그러니? 괜찮아, 어서 먹어, 어서."

한스는 초콜릿을 꺼내 잠시 머뭇거리다가 은박지를 뜯어 아주 조금 베어 먹었다. 초콜릿을 조금도 좋아하지 않지만 숙모에게 말할 용기는 없었다. 한스가 입에 든 것을 녹여 먹는 사이에 숙모는 사람들 속에서 아는 사람을 발견하고 그리로 갔다.

"여기 있어. 금방 돌아올게."

한스는 안도의 한숨을 쉬고 이 기회를 이용해서 남은 초콜릿을 멀리 잔디밭으로 던졌다. 그러고는 다리를 이리저리 흔들면서 사람들을 쳐다보다가 자신이 불행하다는 생각이 들었다. 그러다가 다시 불규칙동사들을 외우기 시작했는데 갑자기 가슴이 철렁 내려앉았다. 거의 아무것도 생각나지 않기 때문이었다. 전부 다 완전히 잊어버린 것이다. 바로 내일이 시험인데.

숙모는 다시 돌아왔는데, 그동안에 이번 시험 응시자가 118명이라는 정보를 가져왔다. 합격자는 36명이라고 했다. 소년은 기가 꺾여서 집으로 돌아오는 내내 한마디도 하지 않았다. 집에 오자 머리가 아파 오기 시작했고, 또다시 아무것도 먹으려 하지 않았다. 너무도 고집을 부려서 아버지는 심하게 꾸중을 했고 숙모조차 못마땅해했다. 밤에는 괴롭고 깊은 잠에 빠져 꿈속에서 끔찍스런 장면에 시달렸다. 그는 117명의 응시생들과 함께 시험장에 앉아 있는데, 시험관은 때로는 고향의 목사처럼, 때로는 숙모처럼 보이기도 했다. 앞에는 먹어 치워야 할 초콜릿이 산더미처럼 쌓여 있었다. 울면서 그것

제1장

을 먹는 동안 다른 학생들이 차례로 문을 빠져나가는 것이 보였다. 모두들 잔뜩 쌓인 자기 몫을 다 먹은 것이다. 그런데 한스의 초콜릿은 눈앞에서 점점 더 높아져서 책상과 의자에까지 넘쳐 그를 질식시킬 것만 같았다.

다음 날 아침 커피를 마시면서 한스는 시험에 늦지 않으려고 시계에서 눈을 떼지 못했다. 그동안 고향 소도시에 있는 많은 사람들이 한스를 염려해 주고 있었다. 우선 구두 장인 플라이크가 아침 수프를 들기 전에 기도를 올렸다. 숙련공들과 두 명의 견습공을 포함한 전 가족이 식탁 주위에 둥글게 모여 섰다. 장인은 오늘 평소의 아침기도에다 다음과 같은 말을 덧붙였다. "주님, 한스 기벤라트의 어깨에 당신의 손을 얹어 주십시오. 오늘 시험을 치릅니다. 그를 축복하시고 힘을 주시어 당신의 신성한 이름을 알리는 올바르고 성실한 일꾼이 되도록 해 주십시오."

목사는 한스를 위해 기도하지는 않았지만 아침 식사 시간에 아내에게 이렇게 말했다. "이제 기벤라트가 시험 보러 들어가겠군. 그 애는 특별한 인물이 될 거야. 모두들 눈여겨보게 될 거야. 내가 그 애 라틴어 공부를 도와준 건 보람 있는 일이야."

담임교사는 수업 시작 전에 학생들에게 말했다. "자, 이제 슈투트가르트에서 주 시험이 시작된다. 우리 모두 기벤라트의 행운을 빌어 주자. 하긴 그런 건 필요 없을 거야. 너희 같은 게으름뱅이 열 명쯤은 혼자 당해 낼 수 있는 아이니까." 거의 모든 아이들이 자리에 없는 친구를 생각했다. 한스의 합격, 또는 불합격에 내기를 건 아이들은 더 그랬다.

진심 어린 기도와 관심은 쉽게 먼 거리를 뛰어넘어 멀리까지

효력을 발휘하는 법이다. 한스도 고향에서 사람들이 자신을 생각하고 있음을 느꼈다. 떨리는 마음으로 그는 아버지와 함께 시험장으로 가서 주눅들고 놀라워하면서 조교의 지시를 따랐다. 창백한 소년들이 가득한 방에서 그는 마치 고문실에 들어간 범죄자처럼 주위를 둘러보았다. 하지만 교수가 들어와 조용히 시키고 라틴어 문체 연습 문장을 받아쓰게 하자, 한스는 안도의 숨을 내쉬면서 이 정도는 정말 우스울 만큼 쉽다고 생각했다. 아주 빨리, 거의 즐거워하면서 초안을 마친 뒤 그는 신중하고 깨끗하게 정서淨書했다. 그는 남들보다 일찍 제출한 학생들 중 하나였다. 시험을 마친 뒤 숙모 집으로 가는 길을 못 찾아서 뜨거운 도시의 길에서 두 시간이나 헤매면서도 다시 찾은 평정심이 흔들리지는 않았다. 오히려 숙모와 아버지로부터 얼마간이라도 벗어난 것이 기뻤다. 낯설고 소음 가득한 도시의 거리를 걸으면서 용감한 모험가라도 된 기분이었다. 사람들에게 물어 간신히 집에 도착하자 질문 공세가 쏟아졌다.

"어떻게 됐어? 시험이 어땠어? 잘 봤니?"

"쉬웠어요." 한스가 자신만만하게 대답했다. "그 정도라면 5학년 때 다 풀었을 거예요."

그러고는 허겁지겁 식사를 했다.

오후에는 할 일이 없었다. 아버지는 여기저기 친척들과 친지들 집에 한스를 데리고 갔다. 그중 어느 집에는 검정 옷을 입은 수줍은 소년이 있었다. 마찬가지로 시험을 보러 괴핑엔에서 온 아이였다. 둘만 남게 되자, 아이들은 서먹서먹하지만 호기심 어린 눈으로 서로를 바라보았다.

"라틴어 시험 어땠어? 쉬웠지, 안 그래?" 한스가 물었다.

"정말 쉬웠어. 하지만 그게 문제야. 시험이 쉬우면 대개 실수를 많이 하거든. 분명히 함정이 있는 문제일 거야."

"그래?"

"물론이지. 시험관들이 그렇게 멍청하지는 않거든."

한스는 약간 놀라고 심각해졌다. 그래서 주저하면서 물었다. "너 문제 가지고 있어?"

상대방 소년이 문제지를 가져왔고 두 소년은 꼼꼼히 검토해 보았다. 괴핑엔에서 온 아이는 라틴어를 아주 잘하는 것 같았다. 한스는 들어보지도 못한 문법 용어를 적어도 두 번이나 사용했다.

"내일은 뭐지?"

"그리스어하고 작문이야."

괴핑엔 소년이 한스네 학교에서는 몇 명이나 이번 시험을 보러 왔는지 물었다.

"아무도 없어." 한스가 대답했다. "나 혼자야."

"맙소사, 우리 괴핑엔선 열두 명이야. 그중 세 명은 공부를 정말 잘해. 그 애들이 최우수 합격생이 될 거야. 작년 수석도 괴핑엔 출신이거든. 너 시험에 떨어지면 김나지움에 갈 거야?"

그런 생각은 아직 해 본 적이 없었다.

"몰라…… 아니, 아마 아닐 거야."

"그래? 난 이번에 떨어져도 어쨌든 대학에 가. 엄마가 울름으로 보내 준대."

이 말이 한스는 부러울 뿐이었다. 최우수 학생이 포함된 열두 명의 괴핑엔 학생들 때문에 걱정이 되었다. 그는 나설 용기가 나지 않았다.

집에 돌아와 책상 앞에 앉아 한스는 mi로 끝나는 그리스어 동사를 다시 한 번 훑어보았다. 라틴어는 하나도 겁나지 않았다. 자신이 있었다. 하지만 그리스어는 달랐다. 한스는 그리스어를 좋아해서 푹 빠졌지만, 읽는 것이 좋았을 뿐이었다. 특히 크세노폰의 글은 정말 아름답고 감동적이며 생동감 넘쳤다. 밝고 사랑스럽고 힘찬 울림 하나하나에 경쾌하고 자유로운 정신이 숨 쉬고 있고, 이해하기도 정말 쉬웠다. 하지만 문법으로 들어가거나 독일어를 그리스어로 번역하려면, 한스는 상반되는 규칙과 형식의 미로 안에서 길을 잃은 기분이었고, 낯선 이 언어 앞에서 아직 그리스어 철자도 모르던 첫 수업 때와 같은 불안감에 휩싸였다.

다음 날은 그리스어와 독일어 독해 차례였다. 그리스어 시험은 매우 길고 어려웠다. 독일어 독해는 힘들어서 까딱하면 논지를 잘못 이해할 수도 있었다. 10시부터 시험장 안이 후덥지근해지면서 더워지기 시작했다. 한스는 펜이 좋지 않아 그리스어 답안을 정서할 때 답지를 두 장이나 망쳤다. 독일어 독해 시간에는 뻔뻔한 옆의 아이 때문에 고생했다. 그 아이는 종이에 질문을 써서 한스에게 밀어 보내고 답을 달라고 옆구리를 찔렀다. 옆자리의 응시생과 접촉하는 것은 엄격한 금지사항이어서 발각될 경우 가차 없이 쫓겨난다. 두려움에 떨며 한스는 종이에다 "귀찮게 하지 마"라고 쓰고 등을 돌렸다. 정말 더웠다. 한결같은 걸음으로 계속 교실을 돌아다니면서 조금도 쉬지 않는 감독관도 몇 번이나 손수건으로 얼굴의 땀을 닦았다. 견진성사 때의 두툼한 정장을 입고 온 한스는 땀이 났다. 머리가 아팠다. 기분이 엉망인 채로 마침내 그는 답안지를 제출했다. 틀린 답만 잔뜩 써 놓아서 시험을 완전히 망친 것 같았다.

식사 시간에 그는 한마디 말도 없이 모든 질문에 어깨만 으쓱하며 죄인 같은 얼굴로 앉아 있었다. 숙모는 위로를 했지만 아버지는 화가 난 험악한 얼굴이었다. 식사가 끝나자 아버지가 아들을 옆방으로 데려가서 다시 캐물었다.

"시험을 잘 못 봤어요." 한스가 말했다.

"왜 정신을 안 차렸어! 집중을 했어야지, 젠장."

한스는 아무 말도 하지 않았고 아버지가 욕을 퍼붓기 시작하자 얼굴이 빨개져서 말했다. "아버지는 그리스어를 하나도 모르잖아요!"

최악은 2시에 보는 구두시험이었다. 한스는 이것이 제일 두려웠다. 뜨겁게 이글거리는 거리를 지나가는데 기분이 엉망이었다. 괴로움과 걱정과 현기증으로 제대로 눈을 뜰 수도 없을 정도였다.

커다란 녹색의 책상 앞에 앉은 세 명의 시험관 앞에서 그는 10분간 라틴어 몇 문장을 번역하고 질문에 대답했다. 그런 뒤 다시 10분 동안 다른 세 명의 시험관 앞에 앉아서 그리스어를 번역하고 질문에 대답했다. 마지막으로 한 시험관이 그리스어 동사의 불규칙 부정 과거형을 물었는데 그는 대답하지 못했다.

"가도 됩니다. 오른쪽 문입니다."

그쪽으로 가는데 문턱에서 과거형이 생각났다. 그는 우뚝 섰다.

"가세요." 누군가 소리쳤다. "나가세요. 혹시 어디가 아픈가요?"

"아뇨, 과거형이 생각났습니다."

한스는 방 안에 대고 큰 소리로 부정 과거를 말했다. 시험관 중 한 사람이 웃는 것을 보고 화끈거리는 얼굴로 그는 그곳을 뛰쳐나왔다. 앞서의 질문과 자신의 대답에 관해 생각해 보았지만 모든 게 뒤죽박죽이었다. 커다란 녹색 책상, 진지한 표정의 프록코트를 입은 나이 지긋한 세 명의 시험관, 펼쳐 놓은 책, 그 위에 놓인 자신의 떨리는 손이 아직도 눈앞에 어른거렸다. 아, 내가 도대체 뭐라고 대답을 한 거야!

길을 걷는데 이곳에 온 지 여러 주가 지났고, 다시는 여기를 벗어나지 못할 것 같은 생각이 들었다. 고향 집의 마당, 전나무가 울창한 산, 강가의 낚시터, 이 모두가 멀리 떨어져 있는 것, 마치 오래전에 보던 것 같았다. 아, 오늘 집으로 가면 좋겠다. 여기에 있을 필요가 없다. 시험은 전부 다 망쳤다.

한스는 우유 하나를 사 들고 오후 내내 거리를 돌아다녔다. 아버지한테 변명하기 싫었다. 집에 돌아와 보니 모두가 걱정하고 있었다. 너무 지치고 처량해 보여서 숙모는 그에게 계란국을 먹이고 어서 가서 자라고 했다. 내일은 수학과 종교 시험이었다. 그것만 끝나면 집으로 갈 수 있다.

다음 날 오전 시험은 술술 풀렸다. 어제 주요 과목에서 그렇게도 운이 없더니 오늘은 만사가 너무 잘 풀리는 게 모순인 것 같아서 괴로웠다. 상관없다. 이젠 집으로 가도 된다.

"시험 끝났어요. 이제 집에 가도 돼요." 한스가 숙모에게 말했다.

아버지는 오늘까지 여기에 더 있을 작정이었다. 다 같이 근처의 칸슈타트로 가서 그곳 놀이공원에서 커피를 마시자는 의견이었다. 하지만 한스의 간청으로 아버지는 그가 먼저 집으로 가는 것을 허락해 주었다. 아버지는 한스를 역까지 데려다주고 기차표를 주었다. 숙모가 작별 키스를 하고 먹을 것을 조금 건네주었다. 한스는 완전히 지치고 멍한 상태로 녹색 구릉지를 지나 집으로 향했다. 짙푸른 전나무 산이 보이자 비로소 기쁨과 해방의 감정에 휩싸였다. 나이 든 하녀, 자그마한 내 방, 교장선생님, 천장이 낮은 교실 모두를 다시 볼 생각에 그는 기뻤다.

다행히도 역에는 호기심 가득한 아는 얼굴이 아무도 없었다. 작은 보따리를 들고 그는 눈에 띄지 않게 서둘러 집으로 갔다.

"슈투트가르트는 좋았어?" 하녀 아나 아주머니가 물었다.

"좋았냐고요? 시험이 뭐가 좋아요! 이제 집에 돌아와서 좋아요. 아버지는 내일 오세요."

한스는 신선한 우유를 한 그릇 마시고 창문에 걸린 수영복을 걷어 들고 밖으로 나갔다. 하지만 남들이 가는 강가로 가지는 않았다.

그 대신 그는 강물이 도시 앞으로 깊게 숲 사이로 천천히 흐르는 바게[12] 쪽으로 멀리 갔다. 그곳에서 옷을 벗고 손을 먼저 담근 다음에 시험하듯 발을 서늘한 물에 넣은 뒤 약간 한기를 느끼며 강물로 뛰어들었다. 느린 물살을 거슬러 헤엄을 치다 보니 최근 며칠간의 피로와 불안이 사라지는 것 같았다. 강물이 가냘픈 그의 몸을 식혀 주듯 포용하는 동안 그의 영혼은 새로운 기쁨으로 아름다운 고향을 만끽했다. 빠르게 헤엄을 치다가 쉬었다가 헤엄을 다시 시작하면서 그는 쾌적한 냉기와 노곤함에 감싸였다. 그래서 하늘을 쳐다보고 누워서 강물이 흐르는 대로 몸을 맡겼다. 그는 멋진 원을 그리며 금빛 하루살이 떼가 낮게 붕붕거리는 소리에 귀를 기울이며 저녁

12 Waage: 저울이란 뜻으로, 원래 계측장이 있던 지역을 일컫는 지명이 되었다.

하늘을 바라보았다. 그리고 작고 날렵한 제비들이 저녁 하늘을 가르고, 해가 지고 산기슭이 장밋빛으로 타오르는 것을 바라보았다. 그가 옷을 주섬주섬 입고 집을 향해 꿈꾸듯 돌아갈 때 골짜기에는 이미 어둠이 내렸다.

그는 사업가 바크만의 정원을 지나갔다. 아주 어렸을 때 다른 아이들과 함께 그 정원에서 설익은 자두를 몰래 따 먹은 적이 있었다. 그리고 키르히너의 목공소도 지나갔는데, 그곳에는 하얀 전나무 각목이 여기저기 흩어져 있었다. 전에는 항상 그 각목 밑에서 낚시에 쓸 지렁이를 잡았다. 장학관 게슬러의 작은 집도 지나갔다. 2년 전에 한스는 빙판에서 스케이트를 타는 게슬러의 딸 에마와 사귀고 싶어 마음을 태웠다. 에마는 마을에서 제일 예쁘고 세련된 여학생으로 한스와 동갑이었다. 한동안 그 애와 말을 한번 해 보거나 악수라도 해 봤으면 하고 간절히 바랐지만 그러지 못했다. 너무 수줍은 때문이었다. 그 후 에마는 기숙학교로 갔고, 지금 한스는 그 애가 어떻게 생겼는지 기억도 나지 않았다. 그런데 예전의 일들이 아득히 먼 옛날 일처럼 다시 떠올랐다. 그 일은 한 번도 경험한 적 없는 강렬한 빛깔과 묘한 예감으로 향기로웠다. 당시에 그는 저녁이면 나숄트 댁의 문간에 앉아 리제가 감자껍질을 깎으며 하는 이야기에 귀를 기울이곤 했다.

일요일에는 양심에 가책을 느끼면서 아침 일찍부터 바지를 걷어 올리고 방죽 아래서 가재와 물고기를 잡았다. 그러고 나면 나들이옷이 흠뻑 젖어 아버지한테 매를 맞았다. 그때는 이상한 일들이 정말 많았는데, 한동안 그런 것을 잊고 지냈다. 목이 구부정한 구두장이 슈트로마이어, 사람들은 그가 아내를 독살했다고 믿었다. 그리고 괴짜 베크 씨, 그는 지팡이에 배낭을 지고 비르템베르크 주의 읍면을 헤집고 다녔다. 사람들은 그에게 '씨'라고 존칭을 붙였는데, 전에 마차하고 말을 네 필이나 가진 부자였기 때문이다. 한스는 그 사람들의 이름밖에 생각이 나지 않았고, 이 의심스럽고 작은 골목 세계가 생동감 넘치는 것, 체험할 만한 것으로 대체되지 못한 채 이제는 자신에게서 사라져 버린 듯했다.

다음 날도 학교를 안 가기 때문에 한스는 늦게까지 늦잠을 잤고 자유를 만끽했다. 점심때는 아버지를 마중하러 나갔다. 아버지는 슈투트가르트에서의 즐거움에 아직도 들떠 있었다.

"합격하면 뭐든지 해 달라고 해도 된다." 기분이 좋아서 아버지가 말했다. "잘 생각해 둬라."

"아뇨, 아니에요." 소년이 한숨을 쉬었다. "분명 떨어져요."

"바보처럼 왜 그래! 내가 후회하기 전에 뭐든 바라는 걸 어서 말해 봐."

"방학에 낚시를 다시 하고 싶어요. 해도 돼요?"

"좋아, 해도 돼. 시험에 합격만 하면."

다음 날은 일요일이었는데 번개가 치고 비가 세차게 내렸다. 한스는 방 안에서 몇 시간 동안 책을 읽으면서 생각에 잠겨 앉아 있었다. 슈투트가르트의 시험에 대해 다시 곰곰이 생각해 보았는데, 몇 번을 생각해 보아도 운이 없었고 시험도 더 잘 볼 수 있었는데 하는 후회뿐이었다. 합격은 절대로 불가능할 것 같았다. 두통이 났던 일이 화가 났다. 불안감이 점점 커지면서 마음을 짓눌렀다. 결국 너무 걱정이 돼서 그는 아버지한테로 건너갔다.

"저기, 아버지."

"무슨 일이냐?"

"뭣 좀 물어 보려고요. 소원 말인데요. 낚시 포기할래요."

"그래? 왜 그러는데?"

"왜냐면 저기, 혹시……."

"속 시원하게 어서 말해. 무슨 꿍꿍이야? 뭔데 그래?"

"혹시 김나지움에 가도 돼요? 만약 떨어지면요?"

기벤라트 씨는 아연실색했다.

"뭐, 김나지움?" 그러더니 소리치기 시작했다. "김나지움에 간다고? 어디서 그런 생각을 하게 된 거야!"

"그냥이요. 생각이 그냥 그래요."

한스의 얼굴에는 극도의 두려움이 어렸지만, 아버지는 그것을 보지 못했다

"저리 가." 아버지가 기가 막혀 헛웃음을 터트리면서 말했다. "엉뚱한 소리 그만해라. 김나지움에 간다고? 내가 무슨 재산가라도 되는 줄 아느냐!"

어서 저리 가라고 아버지가 어찌나 세차게 손짓을 하는지 한스는 포기하고 절망해서 방을 나왔다. 화가 난 아버지가 등 뒤에서 소리쳤다.

"뭐 저런 놈이 있어! 제기랄, 무슨 소리 하는 거야! 김나지움에 간다고? 완전히 바람이 들었군!"

반 시간 동안 한스는 창턱에 앉아 말끔하게 닦인 바닥을 내려다보면서 정말로 신학교도 김나지움도 대학도 갈 수 없으면 앞으로 어떻게 해야 할지 생각해 보았다. 아마 치즈가게나 회사에 견습생으로 들어가겠지. 평생 평범하고 시시한 사람으로 살게 될 거야. 그런

사람들을 무시했고 어떻게든 그런 사람들보다 더 나은 사람이 되려고 노력했었는데. 귀엽고 영리해 뵈는 그의 앳된 얼굴이 분노와 슬픔으로 무섭게 일그러졌다. 화가 치밀어 그는 벌떡 일어나 침을 뱉고 때마침 옆에 있던 라틴어 명시 선집을 집어 들어 힘껏 벽에 던졌다. 그러고는 빗속으로 뛰쳐나갔다.

월요일 아침, 한스는 다시 학교에 갔다.

"어떻게 지내느냐? 어제 찾아올 줄 알았는데, 시험은 잘 봤지?"

교장이 묻고는 악수를 청했다. 한스는 고개를 숙였다.

"아니, 왜 그래? 잘 못 봤니?"

"그런 것 같아요."

"음, 기다려 보자. 아마 오전 중으로 슈투트가르트에서 소식이 올 거다."

노 교장이 그를 위로해 주었다. 오전은 끔찍스럽게 길었다. 아무 소식도 없었다. 점심시간에 한스는 속으로 흐느껴 우느라 음식을 제대로 삼킬 수가 없었다.

오후 2시에 교실에 들어서니 담임교사가 이미 와 있었다.

"한스 기벤라트."

담임교사가 크게 불렀다. 한스는 앞으로 나아갔다. 교사가 손을 내밀며 말했다.

"축하한다, 기벤라트, 주 시험에 2등으로 합격했다."

교실에 엄숙한 침묵이 흘렀다. 교실 문이 왈칵 열리고 교장이 들어왔다.

"축하한다. 자, 무슨 말 좀 해 봐라."

소년은 너무 놀라고 기뻐서 꼼짝할 수도 없었다.

"자, 아무 말도 안 할 거야?"

그의 입에서 불쑥 말이 튀어나왔다.

"이런 시험이라면 1등도 했을 거예요."

교장이 말했다.

"자, 어서 집에 가서 아버지께 알려 드려라. 이제 학교에 오지 않아도 된다. 어차피 일주일 뒤에는 방학이니까."

소년은 거리로 뛰어나왔다. 머리가 어지러웠다. 보리수가 서 있고 햇빛 속에 광장이 보였다. 모든 것이 언제나처럼 똑같았지만, 더 아름답고 더 의미 있고 더 즐겁게 보였다. 합격이다. 그것도 2등이다. 처음에 느꼈던 폭풍 같은 기쁨의 물결이 물러가자 뜨거운 감사의 마음이 온 마음을 사로잡았다. 이제는 길에서 목사를 피할 필요가 없다. 이제 계속해서 공부할 수 있다. 치즈가게나 사무실에 나가게 될까 봐 이젠 겁낼 필요도 없다.

이제 낚시도 다시 할 수 있다. 집에 와 보니 마침 아버지가 현관 앞에 서 있었다.

"무슨 일이냐?"

아버지가 대수롭지 않게 물었다.

"별것 아니에요. 이제 학교에 안 나와도 된대요."

"뭐? 대체 왜?"

"이제 신학교 학생이니까요."

"세상에, 네가 합격했어?"

한스는 고개를 끄덕였다.

"성적은 좋았대?"

"2등으로 합격했어요."

그것은 아버지도 기대하지 않은 일이었다. 아버지는 할 말을 잊은 듯 아들의 어깨만 두드렸다. 껄껄 웃더니 고개를 가로저었다. 그러고는 말을 하려고 입을 열었지만 아무 말도 못 하고 다시 고개를 저었다.

"맙소사, 무슨 이런 일이!" 이윽고 아버지가 소리쳤다. 그리고 다시 한 번 소리쳤다.

"맙소사, 이런 일이!"

한스는 쏜살같이 집 안으로 뛰어 들어가 계단을 성큼성큼 밟고 2층 다락방으로 올라갔다. 빈 다락방의 벽장문을 열고 안을 뒤져서 갖가지 상자며 끈, 코르크 따위를 꺼냈다. 그의 낚시도구였다. 이제 무엇보다 좋은 낚싯대를 만들어야 한다. 그는 아버지한테로 내려왔다.

"아버지 주머니칼 좀 빌려 주세요."

"뭐하려고?"

"나뭇가지를 잘라야 해요. 낚시하려고요."

아버지가 주머니에다 손을 넣었다.

"자 받아라." 아버지가 환한 얼굴로 호기롭게 말했다. "2마르크다. 네 칼을 사도 돼. 한프리트 가게에 가지 말고, 대장장이 집으로 가서 좋은 칼을 사라."

한스는 전속력으로 달렸다. 칼 장인은 시험에 관해 물었고, 기쁜 소식을 듣더니 특별히 멋진 칼을 내주었다. 브뤼엘 다리 아래에는 가늘고 멋진 오리나무와 개암나무가 강을 따라 서 있었다. 그곳에서 한스는 한참 동안 골라서 흠집 없고 유연한 가지를 잘라 서둘러 집으로 돌아왔다.

얼굴이 발갛게 상기되고 눈을 반짝이며 한스는 낚시도구 만드는 신나는 작업에 착수했다. 이 일은 낚시 자체만큼이나 그가 좋아하는 일이었다. 오후부터 저녁 내내 그 일을 하면서 앉아 있었다. 하양, 파랑, 초록 끈들을 분리하여 꼼꼼히 살펴보고 수선하면서 얽힌 매듭을 풀고 뒤엉킨 것을 정리했다. 갖가지 종류와 크기의 코르크찌와 깃털바늘을 시험해 보고 새로 깎기도 했다. 다양한 무게의 납덩이를 망치로 동그랗게 만들고, 끈의 무게를 견딜 수 있도록 홈을 팠다. 그다음은 낚싯바늘 차례였다. 바늘은 비축해 둔 것이 아직 조금 남아 있었다. 낚싯바늘은 일부는 네 겹의 검은 재봉실에, 일부는 가느다란 낚싯줄에, 일부는 말총을 꼬아 만든 줄에다 고정시켰다. 저녁 무렵 일이 전부 끝났다. 이제 한스는 7주간의 긴 방학 동안 절대 지루하지 않게 지낼 수 있게 되었다. 낚싯대만 있으면 하루 종일 강에서 보낼 수 있기 때문이었다.

제2장

　여름방학은 이래야 한다. 산 위에는 용담꽃처럼 파란 하늘이 펼쳐졌고, 화창하고 무더운 날이 몇 주나 계속되었다. 가끔 세찬 비바람이 잠깐 스쳐 갔다. 강물이 사암바위와 전나무 그늘과 좁은 골짜기 사이를 흐르면서 따스해져서 저녁 늦게까지도 수영을 할 수 있었다. 작은 도시 주변으로 건초와 2차로 베어 낸 풀 향기가 퍼져 갔고, 좁다란 띠처럼 보이는 밀밭은 황금빛 벌판으로 물들어 갔다. 시냇가에는 흰 꽃이 핀 독미나리과의 식물들이 어른 키 정도로 무성하게 자랐다. 우산처럼 생긴 이 식물의 꽃 속에는 작은 딱정벌레들이 우글거렸는데, 속이 빈 줄기를 자르면 피리를 만들 수 있다. 숲의 가장자리에는 보드라운 털이 나 있고 노란색 꽃이 피는 근엄한 우단담배풀이 줄을 지어 만발했다. 줄기가 가늘고 부드러운 부처꽃과 바늘꽃이 하늘거리며 산기슭을 온통 자색으로 물들였다. 숲속 전나무 밑에는 키가 큰 멋쟁이 디기탈리스가 당당하고 아름답게 이국적인 모습으로 서 있었다. 보드라운 은빛 솜털이 있는 뿌리 쪽의 잎은 넓적하고, 단단한 줄기에는 아름다운 붉은 꽃이 줄지어 달려 있었다. 주변에는 버섯도 많았다. 붉고 반짝이는 광대버섯, 통통하고 넓적한 그물버섯, 괴상하게 생긴 싸리버섯, 붉고 가지가 많은 볏싸리버섯, 아무 색깔 없이 병들어서 부어 보이는 수정란풀도 자라고 있었다. 숲과 초원 사이의 황폐한 비탈에는 억센 금작화가 샛노랗게 타오르고, 그 뒤에는 에리카꽃이 보랏빛의 긴 띠 모양으로 피어 있었다. 그 뒤로는 2차 풀베기를 앞둔 초원이 펼쳐졌는데, 황새냉이, 동자꽃, 샐비어, 체꽃이 알록달록 덮여 있었다. 활엽수 숲에는 되새가 끊임없이 지저귀고, 전나무 숲속에는 적갈색의 다람쥐가 높은 나뭇가지 사이를 뛰어다녔다. 밭둑과 담장, 말라 버린 도랑에는 반짝이는 초록색 도마뱀이 기분 좋은 햇살 속에서 숨을 쉬고 있다. 초원 위로는 높고 요란하게 지칠 줄 모르고 울어 대는 매미 소리가 끝없이 울려 퍼졌다.

마을은 이때쯤이면 시골 분위기가 넘쳤다. 건초마차, 건초 냄새, 낫의 날을 세우는 소리가 길과 대기를 가득 채웠다. 두 개의 공장만 없다면 정말 시골 같았다.

방학 첫날 한스는 이른 아침부터 초조하게 부엌을 서성대면서 아나 아주머니가 일어나기 전부터 커피를 기다렸다. 불 피우는 것을 돕고 빵집에 가서 빵을 사 온 뒤, 신선한 우유를 부어서 식힌 커피를 재빨리 마신 뒤 주머니에 빵을 넣고 밖으로 달려갔다. 그는 철둑 위에서 걸음을 멈추고 양철통을 바지 주머니에서 꺼내 부지런히 메뚜기를 잡기 시작했다. 기차가 지나갔다. 철길의 경사가 급해서 기차는 속도를 제대로 내지 못했다. 활짝 열린 창문과 얼마 안 되는 손님, 연기와 증기가 만드는 길고 아름다운 깃발을 뒤로 날리며 기차는 여유롭게 달렸다. 그는 기차를 계속 바라보았다. 소용돌이치는 하얀 연기가 햇살 가득한 이른 아침의 맑은 공기 속으로 순식간에 사라졌다. 얼마나 오랫동안 이 모든 것을 보지 못한 채 지나쳤던가! 잃어버린 시간을 이제 두 배로 만회하고 다시 어린 시절로 아무 거리낌도 걱정도 없이 돌아가고 싶어 그는 숨을 깊게 들이쉬었다.

　　메뚜기가 든 양철통과 새로 만든 낚싯대를 들고 다리를 건너서 여러 집의 뒷마당을 지나 그는 강에서 제일 깊은 물웅덩이 자리를 찾아갔다. 가는 동안 은밀한 기쁨과 낚시 욕심에 가슴이 두근거렸다. 그곳에서는 버드나무 둥지에 기대어 어느 곳보다 더 편안하게 아무런 방해도 받지 않고 낚시를 할 수 있다. 그는 낚싯줄을 풀어서 작은 납덩이를 매달고 통통한 메뚜기 한 마리를 무자비하게 낚싯바늘에 꿰어 멀리 강물 한가운데로 던졌다. 전에 하던 익숙한 놀이가 시작되었다. 피라미 떼가 미끼 주위에 몰려들더니 낚싯바늘에서 미끼를 떼어내려고 했다. 미끼를 다 물어 가자 두 번째, 세 번째, 네 번째, 다섯 번째 메뚜기를 바늘에 달았다. 점점 더 조심스럽게 낚싯바늘에 메뚜기를 달고, 마지막으로 납을 하나 더 매달아서 무겁게 만들었더니 그제야 제대로 된 물고기가 미끼를 건드렸다. 물고기는 미끼를 조금 물어뜯다가 놓아 버리더니 다시 건드리기 시작했다. 이번에는 제대로 물었다. 훌륭한 낚시꾼은 낚싯줄과 낚싯대를 통해서 손가락에 전해지는 작은 움직임도 느끼는 법이다. 한스는 줄을 홱 낚아챈 뒤 조심스럽게 잡아당기기 시작했다. 물고기가 그대로 있어서 눈에 보이게 되자 그게 황어라는 것을 알았다. 허옇게 빛나는 넓은 몸통과 삼각형의 머리, 유난히 예쁘고 붉은 살색 배지느러미가 이 물고기의 특징이었다. 무게가 얼마나 될까? 하지만 그것을 짐작하기도 전에 물고기는 필사적인 몸부림을 치면서 수면에서 버둥대더니 달아나 버렸다. 물고기가 물속에서 서너 번 몸을 뒤틀다가 은빛 섬광처럼 깊은 물속으로 사라지는 것이 보였다. 미끼를 제대로 물지 않았던 것이다.

낚시꾼의 마음속에 이제 사냥에 대한 흥분과 뜨거운 집중력이 발동했다. 그의 눈은 갈색 낚싯줄이 물에 닿은 지점을 날카롭게 쏘아보았다. 뺨은 붉게 상기되고, 몸놀림은 간결하고 신속 정확했다. 두 번째 황어가 미끼를 물고 모습을 드러냈다. 그 뒤에는 아쉽게도 작은 잉어가 걸렸다. 이어 모래무지가 연달아 세 마리 잡혔다. 모래무지를 잡아서 정말 좋았다. 아버지가 이 물고기를 유난히 좋아하기 때문이었다. 모래무지는 비늘이 짧고, 몸통은 통통하고, 커다란 머리통에 우스꽝스런 하얀 수염이 있고, 눈은 작고, 꼬리 부분은 날렵하다. 색깔은 초록과 갈색의 중간인데 땅으로 건져 올리면 강철 같은 푸른색으로 변한다.

그 사이 해가 높이 떴다. 위의 방죽에서 물거품이 눈처럼 하얗게 빛나고, 강물 위에는 따스한 공기가 어른거렸다. 하늘을 보니 무르베르크 산 위에 손바닥 크기의 예쁜 구름이 몇 조각 떠 있었다. 날이 아주 더워졌다. 조용히 떠 있는 작은 구름 조각보다 한여름 날의 더위를 더 잘 보여 주는 것은 없을 것이다. 하늘 중간 높이에 조용히 떠 있는 구름은 햇빛을 가득 머금고 있어서 오래 바라볼 수가 없다. 푸른 하늘이나 반짝이는 수면이 아니라 거품같이 희고 동그랗게 뭉쳐 있는 한낮의 항해자 같은 구름 몇 조각을 보면 불현듯 이글거리는 태양과 마주하게 되고, 그늘을 찾아서 땀이 흐르는 이마를 손으로 훔치게 된다.

서서히 한스는 낚싯대에 집중하지 않게 되었다. 좀 피곤했다. 어차피 한낮엔 거의 아무것도 잡히지 않는다. 나이 먹은 커다란 은붕어는 이때쯤 볕을 쬐기 위해 물 위로 올라온다. 그놈들은 묵직한 몸놀림으로 수면 바로 아래에서 꿈꾸듯 물결을 따라 헤엄을 치다가 때로 갑자기 놀라기도 하는데, 이 시간에는 낚싯바늘을 물지 않는다.

한스는 낚싯줄을 버드나무 가지에 걸어 물속에 담그고 땅바닥에 앉아 푸른 강물을 바라보았다. 물고기들이 천천히 위로 올라왔다. 거무스름한 물고기의 등이 하나씩 수면에 나타나더니 따스함에 끌려 마법에 걸린 듯 천천히 떼를 지어 조용히 지나갔다. 물속이 따스해서 좋은 것 같았다. 한스는 장화를 벗고 발을 강물에 담갔다. 수면은 미지근했다. 그는 잡은 물고기들을 들여다봤다. 물고기들은 커다란 물뿌리개 안에서 헤엄치면서 가끔씩 철퍼덕거렸다. 정말 예뻤다. 움직일 때마다 비늘과 지느러미에서 흰색, 갈색, 녹색, 은색, 탁한 금색, 파란색과 다양한 색깔들이 반짝였다.

무척 조용했다. 다리 위를 지나는 수레 소리조차 들리지 않았다. 물방아의 철퍼덕 소리도 여기서는 아련하게 들릴 뿐이었다. 단지 위쪽의 하얀 방죽에서 약하게 쏴쏴거리는 소리만이 조용히, 시원하고 나른하게 들렸고, 흘러가는 뗏목의 통나무에 스쳐서 물결치는 물소리만이 나지막이 들렸다.

그리스어와 라틴어, 문법과 문체론, 산수와 암기, 불안하고 쫓기듯 지낸 길고 긴 한 해의 고통스런 소동이 나른하고 따스한 시간 속에서 고요히 아래로 가라앉았다. 한스는 머리가 조금씩 아팠지만 평소처럼 심하지는 않았다. 이제 다시 물가에 앉아 있을 수 있게 되었다. 그는 방죽에서 흩날리는 물거품을 보고 눈을 깜박이며 낚싯줄을 살폈다. 옆의 물뿌리개 안에는 잡은 물고기들이 헤엄치고 있다. 정말 멋지다. 그러다가 자신이 시험에 2등으로 합격했다는 생각이 들면 맨발로 물장구를 치면서 두 손을 주머니에 넣고 휘파람을 불었다. 사실 한스는 제대로 휘파람을 불 줄 몰랐다. 그래서 전부터 고민이었고, 학교 친구들한테 놀림도 많이 당했다. 그는 이 사이로만 휘파람을 불 수 있었고, 그것도 아주 낮게밖에 불지 못하지만 집에서 혼자 불면서 놀기엔 충분했다. 지금은 듣는 사람이 아무도 없다. 다른 아이들은 학교에서 지리를 공부하고 있지만 나는 혼자서 자유롭게 놀고 있다. 이제 다른 아이들을 앞질렀고, 그 아이들 위에 있다. 그 아이들은 한스를 못살게 굴었다. 그가 아우구스트하고만 놀고 다른 아이들의 싸움질이나 놀이에 흥미가 없기 때문이었다. 그래, 이제 네 녀석들은 내 뒤꽁무니나 구경해라, 멍청한 녀석들. 고집쟁이들 같으니. 그는 입을 비죽이며 아이들을 깔보며 잠시 휘파람을 멈추었다. 그러다가 낚싯줄을 걷어 올렸는데 웃음이 터졌다. 낚싯바늘에 미끼가 하나도 남지 않은 때문이었다. 통에 들어 있는 메뚜기를 풀어 놔 주자 메뚜기들은 술에 취한 듯 비틀대며 풀 사이로 기어갔다. 근처 피혁 공장은 벌써 점심시간이었다. 이젠 한스도 밥 먹으러 갈 시간이었다.

점심을 먹는 동안 거의 아무런 대화도 오가지 않았다.

"뭐 좀 잡았느냐?" 아버지가 물었다.

"다섯 마리요."

"그래? 다 큰 놈은 잡지 마라. 안 그러면 나중에 어린 물고기가 없어진다."

그러고는 대화가 끊겼다. 정말 더웠다. 식후에 곧장 수영하러 갈 수 없어 유감이었다. 대체 왜 안 되는 거지? 그건 해롭다고 한다. 그건 한스가 더 잘 안다. 하지 말라고 하는데도 종종 그렇게 해 봤기 때문이다. 하지만 이제는 그렇게 하지 않는다. 그러기에는 이제 너무 자랐다. 맙소사, 시험 볼 때는 시험관들이 그에게 존댓말까지 하지 않았던가!

마당에 있는 가문비나무 아래에서 한 시간 정도 누워 있는 것은 나쁘지 않았다. 그늘이 많아서 책을 읽을 수도, 나비를 바라볼 수도 있었다. 그렇게 한스는 2시까지 그곳에 누워 있었고 깜빡 잠이 들 뻔했다. 하지만 이젠 수영 갈 시간이다. 수영 장소가 있는 초원에는 어린 남자애들만 몇 명 있었다. 큰 아이들은 전부 학교에 가 있었다. 정말 고소하다. 그는 천천히 옷을 벗고 물로 들어갔다. 한스는 온기와 냉기를 제대로 즐길 줄 알았다. 어느 정도 헤엄을 치다가 잠수를 하고 물장구를 치다가 강가에 엎드려서 금방 물기가 마른 피부가 햇볕에 그을리는 것을 느꼈다. 어린아이들이 존경하듯 그의 주위에 슬금슬금 모여들었다. 그래, 이제 그는 유명인이 된 것이다. 사실 그는 다른 아이들과 다른 모습이었다. 갈색으로 탄 목 위에 예쁜 머리가 자유롭고 우아하게 움직이고, 얼굴은 이지적이고 눈빛에는 우월감이 가득했다. 다른 곳은 아주 말라서, 가느다란 팔다리는 무척 연약했고 가슴하고 등은 갈비뼈를 셀 수 있을 정도이고 장딴지에도 살이 거의 없었다.

거의 오후 내내 그는 햇볕과 물 사이를 오갔다. 4시가 넘자 학교 친구들 대부분이 왁자지껄 떠들면서 달려왔다.

"와, 기벤라트, 좋겠다!"

그는 기분 좋게 몸을 쭉 폈다. "그래, 좋아."

"신학교는 언제 가?"

"9월에 가. 지금은 방학이야."

그는 아이들의 부러움을 받았다. 뒤에서 한 아이가 놀려 대며 이런 노래를 불러도 개의치 않았다.

나도 그러면 정말 좋겠네.

슐체 리자베트처럼 말이야.

대낮에도 침대에 누워 지내는데,

나는 그렇지가 못한 신세라네.

한스는 그저 웃기만 했다. 그 사이 아이들이 옷을 벗었다. 한 아이가 거침없이 물로 뛰어들었다. 다른 아이들은 일단 조심스럽게 몸을 식혔고 잠시 잔디밭에 눕는 아이들도 있었다. 잠수를 잘하는 아이를 보면 모두 감탄했다. 겁쟁이 하나를 밀어서 넘어뜨려 물에 빠트리자 아이가 죽는다고 소리쳤다. 서로 잡으러 쫓아다니며 달렸고, 물 밖에서 일광욕하는 아이한테는 물을 뿌렸다. 첨벙대는 물소리와 고함 소리로 시끄러웠다. 강가는 물에 젖어서 반짝이는 피부들로 빛났다.

한 시간 뒤에 한스는 자리를 떴다. 물고기들이 다시 미끼를 무는 따스한 저녁 시간이 되었다. 저녁 식사까지 그는 다리에 앉아 낚시를 했는데 거의 아무것도 잡지 못했다. 물고기들은 탐욕스럽게 몰려왔지만 매번 미끼만 빼먹었고, 잡힌 것은 한 마리도 없었다. 낚싯바늘에 버찌를 매달았는데, 너무 크고 무른 것 같았다. 나중에 한

번 더 해 볼 작정이었다.

저녁 식사 때 많은 사람들이 축하를 하러 왔었다는 이야기를 들었다. 오늘 날짜 주간신문도 보았다. 신문의 '공지사항'에는 다음과 같은 기사가 있었다.

"우리 마을은 금년도 예비 신학교 입학시험에 한스 기벤라트 한 명만 응시했다. 이 학생이 차석으로 시험에 합격했다는 기쁜 소식이다."

한스는 신문을 접어 주머니에 넣고 아무 말도 하지 않았지만 자부심과 기쁨으로 가슴이 터질 것 같았다. 그는 다시 낚시를 갔다. 이번에는 낚싯밥으로 치즈 몇 조각을 가지고 갔다. 물고기들이 잘 먹기도 하고, 어둠 속에서 물고기들의 눈에 잘 띄는 까닭이었다.

낚싯대는 내버려 두고 아주 간단한 손낚시를 들고 갔다. 그가 제일 좋아하는 낚시법이었다. 낚싯대나 찌도 없이 낚싯줄하고 낚싯 바늘로 잡는 방식으로, 힘은 더 들지만 훨씬 재미가 있다. 미끼의 아주 섬세한 움직임까지 통제할 수 있어서 입질이나 미끼 무는 것을 하나도 빼놓지 않고 느낄 수 있고, 흔들리는 낚싯줄을 보고 물고기가 언제 나타나는지 지켜볼 수도 있다. 물론 이런 종류의 낚시는 능숙하고 손놀림이 아주 숙련되어야 하고 첩자처럼 망을 잘 봐야 한다.

좁고 깊숙이 파인 구불구불한 골짜기에는 어둠이 빨리 찾아온다. 다리 아래로 강물은 검게 조용히 흘러갔다. 아래쪽 물방앗간에는 불이 들어왔다. 사람들의 말소리와 노랫소리가 다리 위와 골목길에 울려 퍼지고, 공기는 후덥지근하고 강에서는 거무스름한 물고기가 펄떡거리며 공중으로 뛰어올랐다. 이런 날 저녁에는 물고기들이 이상하게 흥분해서 지그재그로 총알 같이 헤엄치다가 공중에 솟구쳐 낚싯줄에 부딪치고 정신없이 미끼에 달려든다. 마지막 남은 치즈 조각까지 다 썼을 때는 자그마한 잉어를 네 마리 잡았다. 내일 아침에 목사 댁에 가져갈 생각이었다.

골짜기 아래로 따스한 바람이 불어왔다. 어두웠지만 하늘엔 아직 빛이 남아 있었다. 캄캄해진 시내에는 교회 탑과 성의 지붕만이 밝은 하늘을 향해 검고 뾰족하게 솟아 있었다. 어디선가 소나기가 쏟아지는 모양으로, 먼 곳에서 약하게 천둥 치는 소리가 들렸다.

10시에 잠자리에 들자 오랫동안 느껴보지 못한 기분 좋은 피로감과 노곤함이 머리와 온몸을 휘감았다. 앞으로 아름답고 자유로운 여름날들이 즐겁고 멋지게 펼쳐질 것이다. 빈둥대고 수영하고 낚시하고 꿈을 꾸는 그런 날들이다. 단 한 가지, 멋지게 일등을 하지 못한 것이 속상했다.

아침 일찍 한스는 목사관 현관에 어제 잡은 물고기를 들고 서 있었다. 목사가 서재에서 나왔다.

"아, 한스 기벤라트, 잘 잤니? 축하한다. 정말 축하해. 그런데 뭘 가져온 거야?"

"물고기 좀 가져왔어요. 어제 잡았어요."

"그래, 어디 좀 보자. 고맙다. 어서 들어와라."

한스는 낯익은 서재로 들어갔다. 그 방은 보통 목사들의 서재와는 달랐다. 화초도 없고 담배냄새도 나지 않았다. 많은 장서가 겉장에 광택이 나고, 금박을 입힌 새 책이었다. 목사들의 서재에서 흔히 볼 수 있는 색 바래고 뒤틀리고 벌레 먹고 얼룩 있는 책이 아니었다. 그리고 자세히 보면 잘 정리된 책의 제목에서 존경스럽지만 고리타분한 세대의 목사들과는 다른 새 시대의 정신을 알아볼 수 있었다. 일반적인 목사의 서가에 있는 존경스런 훌륭한 책들, 즉 벵엘, 외팅어, 슈타인호퍼[1]의 저서 같은 호화로운 책이나 뫼리케[2]가 「종탑의 풍향계」[3]에서 아름답게 노래한 바 있는 신앙심 깊은 찬송가 작가들의 책은 없거나, 눈에 띄지 않았다. 잡지꽂이, 설교대, 종이가 널린 커다란 책상, 이 모두가 학구적이고 엄숙한 분위기를 만들었다. 목사는 이 방에서 많은 일을 했다. 설교, 교리문답, 성경 시간보다는 연구논문과 학술지를 위한 기고, 저서 집필을 위한 사전 연구를 더 많이 했다. 몽상적인 신비주의나 기이한 생각 같은 것은 이곳에서 추방되었다. 학문의 깊은 연구를 넘어서서 사랑과 연민으로 목마른 대중의 영혼에 영합하는 순진한 사랑의 신학 역시 여기서는 추방되었다. 대신 이곳에서는 성서에 대해 격정적인 비판을 하면서 '사실적인 그리스도'를 찾고 있었다.

신학 역시 다른 영역과 다를 바 없다. 예술인 신학이 있고, 학문인 신학, 혹은 적어도 학문이고자 하는 신학이 있다. 예나 지금이

---

1 요한 알브레히트 벵엘Johann Albrecht Bengel(1687~1752), 프리드리히 크리스토프 외팅어Friedrich Christoph Ötinger(1702~1782), 프리드리히 크리스토프 슈타인호퍼Friedrich Christoph Steinhofer(1706~1761): 독일의 신학자.

2 에두아르트 뫼리케Eduard Mörike(1804~1874): 슈바벤 출신의 목사이자 작가.

3 뫼리케는 이 시 「종탑의 풍향계Der alte Turmhahn」(1852)에서 아침 해가 비치는 목사의 서재를 보여 주면서 슈바벤 출신 신학자들의 저서를 언급하고 있다.

나 마찬가지이다. 학문적인 사람들은 항상 오래된 포도주를 새로운 가죽 부대에 담는 일을 게을리했다. 하지만 예술가들은 여러 가지 외적인 실수를 아무렇지 않게 감내하면서 많은 사람들에게 위안과 기쁨을 준다. 이것은 비판과 창조, 학문과 예술 사이의 오래되고, 비교가 불가능한 싸움이다. 이 싸움에서 전자는 항상 옳지만 어떤 사람에게는 그것이 도움이 되지 못하는 수도 있다. 반면 후자는 항상 영원에 대한 예감, 믿음, 사랑, 위안, 아름다움의 씨앗을 뿌리고 계속 풍요로운 토양을 찾아낸다. 왜냐하면 삶은 죽음보다 강하고, 믿음은 의심보다 강한 때문이다.

한스는 처음으로 설교대와 창문 사이에 놓인 작은 가죽소파에 앉아 보았다. 목사는 정말 친절했다. 마치 동료인 것처럼 신학교에 관해서, 그곳에서 어떻게 지내고 어떻게 공부하게 될지 설명해 주었다.

마지막으로 목사는 다음과 같이 말했다. "그곳에서 배우게 될 일 중에서 제일 중요한 것은 신약성서로 공부하는 그리스어 입문이야. 그것을 통해 새로운 세계가 열리게 될 거야. 공부할 것이 많긴 하지만 기쁨도 클 거야. 처음에는 그리스어 때문에 고생 좀 하겠지. 그동안 배운 아티아풍의 그리스어[4]가 아니라, 새로운 정신이 만들어 낸 그리스어 어법이거든."

한스는 귀를 기울였고 진정한 학문에 다가가는 자부심을 느꼈다.

목사는 이야기를 계속했다. "틀에 박힌 수업으로 새로운 세계

---

4 아테네를 중심으로 하는 아티카 지역의 고대 그리스어.

에 입문할 경우 그 세계가 가지고 있는 매력이 많이 사라지는 법이다. 신학교에서는 아무것도 못 하고 히브리어에만 얽매일 수도 있어. 네가 마음이 있다면 이번 방학 동안 공부를 조금 시작해 볼 수 있어. 그러면 신학교에 가서 다른 것에 쓸 수 있는 시간이나 힘이 남게 되어 안심이 될 거야. 누가복음 몇 장을 함께 미리 공부할 수도 있는데, 그러면 학교에 들어가서 언어를 놀이하듯 쉽게 배우게 될 거야. 너한테 사전을 빌려줄 테니 매일 한두 시간 정도 투자하면 돼. 그 이상은 아니야. 왜냐하면 지금은 휴식을 즐기는 게 당연하니까. 이건 그냥 제안일 뿐이니, 결정은 네가 하도록 해라. 너의 멋진 휴가를 망치고 싶지는 않다."

당연히 한스는 동의했다. 누가복음 공부는 자유라는 청명한 하늘에 낀 엷은 구름 같지만, 한스는 간단히 거절할 수가 없었다. 그리고 방학 동안 틈틈이 새로운 언어를 배우는 것은 일이 아니라 즐거움이었다. 사실 그는 신학교에서 배우게 될 새로운 것이 살짝 겁났다. 특히 히브리어가 걱정이었다.

만족한 기분으로 목사관을 나와 그는 낙엽송 길을 따라 숲으로 갔다. 자질구레한 걱정은 이제 사라졌다. 생각하면 할수록 꽤 괜찮은 제안이었다. 다른 아이들보다 앞서려면 지금보다 더 열심히 지독하게 공부해야 한다는 것을 알고 있는 때문이었다. 한스는 정말로 남보다 앞서고 싶었다. 왜 그런지는 알 수 없었다. 3년 전부터 그는 주목을 받았다. 교사, 목사, 아버지, 특히 교장이 그를 격려하고 독려하며 몰아붙였다. 오랫동안 매 학년 그는 수석이었다. 이제 자부심은 하늘을 찔러 누구의 추격도 허락할 수가 없었다. 그리고 시험에 대한 바보 같은 두려움도 사라졌다.

노는 것은 최고로 멋진 일이었다. 아침 시간 산책하는 사람이 아무도 없는 숲은 말할 수 없이 아름다웠다. 가문비나무들이 푸른 잎으로 둥그런 지붕을 만들어 넓은 홀처럼 보이는 숲을 뒤덮고 있었다. 작은 관목은 별로 없었다. 여기저기 뒤엉킨 나무딸기 덤불뿐이었다. 대신 부드러운 모피 담요처럼 이끼가 끝없이 넓게 펼쳐져 있는데, 거기에는 키 작은 산딸기나무와 에리카꽃이 피어 있었다. 이슬은 전부 다 말랐고, 꼿꼿하게 솟아오른 나무 사이로 숲속 아침 특유의 후덥지근한 기운이 돌았다. 따스한 햇볕, 이슬의 습기, 이끼 냄새, 송진, 전나무 잎과 버섯 향기가 뒤섞인 후덥지근한 공기는 그의 감각을 마비시키며 파고들었다. 이끼에 누워서 한스는 잔뜩 달린 산딸기를 따 먹었다. 여기저기서 딱따구리가 나무를 쪼는 소리와 샘 많은 뻐꾸기가 우는 소리가 들렸다. 시커먼 가문비나무의 꼭대기에는 구름 한 점 없는 짙푸른 하늘이 내려다보고 있었다. 수직으로 빽빽하게 뻗은 수많은 나무들이 마치 위엄 있는 갈색의 벽을 두른 것처럼 보였다. 따스하게 내리쬐는 노란 햇살이 여기저기 이끼에다 햇살을 뿌리고 있었다.

원래 한스는 산책을 아주 오래 할 생각이었다. 적어도 뤼첼러 성이나 크로쿠스 초지까지 가 보려 했다. 그런데 지금 그는 산딸기를 먹으면서 이끼에 누워 느긋하게 하늘만 바라보고 있었다. 이상하게 피곤했다. 전에는 서너 시간 걷는 것이 아무 일도 아니었다. 그래서 벌떡 일어나 조금 멀리 걸어 볼 작정으로 수백 걸음 정도 걸었다. 하지만 어떻게 된 셈인지 다시 이끼 위에 눕고 말았다. 계속 누워서 눈을 껌벅이며 나무줄기와 우듬지, 녹색 땅바닥으로 시선을 돌렸다. 이상하게도 공기가 그를 피곤하게 만들었다.

점심때 집으로 오니 다시 머리가 아팠다. 눈도 아팠다. 숲길을 비추는 햇살이 너무 강했기 때문이었다. 오후의 반나절 정도는 집 주변에서 빈둥댔다. 헤엄을 치고 나니 머리가 좀 맑아졌다. 이제 목사에게 갈 시간이었다.

가는 길에 작업장 창가 앞의 세 발 의자에 앉아 일을 하던 구둣방 주인 플라이크가 그를 보고 불렀다.

"애야, 어딜 가니? 얼굴 보기가 힘들구나."

"목사님한테 가야 해요."

"아직도? 시험이 끝났는데."

"네, 다른 일로 가요. 신약 공부를 해요. 신약이 그리스어로 쓰였는데, 전에 배운 것하고는 완전히 다른 그리스어예요. 이제 그걸 공부해야 해요."

아저씨는 모자를 뒤로 넘기더니 심각한 철학자처럼 넓은 이마를 찌푸리고 깊은 주름을 지었다. 그러고는 긴 한숨을 쉬었다.

그리고 낮은 소리로 말했다. "한스야, 얘기 좀 해야겠다. 그동안은 주 시험 때문에 그냥 있었지만, 이제는 주의를 좀 줘야겠다. 목사가 무신론자라는 것을 알아야 한다. 목사는 성서가 틀렸고 거짓이라면서 널 속일 게다. 그 사람하고 신약을 읽는다면 너도 모르게 신앙을 잃어버리게 될 거다."

"아저씨, 저는 그냥 그리스어만 공부하는 거예요. 신학교에 가면 어차피 배워야 하거든요."

"그래, 그렇게 말할 줄 알았다. 하지만 네가 성경을 신앙이 깊고 양심적인 선생한테 배우는 것과 사랑의 하나님을 믿지 않는 사람한테 배우는 것은 완전히 다르다."

"그렇겠지요. 하지만 목사님이 하나님을 믿는지 안 믿는지는 아무도 모르잖아요."

"무슨 소리냐, 한스야. 모두들 알고 있다."

"그럼 어떡해요? 공부하러 간다고 약속을 했는데요."

"그렇다면 가야지. 그건 맞다. 하지만 목사가 성경은 인간이 만든 것이고 거짓말이고, 성령에서 나온 것이 아니라고 말하거든 나한테 오너라. 거기에 관해 이야기해 보자. 그럴 거지?"

"네, 하지만 그런 안 좋은 일은 없을 거예요."

"두고 보면 알 거다. 내 말 명심해라."

목사가 아직 집에 돌아오지 않아 한스는 서재에서 기다렸다. 금박으로 된 책 제목을 보는 동안 플라이크 아저씨의 말이 생각났다. 사람들이 목사와 최근 유행하는 사상에 관해서 그런 말을 하는 것을 그는 여러 번 들은 적이 있다. 이제 처음으로 긴장해서 관심을 가지고 이 일에 휘말리게 되었다. 그래도 이 일이 아저씨처럼 그렇게 심각하거나 놀랍게 생각되지는 않았다. 오히려 이번에 그는 오래된 큰 비밀을 파고들 수 있는 가능성을 예감했다. 저학년 때는 신이 정말 어디나 존재하는지, 영혼은 어디에 존재하는지, 그리고 악마와 지옥에 관해서 상상력의 나래를 펴며 생각에 골몰했었다. 하지만 이 모든 것은 최근 몇 년 동안 혹독하고 부지런하게 지내면서 사라졌고, 학교에서 배운 기독교 신앙은 구둣방 아저씨와 대화를 할 때만 간혹 사생활과 관련되어 생각났다. 아저씨와 목사를 비교하자 미소가 절로 나왔다. 구둣방 아저씨가 힘든 세월 동안 터득한 확고한 신앙을 소년은 이해할 수 없었다. 플라이크 씨는 분별은 있지만 단순하고 편협한 사람으로, 독실한 척하는 탓에 여러 사람들한테서 놀림을 받았다. 기도하는 형제들 모임에서 그는 엄격한 심판관, 대단한 성서 해석자로 행동했다. 그는 여러 마을에서 기도 모임을 갖기도 했다. 그러나 그는 하찮은 소시민 수공업자로, 다른 사람들처럼 꽉 막힌 사람이었다. 반대로 목사는 세련되고 말솜씨가 좋은 설교자, 성실하고 엄격한 학자였다. 한스는 존경하는 마음으로 장서를 올려다보았다.

곧 목사가 집에 돌아와 외출복을 벗고 가벼운 검은색 실내복을 걸친 후 한스에게 그리스어로 된 누가복음의 본문을 주면서 읽으라고 했다. 라틴어 수업과는 전혀 달랐다. 두 사람은 몇 문장을 읽고 정말 꼼꼼하게 번역했다. 그런 뒤에 스승은 평범한 예를 들면서 그 언어가 가진 독특한 정신을 능란하고 유창하게 설명했고, 이 책이 쓰인 시대와 그 배경에 관해 설명해 주었다. 몇 시간 만에 한스는 배우고 읽는다는 것의 새로운 의미를 알게 되었다. 한스는 각 구절과 단어에 어떤 수수께끼와 과제가 숨어 있는지, 아주 옛날부터 학자와 사상가와 연구자들이 이 문제를 풀기 위해서 얼마나 노력했는지 알 것 같았고, 자신도 이제 진리 탐구자의 길로 들어선 기분이었다.

한스는 목사에게서 사전과 문법책을 빌려와 저녁 내내 집에서 공부했다. 이제 진정한 연구로 향하는 길이 얼마나 많은 연구와 지식의 산을 넘어 이어지는지 알게 되었다. 그는 어려움을 뚫고 이 길을 갈 것이며, 계획에 맞춰 실행할 마음의 준비가 되어 있었다.

며칠 만에 한스는 새로운 공부의 매력에 푹 빠졌다. 그는 매일 저녁 목사관에 갔다. 이 진정한 학문은 매일 더욱 아름답고 어려우면서도 더욱 노력할 가치가 있는 것으로 생각되었다. 이른 아침에는 낚시를, 오후에는 수영을 하러 갔고, 그 외에는 집 밖으로 거의 나가지 않았다. 주 시험에 대한 걱정과 승리감으로 그동안 잊고 있던 야심이 다시 깨어나 그를 잠시도 가만두지 않았다. 동시에 묘한 감정이 그의 머릿속에서 자라나기 시작했다. 두통이 아니라 승리에 대한 조급함이었는데, 맥박이 빨라지고 격하게 흥분되어 무작정 앞으로 나가려는 욕망이었다. 나중에는 두통이 몰려왔다. 그러나 그런 멋진 열정이 지속되는 한은 독서와 공부가 급속도로 진척되었다. 전에는 15분이나 걸리던 크세노폰의 어려운 문장도 놀이하듯 힘들이지 않고 읽어 나갔다. 사전은 거의 필요 없었고, 어려운 내용도 막히지 않고 가볍게 넘어갔다. 공부에 대한 열정과 지식에 대한 갈망은 더욱 커졌고 여기에 의기양양한 자부심까지 더해졌다. 마치 학교와 교사와 학창 시절은 이미 오래전에 끝났고, 벌써 자신의 길에 들어서서 지식과 능력의 정점을 향해서 가고 있는 기분이었다.

이제는 쉽게 깊이 잠이 들어 선명한 꿈을 꾸어 가면서 잠을 잤다. 밤에 약간의 두통을 느끼며 잠에서 깨어나 다시 잠들지 못할 때면 앞서야 한다는 불안감으로 마음이 초조해졌다. 하지만 한편으로 또래 아이들에 비해 자신이 얼마나 앞섰는지, 그리고 교사와 교장이 존경은 물론 경탄까지 하며 자신을 바라보던 것을 생각하면 우월감 가득한 자부심이 느껴졌다.

교장은 한스의 자부심을 일깨우고 그것을 올바로 인도하여 훌륭하게 성장하는 것을 바라보면서 마음속으로 기쁨을 느꼈다. 교사들을 냉정하고 답답하며 영혼 없는 소인배라고 말하지 말라. 결코 그렇지 않다. 자극을 줘도 오랫동안 아무런 성과 없던 아이의 재능이 자신에 의해 갑자기 피어나고, 목검과 새총과 활 같은 유치한 놀이에 집착하던 아이가 열심히 공부하기 시작하고, 노력과 진지한 태도로 거의 금욕적인 소년이 되어 얼굴이 더 성숙하고 정신적으로 되고, 시선이 깊고 목표를 의식하게 되고, 손이 더 하얗고 얌전해질 때 교사의 영혼은 기쁨과 자부심으로 가득하게 된다. 교사의 의무와 국가가 그에게 위임한 소명은 어린 소년에게서 자연의 거친 힘과 욕망을 제어하고 없앤 뒤에 그 자리에 국가가 원하는 조용하고 절제된 이상을 심어 주는 것이다. 이제는 만족하는 시민, 열심히 노력하는 관리가 된 많은 사람들이 학교의 이런 노력이 없었다면 아마 펄펄 날뛰는 개혁자나 혹은 공허한 이상만 추구하는 몽상가가 되었을 것이다. 교사는 우선 소년의 내면에 들어 있는 거칠고 무질서하고 야만스러운 요소들을 부수어야 한다. 그런 다음 그런 것이 위험한 불꽃으로 타오르지 않도록 불씨까지 완전하게 제거해야 한다. 자연 그대로의 인간은 예측 불가능할 뿐만 아니라 속을 들여다볼 수 없기 때문에 매우 위험하다. 알 수 없는 산에서 흘러내리는 강물, 길도 없고 정리도 안 된 원시림이나 마찬가지이다. 빛이 들어오도록 원시림을 쳐내고 단단하게 정리해야 하듯 학교 역시 자연 그대로의 인간을 부수고 굴복시키고 강제로 제어해야 한다. 학교의 사명은 정부가 승인한 기본 원칙에 따라 인간을 사회에 유용한 일원으로 만들고, 그 사람 안에 있는 특성을 일깨우는 것으로, 완벽한 교육의 완성은 병영에서의 세심한 훈육을 통해 성공적으로 마무리된다.

어린 기벤라트는 정말 훌륭하게 자랐다! 어슬렁거리며 돌아다니면서 노는 것을 스스로 알아서 그만두었고, 이제 수업시간에 바보처럼 웃는 일도 없다. 마당 가꾸기, 토끼 키우기, 따분한 낚시질도 멀리하게 되었다.

어느 날 저녁 교장이 직접 기벤라트의 집을 방문했다. 몸 둘

바를 모르는 아버지에게서 간신히 벗어난 교장은 한스의 방으로 들어가 누가복음을 공부하고 있는 소년에게 가서 다정하게 인사를 건넸다.

"멋지다, 기벤라트, 또다시 열심히 공부하는구나. 그런데 왜 나한테 오지 않았어? 매일 널 기다렸는데."

"가려고 했어요." 기벤라트가 사과했다. "적어도 물고기 몇 마리는 가지고 가려고요."

"물고기? 무슨 물고기?"

"잉어나 뭐 그런 거요."

"아, 그래, 그러냐? 다시 낚시를 하러 다니는 거야?"

"네, 가끔 가요. 아버지가 허락하셨어요."

"응, 그렇구나. 낚시는 재미있니?"

"네, 재미있어요."

"좋아. 네가 열심히 공부해서 얻은 방학이니 놀 자격이 있다. 이제는 더 공부하고 싶은 생각은 없겠구나?"

"아뇨, 교장선생님, 공부하고 싶어요."

"하고 싶지 않은데 강요하고 싶지는 않다."

"정말 하고 싶어요."

교장은 몇 번 한숨을 쉬더니 엉성한 수염을 쓰다듬으며 의자에 앉았다.

"한스야. 사실은 말이다, 아주 좋은 성적으로 주 시험을 본 후에 가끔 갑작스럽게 뒤처지는 아이들을 많이 봤기 때문에 그러는 거란다. 신학교에 가면 새로운 과목을 배우게 되는데, 방학 동안에 선행학습을 하고 온 아이들이 있어. 입학시험에서 썩 좋지 못한 성적을 받은 아이들이 그렇다. 방학 동안 승리에 취해서 마음껏 쉰 아이들보다는 그런 아이들이 순식간에 정상으로 올라간다."

교장은 다시 한숨을 쉬었다.

"이곳 학교에서 일등 하는 것은 정말 쉬웠어. 하지만 신학교에 가면 다른 아이들은 정말 재능이 있거나 아주 열심히 공부하는 아이들이라 그 애들을 앞지르는 것은 쉽지가 않단다. 무슨 말인지 알겠지?"

"네."

"그래서 나도 이번 방학에 미리 학습을 조금 하면 어떨까 제안을 하는 거다. 물론 적당히 해야지. 넌 지금 충분히 쉴 권리가 있고, 그럴 의무도 있어. 하루 한두 시간이면 적당할 것 같구나. 무리하면 탈이 날 수 있어. 정상적인 리듬을 되찾으려면 몇 주가 걸릴 수도 있고. 어떻게 생각하느냐?"

"전 마음의 준비가 되어 있습니다, 교장선생님. 도와주시면……."

"좋아, 신학교에 가면 아마 히브리어 다음으로 호메로스를 통해서 새로운 세계를 알게 될 거다. 지금 기초를 단단하게 다져 놓으면 호메로스를 두 배로 재미있고 쉽게 읽을 수 있어. 호메로스의 언어는 고대 이오니아 방언으로, 호메로스식 운율은 아주 독특하단다. 아주 특이해서 그 글을 제대로 음미하려면 열심히, 철저하게 공부해야 한다."

물론 한스는 이 새로운 세계에 들어가고 싶었다. 그래서 최선을 다하겠다고 약속했다.

하지만 그다음이 문제였다. 교장은 헛기침을 하더니 다정하게 말을 이었다.

"솔직히 난 네가 수학도 몇 시간 했으면 한다. 물론 넌 산수를 못하지 않지만 지금까지 자신 있는 과목이 아니었어. 신학교에 가면 대수하고 기하를 배워야 하니까 미리 조금 공부해 두는 게 좋을 것 같다."

"알겠습니다, 교장선생님."

"우리 집에 오는 건 언제라도 좋아. 잘 알지? 네가 훌륭한 인물이 되는 걸 보는 건 나한테 보람 있는 일이야. 수학은 아버지한테 부탁드려서 수학 선생님한테 개인지도 받도록 해라. 일주일에 서너 시간이면 충분할 거다."

"알겠습니다, 교장선생님."

다시 공부가 활짝 열렸다. 한스는 어쩌다 한 시간쯤 낚시나 산책을 할 때면 양심의 가책을 느꼈다. 헌신적인 수학 교사는 한스가 수영을 하던 시간에 공부를 하자고 제안했다.

대수는 아무리 열심히 해도 별 재미가 없었다. 뜨거운 오후 헤엄을 치러 가는 대신 후덥지근하고 모기가 윙윙대는 수학 교사의 방에서 먼지 많은 탁한 공기를 마시면서 피곤한 머리와 메마른 목소리로 더하기 빼기를 중얼거리는 것은 괴로웠다. 그를 마비시키고 짓누르는 것이 공기 중에 떠다니고 있다가 날씨가 나쁜 날에는 암담한 절망감에 휩싸이도록 만들었다. 수학은 묘한 과목이었다. 그렇다고 수학이 그에게 영원히 문이 닫힌, 전혀 이해 안 되는 과목은 아니었다. 가끔 훌륭하고 멋진 해답을 찾아내 기쁨을 맛보기도 했다. 그는 수학에는 변칙과 속임수가 없고 주제를 벗어나거나 그럴듯한 옆길로 헤맬 가능성이 없는 것이 마음에 들었다. 같은 이유로 그는 라틴어를 좋아했다. 라틴어는 분명하고 확실하며 의혹의 여지가 거의 없는 때문이었다. 하지만 계산은 결과가 딱 들어맞아도 그 이상의 의미는 없어 보였다. 그에게 수학 공부와 수업은 평탄한 국도를 걷는 것과 같았다. 항상 앞으로 나아가면서 어제까지 이해하지 못했던 것을 날마다 새로 알게 되지만, 탁 트인 전망을 볼 만한 산을 만나는 법은 없었다.

이보다는 교장선생님과 같이 하는 공부가 더 활기 있었다. 신약성서의 퇴화한 그리스어에서 더 매력적이고 더 화려한 멋을 끌어내는 목사가 젊음이 넘치는 호메로스 강의를 하는 교장보다 더 감동적이었지만, 그래도 역시 호메로스였다. 초반의 어려움을 넘어서자 예기치 않던 놀라움과 즐거움이 튀어나와 거부할 수 없는 매력으로 앞으로 나갈 것을 유혹했다. 한스는 신비롭고 아름다운 운율로 이루어진 난해한 시 앞에서 초조감과 긴장감에 전율하면서 조용하고 아름다운 정원의 열쇠를 찾으려고 급히 사전을 뒤적이곤 했다.

다시 숙제가 많아지면서 해야 할 과제와 씨름하느라 밤늦게까지 책상 앞에 앉는 일이 많아졌다. 아버지는 열심히 공부하는 아들을 자랑스럽게 바라보았다. 우둔한 그의 머릿속에는 편협한 사고방식을 가진 수많은 사람들이 간절히 바라는 꿈이 어렴풋이 자라고 있었다. 그의 가문의 줄기에서 나온 가지 하나가 그를 넘어서서 그가 막연한 존경심을 느끼며 우러러보는 저 높은 곳까지 자라는 것을 보고 싶은 꿈이었다.

방학이 끝나는 마지막 주가 되자 교장과 목사는 훨씬 온화해져서 친절하게 마음을 써 주었다. 두 사람은 산책하라고 소년을 내보냈고 수업을 중단한 채 기운을 내서 새로운 여정을 시작하는 것이 얼마나 중요한지 강조하기도 했다.

　한스는 몇 번 더 낚시하러 갔다. 하지만 두통 때문에 집중할 수 없었다. 그래서 푸른 초가을 하늘이 비치는 강가에 우두커니 앉아 있었다. 도대체 왜 그렇게 여름방학을 기다렸는지 알 수 없었다. 지금은 오히려 방학이 끝나 전혀 다른 생활과 배움이 시작될 신학교에 가는 것이 기뻤다. 관심이 없어서인지 고기도 거의 잡지 못했다. 그 일로 아버지한테 놀림을 받자 그는 아예 낚시를 포기하고, 낚싯줄을 다시 다락방 상자에 넣어 버렸다.

　방학이 며칠 안 남았을 때야 문득 몇 주 동안 플라이크 아저씨를 찾아가지 않았다는 생각이 났다. 내키지는 않았지만 한스는 의무감에서 아저씨를 만나러 갔다. 저녁이었는데 플라이크는 양 무릎에 어린아이를 한 명씩 앉혀 놓고 거실 창가에 앉아 있었다. 창문이 열려 있는데도 온 집 안에 가죽 냄새와 왁스 냄새가 가득했다. 한스는 어색해하며 아저씨의 거칠고 넓적한 오른손을 잡았다.

　"그래, 어떻게 지내냐?" 구둣방 주인이 물었다. "목사한테서 열심히 배웠어?"

　"네, 매일 가서 많이 배웠어요."

　"뭘 배웠지?"

　"주로 그리스어를 배웠지만, 그것 말고도 여러 가지 배웠어요."

　"우리 집엔 오고 싶지 않았어?"

　"오고 싶었어요, 아저씨. 그런데 시간이 없었어요. 매일 목사님한테 한 시간, 교장선생님한테 한 시간, 그리고 일주일에 네 번 수학선생님한테 가야 했거든요."

　"지금 방학 중인데? 말도 안 되는 소리다."

"잘 모르겠어요. 선생님들이 그렇게 하라고 해요. 그리고 저는 공부가 힘들지 않아요."

"그렇겠지." 아저씨가 그렇게 말하고 한스의 팔을 잡더니 말을 이었다. "공부도 좋지만 대체 팔이 이게 뭐냐. 얼굴도 너무 여위고, 머리가 아직도 아프냐?"

"가끔 아파요."

"말이 안 된다, 한스야. 이건 죄악이야. 네 나이에는 바깥 공기를 많이 마시고 움직이고 제대로 쉬어야 한다. 도대체 방학은 왜 있는데. 방 안에 틀어박혀서 공부하라고 있는 게 아니다. 너는 정말 뼈하고 가죽뿐이구나."

한스는 웃음을 터트렸다.

"물론 넌 꾹 참고 씩씩하게 잘할 거야. 하지만 지나친 건 지나친 거야. 그런데 목사하고 공부하는 건 어땠어? 무슨 말 안 하디?"

"말씀을 많이 하셨지만 나쁜 말은 하나도 안 하셨어요. 목사님은 정말 아는 게 많으세요."

"성경을 모독하는 말은 안 했어?"

"아뇨, 한 번도 안 했어요."

"그래, 다행이구나. 분명히 말하지만 영혼이 상하는 것보다는 차라리 몸이 못쓰게 되는 게 낫다. 너는 목사가 될 거지만, 그건 귀하고 힘든 직분이야. 목사는 대부분의 젊은이들과는 달라야 한다. 아마 너는 제대로 된 일꾼이 될 거다. 훗날 수많은 영혼을 돕고 가르치는 사람이 될 거야. 진심으로 네가 그렇게 되길 바라고 기도하마."

아저씨는 자리에서 일어나 소년의 어깨에 두 손을 얹었다.

"잘 지내라, 한스야. 늘 바른길을 가도록 해라. 주님, 한스를 축복하고 보호해 주소서, 아멘."

　엄숙한 태도와 기도, 사투리가 아닌 그의 표준어에 소년은 마음이 아프고 괴로웠다. 목사는 헤어질 때 이러지 않았다.

　떠날 준비를 하고 작별인사를 하러 다니느라 분주한 며칠이 후딱 지나갔다. 이불과 옷가지, 속옷과 책을 넣은 상자는 미리 우편으로 부치고 여행 가방을 싼 다음 어느 서늘한 아침에 부자는 마울브론을 향해 떠났다. 고향과 아버지를 떠나서 낯선 학교에 들어가려니 기분이 묘하고 두려웠다.

제3장

　주州의 서북쪽에 나무가 우거진 언덕과 작고 고요한 호수들 사이에 시토 교단의 마울브론 수도원이 자리 잡고 있다. 아름답고 유서 깊은 건물들은 넓고 튼튼하고 보존이 잘 되어 있다. 안과 밖이 모두 웅장하고 화려한 데다가 수 세기가 지나는 동안 주변의 아름답고 푸른 자연과 완벽하게 조화를 이루었다. 수도원을 방문하려면 높은 담장이 둘러진 그림 같은 입구를 지나 넓고 조용한 안뜰로 들어가게 된다. 거기에는 분수가 물을 내뿜고, 아름드리 고목도 있다. 양편에 오래된 석조 건물들이 늘어서 있고 뒤쪽에는 교회 본당이 보인다. '파라다이스'라 불리는 본당 현관은 후기 로마네스크 양식으로 지어졌는데, 어디서도 찾아보기 어려울 멋스러운 아름다움을 자랑한다. 교회의 커다란 지붕은 어떻게 거기에 종이 매달렸는지 이해가 안 되는 뾰족하고 재미있게 생긴 탑으로 이어진다. 회랑은 옛 모습을 그대로 간직하고 있어 그 자체로 아름다운 건축물인데, 안쪽에는 회랑의 보석이라 할 수 있는 멋진 분수 예배당이 있다. 힘차고 기품 있는 십자형 둥근 지붕을 하고 있는 성직자 식당과 기도실, 담화실, 평신도 식당, 수도원장 사택, 두 개의 교회당이 빽빽하게 늘어서 있다. 그림 같은 담장과 앞으로 돌출된 창문들, 대문, 마당, 물레방아, 주택들이 육중한 건물들을 편안하게 에워싸고 있다. 고즈넉하고 넓은 앞마당은 텅 비어 나무 그림자만 드리워져 있는데, 점심시간 뒤의 한 시간은 잠시 활기가 넘친다. 한 무리의 젊은이들이 수도원에서 나와 여기저기 흩어져 휴식을 취하기 때문이다. 그들은 몸을 풀기도 하고 서로 부르고 대화를 나누고 잠시 공놀이도 하지만, 휴식시간이 끝나면 금방 흔적도 없이 담 뒤로 사라진다. 이 마당에 들어선 수많은 사람들은 이곳이야말로 보람찬 삶과 기쁨을 누리는 곳으로 생각하게 된다. 생동감이 넘치고 행복이 자라고 성숙하고 선한 사람들이 즐거운 생각을 하고 밝고 아름다운 업적을 만들어 내는 곳으로 생각하게 된다.

세상을 등진 채 언덕과 숲 뒤에 숨어 있는 이 훌륭한 수도원을 사람들은 이미 오래전에 개신교 신학생들에게 넘겨주었다.[1] 감수성이 예민한 젊은이들을 아름다움과 안식 가운데 지내도록 하기 위한 것이었다. 마음을 어지럽히는 도시와 가정의 영향권에서 벗어나서 자칫하면 해로울 수도 있는 분주한 일상생활에 대한 관심을 끊고 공부에만 전념하도록 배려한 것이다. 신학교는 몇 년 동안 젊은이들에게 갖가지 부전공 과목과 함께 히브리어와 그리스어 공부를 가장 중요한 삶의 목표로 제시했고, 젊은 영혼이 느끼는 모든 갈증을

---

1 12세기에 세워진 시토회 수도원이었으나 종교개혁 이후 개신교 신학교가 되었다. 이 신학교에서 횔덜린, 헤세 등이 공부했다.

순수하고 이상적인 학문의 즐거움을 통해 해소하고자 했다. 신학생들에게 또 한 가지 중요한 것은 기숙사 생활로, 그것은 자아를 훈련하고 공동체의식을 기르는 데 중요한 역할을 한다. 신학생들의 생활비나 공부에 필요한 모든 비용을 후원하는 교단은 학생들이 언제든 신학교 출신임을 입증할 수 있는 남다른 정신을 갖도록 하는 데 관심이 컸다. 일종의 섬세하고 확실한 낙인이라고 할 수 있다. 간혹 수도원을 박차고 뛰쳐나가는 문제아를 제외하면 슈바벤 신학교 학생들은 평생 그런 징표를 간직한 채 살게 된다.

수도원 신학교에 입학할 때 어머니와 함께한 아이들은 그날을 떠올릴 때마다 평생 감사와 흐뭇한 감동으로 기억하게 된다. 하지만 어머니가 없는 한스 기벤라트는 별다른 감동을 받지 못했다. 단지 많은 다른 아이들의 어머니를 보면서 특별한 인상을 받았을 뿐이다.

옷장이 있는 기숙사의 넓은 복도는 '도르멘트²'라 불렸는데, 상자와 바구니들로 어수선했다. 부모와 같이 온 아이들은 짐을 풀고 갖가지 생활용품을 정리하느라 정신없었다. 각자 번호를 매긴 옷장이 하나씩 배당되었고, 공부방에도 번호를 매긴 책꽂이가 하나씩 배정되었다. 아이들과 부모들이 바닥에 무릎을 꿇고 앉아서 짐을 푸는 동안 조교는 제후처럼 그 사이를 돌아다니며 이따금 친절한 조언을 해 주었다. 모두들 짐 속에 든 옷을 꺼내 펼쳐 셔츠는 곱게 접어서 장 속에 넣고 책은 책꽂이에 가지런히 꽂고 구두와 슬리퍼는 줄을 맞춰 정리했다. 풀어 놓은 짐은 거의 비슷했다. 가져와야 할 속옷과 생활용품이 미리 정해진 때문이다. 아이들은 자기 이름을 새

---

2 수면실이란 뜻, 여기서는 대형 공동 침실.

긴 양은 대야를 비롯해 목욕용 해면과 비눗갑, 머리빗과 칫솔 등의 세면도구를 세면장에다 가져다 놓았다. 그 외에도 각자 램프와 석유통과 식사도구를 챙겨 왔다.

소년들은 모두 분주하고 흥분해 있었다. 아버지들은 미소를 머금고 도와주려다가 지루해서 회중시계를 보면서 참느라고 애를 썼다. 전체 일의 주인공은 어머니였다. 옷가지를 하나씩 꺼내 주름을 펴고 끈을 반듯하게 펴고, 물건들을 꼼꼼하게 시험해 본 뒤 최대한 쓰기 편하고 깔끔하게 옷장에다 정리했다. 그러면서 당부와 충고와 격려의 말을 잊지 않았다.

"새 셔츠는 특히 아껴서 입도록 해라. 3마르크 50페니히나 하는 거야."

"빨랫감은 한 달에 한 번 기차로 보내. 급하면 우편으로 보내고. 검정 모자는 일요일에만 쓰도록 하고."

뚱뚱하고 편안해 뵈는 부인은 높은 상자에 걸터앉아 아들에게 단추 다는 법을 가르쳐 주고 있었다.

어딘가에서 이런 소리도 들렸다. "집 생각이 많이 나면 언제든지 편지를 해. 오래지 않아 크리스마스긴 하지만."

예쁘고 젊어 뵈는 어느 부인은 옷으로 꽉 찬 아들의 옷장을 살펴보고 애틋한 표정으로 속옷, 상의와 바지를 쓰다듬었다. 그러고 나서 어깨가 넓고 볼이 통통한 아들을 어루만졌다. 아들은 부끄러운지 어색한 표정으로 어머니의 손길에서 벗어나려 하면서 무뚝뚝한 태도로 손을 바지 주머니에 찔러 넣었다. 아들보다 어머니가 이별을 더 힘들어 하는 것 같았다.

다른 아이들은 반대였다. 그런 아이들은 정리하느라 분주한 어머니를 멍하니 넋 놓고 쳐다보고 있었다. 다시 집으로 돌아가고 싶은 기색이 역력했다. 하지만 이별에 대한 두려움으로 어머니한테 매달리는 약한 모습을 많은 사람들 앞에서 보이게 될까 조심하고 있었다. 의젓한 남자로 보이고 싶은 오기가 간신히 마음을 붙잡아 두는 듯했다. 속으로는 차라리 울음이라도 터트리고 싶지만 일부러 느긋한 표정으로 아무렇지도 않은 척하고 있었다. 그런 모습을 보는 어머니들의 얼굴에는 미소가 떠올랐다.

대부분의 아이들이 필수품 외에도 몇 가지 사치품, 예를 들어 사과 한 자루, 훈제 소시지, 과자 바구니 같은 것들을 챙겨 왔다. 스케이트를 가져온 아이도 있었다. 작고 똘똘해 뵈는 어떤 아이는 훈제 햄을 덩어리째 가져왔는데 굳이 숨기려고 하지 않아 사람들의 눈길을 끌었다.

처음 집을 떠나온 아이들은 예전에 다른 기관이나 기숙사에서 생활해 본 경험이 있는 아이들과 쉽게 구별이 됐다. 하지만 경험이 있는 아이들도 흥분과 긴장을 감추지는 못했다.

기벤라트 씨는 빠르고 솜씨 있게 아들이 짐 푸는 것을 도와주었다. 남들보다 일찍 짐 정리를 끝내고 나서 지루하고 어색해서 아들과 함께 잠시 도르멘트를 서성거렸다. 주변의 아버지들은 아들에게 주의를 주며 설교하고 있고, 어머니들은 위로와 조언의 말을 하고 있었다. 아들들은 불안한 기색으로 부모의 말을 듣고 있었다. 문득 자신도 한스의 인생에 도움이 될 만한 말을 몇 마디 해 주는 것이 좋겠다는 생각이 들었다. 한참 고심 끝에 기벤라트 씨는 가만히 서 있는 아들 곁으로 슬그머니 다가가 상투적인 연설을 늘어놓았다. 한스는 아버지의 느닷없는 행동이 의아했지만 묵묵히 듣고 있었다.

하지만 옆에 있던 어느 목사가 아버지의 설교가 재미있다는 듯 빙그레 미소를 짓자 창피해서 아버지를 옆으로 잡아끌었다.

"너는 우리 가문의 명예를 높여 줄 거야. 선생님 말씀 잘 들을 거지?"

"네, 그럼요." 한스가 대답했다.

아버지는 말을 멈추고 안도의 한숨을 내쉬었다. 따분해지기 시작했다. 한스도 이제 뭘 해야 할지 알 수가 없어서 불안과 호기심을 동시에 느끼며 창 너머 조용한 회랑을 내다보았다. 회랑의 쓸쓸하면서도 고풍스러운 분위기와 고즈넉한 분위기는 이곳 위에서 소란스럽게 떠드는 젊은 생명과 묘하게 대비되었다. 곧 그는 쑥스러워하며 분주한 다른 아이들을 쳐다보았다. 그들 중에 아는 얼굴은 하나도 없었다. 슈투트가르트에서 만난 괴핑엔 아이는 뛰어난 라틴어 실력에도 불합격인 모양으로 지금은 보이지 않았다. 이제 그 생각을 접고 한스는 앞으로 같이 공부하게 될 아이들을 쳐다보았다. 가져온 물건의 종류와 숫자는 비슷해도 도시에서 왔는지 농촌에서 왔는지, 부유한 집 출신인지 가난한 집 아이인지 쉽게 구별이 되었다. 물론 부유한 집 자식이 신학교에 오는 경우는 드물었다. 부모의 자존심이나 신중한 판단 때문일 수도, 아이들의 재능 때문일 수도 있었다. 하지만 교수와 고위 관리 가운데도 자신의 수도원 생활을 추억하며 아들을 마울브론에 보내는 경우들도 꽤 있었다. 그래서 마흔 명의 아이들은 모두 검은색 상의를 입고 있었지만 옷감과 재단에서 차이가 많이 났다. 더 큰 차이를 보이는 것은 아이들의 매너와 사투리와 태도였다. 뻣뻣한 몸의 비쩍 마른 슈발츠발트 출신 아이도 있고, 연한 금발에 입이 크고 날렵한 알프[3] 지대 출신도 있고, 자유롭고 명랑하고 활동적인 저지대 출신도 있고, 뾰족한 구두에 괴상한, 다시 말해 세련된 사투리를 쓰는 수려한 슈투트가르트 출신 아이도 있었다. 꽃다운 나이의 아이들 가운데 5분의 1이 안경을 쓰고 있었다. 슈투트가르트에서 온 가냘프고 우아한 어느 마마보이는 빳빳한 고급 펠트 모자를 쓰고 고상한 척했다. 유별난 차림새 때문에 입학 첫날부터 친구들이 놀리고 골탕 먹일 대상이 되었다는 걸 그 아이는 전혀 눈치채지 못하고 있었다.

　　예리한 관찰자라면 불안한 눈빛의 이 아이들이 슈바벤 지방의 소년들 가운데서 결코 잘못 뽑은 인재들이 아니라는 것을 금방 알아차릴 수 있을 것이다. 암기 위주의 교육을 받은 것을 금방 알아차릴 수 있는 아이들도 있지만, 자기주장이 확고한 예민한 아이들도 적지 않았다. 그런 아이들의 반듯한 이마에는 보다 고귀한 삶에 대한 꿈이 어렴풋이 잠들어 있었다. 자기주장이 확고한 이 영리한 슈바벤 소년들 가운데 한두 명은 아마 세월이 흐른 뒤 넓은 세상으로 나가서 조금은 딱딱하고 완고한 사상으로 강력한 새로운 체제의 중심이 될 것이다. 왜냐하면 슈바벤 주는 학식 높은 신학자들을 주 자체는 물론이고 세상에 배출했을 뿐만 아니라 전통적으로 철학적 사변의 능력이 있다는 점에 자부심을 가진 때문이었다. 그 덕에 유명한 예언가들이 많이 배출되었지만 대중을 미혹시키는 이단적 교리의 지도자도 여럿 나왔다. 토지가 비옥한 이 지방은 비록 정치적 영향력 면에서는 다른 곳에 비해 상당히 뒤졌지만 적어도 신학이나 철학 같은 정신적인 분야에서는 여전히 세상에 커다란 영향을 미치고

3　슈바벤알프로 불리기도 하는 남독의 중부 산악지대.

있었다. 또한 예로부터 슈바벤 사람들은 아름다운 형식과 꿈같은 시의 세계를 애호하는 기질이 있어서 훌륭한 시인이나 작가가 나오기도 했다.

겉으로 보면 마울브론 신학교의 시설과 관습에서는 슈바벤 지방의 요소를 전혀 찾아볼 수가 없었다. 오히려 수도원 시절부터 남아 있던 라틴어 명칭에 최근에는 새롭게 고전적인 이름들이 많이 추가되었다. 포룸, 헬라스, 아테네, 스파르타, 아크로폴리스라는 이름에 이어 맨 끝에 있는 제일 작은 방에는 게르마니아라는 이름이 붙었는데, 게르만 민족의 현재를 이상향인 그리스 로마 시대와 비견하고자 하는 소망이 깃들어 있는 듯했다. 하지만 그 역시 겉모습일 뿐 실제로는 히브리어 이름이 더 잘 어울렸을 것이다. 더욱이 우연의 장난인지 모르지만 아테네 실에는 마음 넓고 말솜씨가 좋은 아이들 대신 성실하지만 재미없는 아이들이 배정되었고, 스파르타 실에는 전사戰士와 금욕주의자 대신 활달하고 생기 넘치는 아이들이 배정되었다. 한스 기벤라트는 아홉 명의 동급생들과 함께 헬라스 실에 배정되었다.

그날 저녁 아홉 명의 아이들과 함께 서늘하고 휑한 침실에 들어가 좁은 침대에 처음 몸을 눕혔을 때 한스는 기분이 아주 이상했다. 천장에 매달린 커다란 석유등잔의 붉은 불빛 아래서 아이들은 옷을 벗었고 10시 15분이 되자 조교가 들어와 불을 껐다. 아이들은 나란히 누웠다. 침대 사이마다 옷을 놓아 두는 작은 의자가 놓여 있고, 기둥에는 아침 종을 치기 위한 줄이 매달려 있었다. 벌써 친해진 두세 명이 작은 소리로 소곤거렸지만 이내 조용해졌다. 나머지 아이들은 아직 낯설어서 약간 침울한 마음으로 각자 침대에 누워 있었다. 잠이 든 아이들의 깊은 숨소리가 들렸다. 어떤 아이는 잠을 자면서 팔을 조금씩 움직여 아마천의 이불이 바스락거렸다. 한스는 오래 잠들지 못했다. 잠시 후 건너에 있는 침대에서 불안한 소리가 들렸다. 그곳에 누운 아이는 이불을 머리끝까지 뒤집어쓰고 울고 있었다. 멀리서 들려오는 듯한 나지막한 울음소리는 한스의 마음을 이상하게 뒤흔들었다. 집을 떠나왔어도 향수를 못 느꼈는데 문득 고향집의 작고 조용한 자신의 방이 그리웠다. 불확실한 미래와 많은 동급생들이 왠지 두렵게 느껴졌다. 자정이 가까워지자 대부분의 아이들이 잠들었다. 어린아이들이 줄무늬 베개에 뺨을 대고 나란히 누워 잠을 잤다. 슬퍼하는 아이, 당돌한 아이, 명랑한 아이, 겁 많은 아이 가릴 것 없이 모두가 달콤한 휴식과 망각의 늪으로 깊이 빠져들었다. 오래된 뾰족지붕과 탑, 돌출된 창문, 고딕식 첨탑, 요새 방벽, 아치형 회랑 위로 흐릿한 반달이 떠올랐다. 추녀 돌림띠와 문지방에 닿았던 달빛이 고딕식 창문과 로마네스크 양식의 문으로 흘러 들어왔고, 회랑 분수대의 크고 우아한 물받이에서 흐릿한 금빛으로 흔들렸다. 세 개의 창문을 통해 헬라스 실로 흘러 들어온 노란 달빛이 그 옛날 수도승들에게 그랬듯이 잠든 소년들의 꿈을 부드럽게 어루만져 주었다.

다음 날 예배당에서 입학식이 엄숙하게 거행되었다. 교사들은 프록코트를 입고 서 있고, 교장이 환영사를 했다. 학생들은 의자에 구부정하게 앉아 생각에 잠겨 있다가 이따금 뒤에 멀찍이 떨어져 앉은 부모들을 힐끔 뒤돌아보았다. 어머니들은 생각에 잠겨 아들을 향해 미소 지었고, 아버지들은 꼿꼿한 자세로 진지하고 엄숙한 표정으로 교장의 환영사에 귀를 기울였다. 부모들의 마음은 대견하고 기특한 아들에 대한 자부심과 아름다운 희망으로 벅찼다. 그들 가운데 아들을 돈에 팔았다고 생각하는 사람은 하나도 없었다. 마지막으로 학생들이 한 사람씩 호명되어 앞으로 나가 교장과 악수했다. 신학생으로서의 의무와 책임을 다하겠다는 일종의 약속이었다. 이제 올바르게 행동하기만 하면 죽을 때까지 국가의 보호와 지원을 받는 것이다. 그것이 무료로 주어지는 것이라고 생각하는 소년은 한 명도 없었다. 그건 아버지들도 마찬가지였다.

입학식보다 더 진지하고 감동적인 시간은 부모와 헤어져야 하는 순간이었다. 부모들 일부는 걸어서, 일부는 우편마차로, 일부는 서둘러 구한 다른 교통수단을 이용해 수도원을 떠났다. 9월의 온화한 공기 속에 손수건만 오랫동안 나부꼈다. 부모들의 모습이 숲 뒤로 완전히 사라지자 아이들은 생각에 잠겨 조용히 수도원 안으로 돌아왔다.

"자, 이제 부모님들은 가셨습니다." 조교가 말했다.

소년들은 같은 방을 쓰는 아이들하고 통성명을 하며 얼굴을 익혔다. 그런 다음에 잉크병에 잉크를 채우고 램프에 석유를 넣고 책과 노트를 정리하면서 새로운 공간에 적응하려고 했다. 그들은 호기심 어린 눈길로 서로를 쳐다보며 이야기를 나누기 시작했다. 고향은 어딘지, 어느 학교를 다녔는지 물어보았고, 진땀을 흘리며 치른 주州 시험에 대해 이야기를 나눴다. 책상 주위에서 서너 명씩 무리를 지어 재잘거렸고 여기저기서 해맑은 웃음이 터져 나왔다. 저녁이 되자 같은 방에 배정된 아이들은 이미 같은 배로 바다를 건넌 승객들보다 훨씬 더 서로를 잘 알게 되었다.

헬라스 실을 같이 쓰게 된 아이들 아홉 명 가운데 네 명은 개성이 강했고, 나머지는 대체로 무난한 성격이었다. 먼저 슈투트가르트에서 온 대학교수의 아들 하르트너가 있었는데, 재능이 뛰어나고 성격이 차분하고 자신감이 넘치는 데다가 태도도 좋았다. 어깨가 넓고 건장한 체격에 옷도 잘 입었고, 위풍당당한 그의 태도는 다른 아이들의 감탄을 자아냈다

다음은 알프의 작은 마을의 촌장 아들인 카를 하멜이 있었는데, 그가 어떤 아이인지 아는 데는 시간이 좀 걸렸다. 둔한 데다가 행동이 종잡을 수 없고 자신만의 세계에 갇혀 있기 때문이었다. 그는 수시로 열정과 자유분방함과 난폭함 사이를 오가면서 변덕을 부렸다. 하지만 어느 한 가지 모습도 오래 지속되지 않고 이내 자신만의 세계로 빠져들었다. 그래서 아이들은 그가 조용한 관찰자인지 속이 음흉한 위선자인지 판단할 수가 없었다.

그리고 슈바르츠발트의 좋은 가문 출신인 헤르만 하일너가 있었는데, 별로 복잡해 보이지 않지만 눈에 띄는 아이였다. 입학 첫날 벌써 아이들은 그가 문학을 사랑하는 시인임을 알아차렸다. 그가 입학시험에서 작문을 6각운으로 썼다는 소문도 돌았다. 성격은 활달하고 생기에 넘쳤으며 아름다운 바이올린을 가지고 있었다. 별로 드러나지 않지만 청년기의 미숙한 감성과 경솔함이 뒤섞인 성향으로, 내면에는 심오한 면도 있었다. 정신과 육체 모두 또래보다 성숙한 편으로 이미 자신만의 길을 찾아 가고 있는 중이었다.

헬라스 실에서 가장 특이한 인물은 에밀 루치우스였다. 비밀이 많은 이 작은 금발 소년은 늙은 농부처럼 끈기 있고 부지런하고 무뚝뚝했다. 체격과 얼굴은 아직 미완성이지만 그는 이미 소년이 아니

라 어른처럼 보였다. 더 이상 외모가 변할 것 같지 않았다. 입학 첫날 다른 아이들이 지루해하면서 잡담을 하고 새로운 환경에 적응하려고 애쓰는데 그는 조용히 침착하게 고개를 숙이고 앉아 있었다. 그는 엄지로 두 귀를 틀어막고 잃어버린 시간을 만회하려는 듯 열심히 공부를 시작했다.

시간이 흐르면서 점차 이 과묵한 괴짜의 진면목이 드러났다. 그는 아주 영악한 구두쇠이자 이기주의자였다. 그가 행하는 악덕조차 완벽해서 아이들은 오히려 찬사를 보내거나 관대하게 눈을 감아주었다. 루치우스는 절약의 화신으로 잇속을 차리는 데 따라올 자가 없었다. 그의 교활한 술책이 하나씩 드러날 때마다 모두 놀라움을 금치 못했다. 그의 잔꾀는 이른 아침 기상할 때부터 시작되었다. 루치우스는 자기 수건은 아끼고 다른 아이의 수건을 쓰기 위해 세면장에 맨 처음이나 맨 마지막에 나타났다. 가능하면 비누도 다른 아이의 것을 썼다. 그 덕에 그의 수건은 2주일 이상 깨끗함을 유지했다. 원래 수건은 일주일에 한 번 교체하는 것이 원칙으로 조교가 매주 월요일 오전에 검사를 했다. 루치우스도 매주 월요일 새벽에는 새 수건을 그의 번호가 붙은 못에 걸었다. 하지만 점심 휴식시간이 되면 새 수건은 걷어서 깨끗하게 접어 상자에 넣고 대신 아껴서 쓰는 낡은 수건을 다시 제자리에 걸어 놓았다. 그의 비누는 단단해서 거품이 별로 안 났지만 그 덕에 몇 달 동안이나 쓸 수 있었다. 그렇다고 해도 루치우스는 절대로 외모가 흐트러지지 않았고 항상 깔끔한 모습이었다. 숱이 적은 금발은 가르마를 타서 정성껏 빗어 넘겼고 내복과 양복도 아껴 가며 입었다.

세면장에서 아침 식사로 넘어가 보자. 메뉴는 커피 한 잔에 각

설탕 한 개, 모닝 빵 하나였다. 대부분의 아이들한테는 충분하지 않았다. 8시간 자고 일어난 아침에는 얼마나 배가 고프겠는가. 하지만 루치우스는 만족했다. 그는 매일 하나씩 나오는 설탕을 먹지 않고 모았다가 설탕 두 개에 1페니히, 설탕 25개는 공책 한 권과 교환했다. 저녁에는 비싼 석유를 아끼려고 다른 아이의 등잔 불빛으로 공부하는 것도 스스로 그렇게 했다. 사실 그는 가난한 집이 아니라 아주 유복한 환경에서 자란 아이였다. 오히려 아주 가난한 아이들은 경제관념이 없어서 돈을 아낄 줄 몰랐다. 수중에 있는 돈보다 쓸 곳이 더 많다고 생각하고 저축은 꿈도 꾸지 않았다.

    에밀 루치우스의 절약 정신은 물질의 소유나 구체적인 재화에만 국한되지 않았다. 가능하면 정신적인 면에서도 잇속을 차리려고 했다. 머리도 비상했기 때문에 정신적 소유는 단지 상대적 가치만을 갖고 있다는 사실을 절대 간과하지 않았다. 그는 시험에서 좋은 성적을 거둘 수 있는 과목만 열심히 공부하고 나머지 과목은 욕심 없이 적당히 중간 정도의 성적으로 만족했다. 무엇을 배우고 얼마나 열심히 공부할 것인가 하는 기준은 언제나 동급생들의 성적이었다. 두 배의 지식을 쌓고 2등을 하는 것보다는 절반의 지식으로 1등을 하려는 생각이었다. 저녁때 아이들이 기분전환을 위해 놀거나 독서를 하고 있으면 그는 조용히 책상 앞에 앉아 공부를 했다. 아이들이 시끄럽게 떠드는 소리는 방해가 되지 않았다. 심지어 부러운 기색 없이 흡족한 표정으로 놀고 있는 아이들을 바라보았다. 다른 아이들이 열심히 공부한다면 그의 노력이 쓸모없게 되는 때문이었다.

    이 부지런한 노력가의 약삭빠른 행동을 나쁘게 보는 사람은 아무도 없었다. 하지만 잇속만 차리는 사람들이 늘 그렇듯 루치우스도 곧 어리석은 짓을 저지르고 말았다. 수도원의 모든 수업이 무료인 것을 이용해서 바이올린 수업을 신청한 것이다. 조금도 예비수업을 받지 않았고 좋은 청각도 재능도 없는데 말이다! 그는 라틴어나 수학처럼 바이올린도 어떻게든 배울 수 있을 거라고 생각했다. 음악은 나중에 쓸모가 많고 남들에게 좋은 인상을 주고 인기가 있다는 말을 들은 적이 있었다. 게다가 신학교에서는 바이올린까지 제공해 주기 때문에 새로 악기를 구입할 필요도 없었다.

음악 교사 하스는 루치우스가 바이올린을 배우고 싶다고 찾아오자 기겁했다. 성악 수업을 통해서 루치우스의 음악적 자질을 알기 때문이었다. 루치우스의 노래는 반 아이들을 즐겁게 했지만 교사인 하스를 절망에 빠트렸다. 교사는 아이의 생각을 말리려 했다. 하지만 잘못된 상대를 만났다. 루치우스는 얌전하고 겸손하게 웃으면서 이것은 정당한 자신의 권리라고 하면서 음악에 대한 갈망을 주체할 수 없다고 대답했다. 결국 그는 제일 나쁜 연습용 바이올린을 받아서 일주일에 두 번 수업을 받고 매일 30분씩 연습했다. 하지만 첫 연습을 끝내자 같은 방의 아이들은 이것이 처음이자 마지막이라고 통고한 뒤 다시는 그 끔찍한 소리를 듣고 싶지 않다며 바이올린 연습을 금지시켰다. 하는 수 없이 루치우스는 바이올린을 들고 연습할 만한 조용하고 구석진 장소를 찾아 여기저기 헤맸다. 어딘가 구석진 곳에서 뭔가 긁어 대는 불쾌한 소음이 들리면 근처에 있는 사람들은 모두 오싹한 기분이 들었다. 그 소리를 두고 시인 하일너는 낡은 바이올린이 괴롭힘을 견디다 못해 몸에 있는 모든 벌레 먹은 구멍으로 살려 달라고 애원하는 소리 같다고 말했다. 실력이 늘지 않자 불편한 음악 교사는 루치우스를 더 쌀쌀맞고 거칠게 대했고, 그럴수록 루치우스는 더 필사적으로 연습에 매달렸다. 근심걱정 없는 장사꾼 같던 루치우스의 얼굴에 주름살이 생길 정도였다. 정말 비극이었다. 음악 교사가 더는 희망이 없다고 포기선언을 하자 학구열에 불타는 루치우스는 피아노를 선택했다. 피아노 수업 역시 몇 달 고생만 하다 결국 녹초가 되어 나가떨어졌다. 하지만 훗날 루치우스는 음악 이야기가 나오면 일찍이 자신도 피아노와 바이올린을 배웠지만 사정이 있어서 이 아름다운 예술에서 점차 멀어지게 되었다고 넌지시 말하곤 했다.

이렇게 재미있는 아이들 덕분에 헬라스 실은 웃을 일이 많았다. 시인 하일너도 종종 우스꽝스런 장면을 만들어 냈다. 카를 하멜은 관찰자로서 재치 있게 비꼬는 역할을 맡았다. 그는 다른 아이들보다 한 살이 많아 자연스레 우위에 섰지만, 그것으로 아이들의 존경을 받지는 못했다. 변덕스러운 데다가 힘을 과시하기 위해서 일주일에 한 번꼴로 싸움을 벌이려고 했기 때문이다. 그럴 때면 그는 거칠고, 거의 잔인할 정도였다.

한스 기벤라트는 이 모든 일을 그저 놀란 눈으로 지켜보았다. 그는 말수가 적은 아이로 묵묵히 제 갈 길을 갔다. 열심이어서 거의 루치우스에 비견될 정도였기 때문에 같은 방 친구들의 존경을 받았는데, 하일너는 예외였다. 천재적 경박함을 자신의 기치로 내세우는 하일너는 가끔 한스를 공부벌레라고 놀렸다. 수면실에서 저녁에 이런저런 이유로 사소한 싸움이 번질 때도 적지 않았지만 빠르게 커가는 성장기 소년들은 대체로 사이가 좋았다. 그들 스스로 이제는 어른답게 처신해야 한다고 생각할 뿐 아니라, 아직은 귀에 어색한 존댓말로 그들을 대우해 주는 교사들에게 학문에 대한 진지한 열정과 훌륭한 태도로 보답하려는 마음이 강했기 때문이었다. 마치 대학에 갓 입학한 신입생이 김나지움을 뒤돌아보듯 그들은 오만한 태도로 갓 졸업한 라틴어학교를 돌아보았다. 하지만 억지로 꾸민 점잖은 태도 사이로 간간이 장난꾸러기 기질이 튀어나오기도 했다. 그럴 때면 수면실은 다시 발을 구르는 소리와 거친 욕설로 가득했다.

공동생활을 시작하고 몇 주가 지나면 소년들의 무리가 마치 침전하는 혼합물처럼 변해서 거기에서 피어오르는 연기와 거품이 둥글게 뭉쳤다가 다시 흩어지고 다른 형태를 이루어 몇 개의 단단한 물질이 형성되는 것을 보게 되는 것은 이런 기관의 교장이나 교사들에게는 유익하고 소중한 경험이다. 처음에 서먹했던 기간이 지나 서로를 잘 알게 되자 술렁거리며 혼란스러운 탐색전이 시작되었다. 그룹이 만들어지고 우정과 혐오감이 드러났다. 같은 고향이나 같은 학교 출신이 친해지는 경우는 드물고 대개는 새 친구를 찾아나섰다. 새로운 것에 대한 호기심과 자신의 부족함을 보완하고 싶은 은밀한 충동에 따라 도시 아이는 농촌 아이와 어울리고, 알프스 고산지대 아이는 저지대 아이와 어울렸다. 젊은이들은 망설이며 서로를 탐색했다. 서로 비슷하다고 생각하면서 동시에 구별되고 싶은 마음이 공존했다. 어린아이의 잠에서 깨어난 많은 소년들이 이곳에서 난생처음 자신만의 개성을 키우기 시작했다. 애정과 질투로 인해 표현하기 힘든 미묘하고 사소한 일들이 벌어졌고, 때로는 그것이 깊은 우정으로 발전해 마지막에는 함께 산책하는 다정한 사이가 되기도 하고 때로는 강렬한 적대감의 표출로 이어져 격한 몸싸움과 주먹다짐으로 관계가 끝장나기도 했다.

겉으로 보기에 한스는 그런 것에 초연해 보였다. 분명하고 열렬하게 카를 하멜이 우정의 손을 내밀었을 때 한스는 깜짝 놀라 뒤로 물러났다. 그러자 하멜은 곧바로 스파르타 실의 아이와 친구가 되었고, 한스는 홀로 남겨졌다. 행복한 우정의 나라가 지평선에서 강렬한 색채로 유혹했지만 한스는 조용히 잡아당기는 손길을 뿌리쳤다. 소심한 성격이 그를 가로막은 것이다. 어머니 없이 엄하게 자라다 보니 그는 누군가와 서로 의지하며 다정하게 지내는 법을 배우지 못했다. 무엇보다도 격한 감정을 표현하는 것을 두려워했다. 어렸을 때부터 키워 온 자부심과 야망도 어느 정도 영향을 끼쳤다. 진심으로 지식을 추구한다는 점에서는 루치우스와 달랐지만, 공부에 방해되는 것을 전부 멀리한다는 점은 한스도 비슷했다. 그는 언제나 책상 앞에 붙어 앉아 공부에 열중했다. 그래도 다른 친구들이 우정을 나누는 것을 보면 질투도 나고 친구를 사귀고 싶은 마음도 생겼다. 하지만 카를 하멜은 그에게 어울리는 친구가 아니었다. 만약 다른 아이가 다가와 손을 내밀었다면 기꺼이 응했을 것이다. 한스는 수줍은 소녀처럼 가만히 앉아서 자기보다 더 강하고 용감한 아이가 나타나 자신을 낚아채 행복하게 해 주길 바랐다.

이런 걱정거리와 함께 수업에, 특히 히브리어 수업에 할 일이 너무 많아서 신학교의 첫 학기는 정신없이 지나갔다. 마울브론 주변의 수많은 작은 호수와 연못에 뿌연 늦가을의 하늘이 비치고, 시들어 가는 물푸레나무와 자작나무와 떡갈나무의 모습이 수면에 어른거렸다. 황혼이 긴 그림자를 드리웠고, 아름다운 산림 사이로 초겨울의 세찬 바람이 신음하고 환호하듯 불어 댔고, 벌써 서리도 몇 차례 내렸다.

감상적인 헤르만 하일너는 마음이 맞는 친구를 찾으려다 실패하자 매일 외출 시간이면 혼자 쓸쓸하게 숲속을 거닐었다. 그가 특히 좋아하는 곳은 갈대숲에 둘러싸인 숲속의 작은 호수로, 우울한 분위기를 자아내는 갈색 연못 위로 잎이 시든 고목의 가지들이 늘어져 있었다. 이 슬프도록 아름다운 숲의 귀퉁이에 몽상가 하일너는 마음을 완전히 빼앗겼다. 그는 나뭇가지로 잔잔한 수면에 동그라미를 만들어 보기도 하고, 레나우⁴의 『갈대의 노래』⁵를 읽기도 했다. 호숫가에 있는 키 작은 갈대에 누워 가을의 주제라 할 수 있는 죽음과 허무에 대해서도 생각했다. 낙엽 떨어지는 소리와 앙상한 가지들이 바람에 흔들리는 소리가 어우러져 우울한 분위기를 자아내면 하일너는 주머니에서 작은 검은색 공책을 꺼내 연필로 시를 한두 줄 끄적거리기도 했다.

10월 어느 흐린 날 한스 기벤라트는 점심시간에 혼자 산책하다 우연히 그곳에 이르렀다. 하일너는 거기서 시를 쓰고 있었다. 한스는 작은 수문의 나무다리 위에 앉아 있는 하일너를 발견했다. 젊은 시인은 무릎에 수첩을 올려놓고 생각에 잠겨 뾰족한 연필을 입에 물고 있었다. 한스는 천천히 그에게 다가갔다.

"안녕, 하일너, 뭐 하고 있어?"

"호메로스 읽어. 기벤라트, 무슨 일이야?"

"그게 아닌 것 같은데. 네가 뭐하고 있는지 나는 다 알아."

"그래?"

---

4 니콜라우스 레나우Nikolaus Lenau(1802~1850): 애수에 젖은 시를 많이 쓴 오스트리아 시인.

5 『Schilflieder』: 1832년에 발표한 레나우의 시집.

"응, 너 시를 쓰고 있었지?"

"그래 보여?"

"응."

"여기 앉아 봐."

한스는 하일너 옆의 나무다리 위에 앉아서 다리를 물 위로 내려뜨려 흔들면서 낙엽이 고요하고 서늘한 허공을 가르며 갈색 수면 위로 소리 없이 떨어지는 것을 바라보았다.

"여긴 쓸쓸하다."

"맞아, 그래."

두 소년은 등을 바닥에 대고 나란히 누웠다. 가을 정취가 물씬한 나뭇가지들 대신 구름이 섬처럼 조용히 떠가는 연푸른 하늘이 시야에 들어왔다.

"구름 정말 예쁘다." 편안하게 하늘을 올려다보면서 한스가 말했다.

"그러네, 기벤라트." 하일너가 한숨을 쉬었다. "우리도 구름이면 얼마나 좋을까."

"구름이면?"

"그럼 저 위에서 예쁜 돛단배처럼 항해할 수 있지. 숲과 읍내를 지나고 면面하고 주州를 넘어가는 거야. 너 배 본 적 없어?"

"응, 없어. 하일너, 너는 본 적 있어?"

"물론이지, 맙소사. 넌 그런 건 아는 게 하나도 없구나. 외우고 공부를 파고드는 것밖에 할 줄 아는 게 없어."

"그럼 내가 멍청이라는 거야?"

"그렇게 말하진 않았어."

"나는 네가 생각하는 것만큼 멍청하지는 않아. 아무튼 배 이야기나 더 해 봐."

하일너는 돌아눕다가 하마터면 물에 빠질 뻔했다. 그는 배를 깔고 엎드린 다음 두 손으로 턱을 받쳤다.

그리고 말을 이었다. "방학 때 라인 강에서 그런 배를 본 적이 있어. 일요일에는 배에서 음악도 연주해. 여러 색깔의 등불을 밝혀 놓고. 그럼 불빛이 강물에 반사되지. 승객들은 강을 따라 내려가는 배에서 음악을 들으면서 라인포도주를 마셨어. 여자들은 하얀 옷을 입고 있었어."

한스는 귀 기울여 들을 뿐 아무 대꾸도 하지 않았다. 하지만 눈을 감고 음악이 흐르는 가운데 붉은 등불을 밝히고 하얀 옷을 입은 여자들을 태우고 여름밤을 가르며 항해하는 모습을 떠올려 보았다. 하일너가 말을 이었다.

"맞아. 지금 이곳 하고는 분위기가 완전히 달랐어. 여기 아이들 중에 누가 그런 걸 알겠어? 여긴 죄다 따분하고 이중인간들뿐이야. 지쳐 쓰러질 때까지 몸을 혹사하면서 공부에 매달려 히브리어 알파벳이 세상에서 제일 고귀한 줄 아는 녀석들. 너도 그 애들과 마찬가지야."

한스는 아무 대꾸도 하지 않았다. 하일너는 별난 아이였다. 몽상가이자 시인이었다. 한스는 벌써 그를 보고 여러 번 놀랐다. 모두 알다시피 그는 별로 공부를 열심히 하지 않는데도 아는 게 많아서 질문을 받으면 척척 대답했다. 그러면서 또 그런 지식을 경멸했다.

"우린 호메로스를 읽지." 하일너가 다시 경멸조로 말을 이었다. "그런데 『오디세이아』를 무슨 요리책처럼 읽고 있어. 한 시간에 고작

두 구절을 읽고는 단어를 하나씩 뜯어 되새기면서 구역질이 날 정도로 분석해. 그래 놓고는 수업이 끝나면 늘 이렇게 말하지. '여러분은 호메로스의 표현력이 얼마나 탁월한지 이제 알 것입니다. 이제 호메로스의 창작의 비밀을 들여다본 것입니다.' 하지만 그건 우리가 불변화사나 단순 과거형에 질식하지 말라고 뿌리는 일종의 소스 같은 거야. 그런 식의 접근법으로는 호메로스를 잃게 되는 거야. 대체 고대 그리스가 우리하고 무슨 상관이야! 만약 진짜로 누군가 그리스식으로 살아가려 하면 당장 학교에서 쫓겨날걸. 그러면서 우리 방 이름은 헬라스라고? 정말 기막힐 일이야. 방 이름을 '쓰레기통'이나 '노예 감옥' 아니면 '실크해트'[6]로 지으면 안 되나! 고전이라는 건 전부 사기야."

하일너는 허공에 침을 뱉었다.

"너 아까 시 쓰고 있었지?" 한스가 물었다.

"응."

"뭐를 쓴 거야?"

"여기 연못과 가을에 대해서."

"좀 보여 줘."

"안 돼. 아직 끝내지 못했어."

"끝내면 보여 줄 거야?"

"응. 그렇게."

두 소년은 일어나서 천천히 수도원으로 돌아갔다.

---

6 1840년 시민혁명의 분위기 속에서 실크해트를 썼던 보수적인 인물들을 가리키는 말.

'파라다이스' 옆을 지날 때 하일너가 말했다. "저기 말이야, 너, 이렇게 아름다운 곳 본 적 있어? 고딕과 로마네스크 양식으로 지어진 강당과 아치형 창문, 회랑, 식당이 모두가 위대한 예술가들의 손길이 닿은 예술 작품이야. 그런데 이런 매력이 어디에 쓰이고 있지? 목사가 되려는 36명의 불쌍한 아이들한테 쓰이고 있어. 나라가 돈이 남아도는가 봐."

오후 내내 한스의 머리에서는 하일너 생각이 떠나지 않았다. 대체 어떤 아이지? 한스가 하는 걱정이나 소원 같은 것이 하일너한테는 아예 없었다. 그는 저만의 사고방식과 언어를 가지고 있었고 남들보다 더 열정적이고 더 자유롭게 살았다. 그 애는 남들과 다른 고민에 빠져 주변의 모든 것을 경멸했다. 그는 유서 깊은 기둥과 담장의 아름다움을 이해했으며 자신의 영혼을 시로 표현하고 상상 속에서 허구의 세계를 창조할 수 있는 비밀스럽고도 특별한 재능을 가지고 있었다. 자유분방한 정신의 소유자로, 구속을 싫어하고 한스가 1년 동안에 할 법한 농담을 하루에 다 했다. 또한 우울한 가운데서도 자신의 슬픔을 낯설고 진기하고 귀한 보물처럼 즐겁게 받아들였다.

그날 저녁 하일너는 같은 방 아이들에게 끔찍스럽고 괴팍한 자신의 성격을 제대로 보여 주었다. 허풍이 심하고 속이 좁은 오토 뱅어가 그에게 시비를 건 것이다. 처음에는 농담도 하고 조용하고 침착하게 대응하던 하일너가 느닷없이 뱅어의 뺨을 때렸고, 두 아이는 곧바로 뒤엉켜 싸우기 시작했다. 몸싸움은 격렬해서 서로 엉겨 붙은 아이들은 마치 조종간을 놓친 배처럼 벽에 부딪쳤다가 의자를 쓰러트렸다가 하면서 계속 엎치락뒤치락했다. 헬라스 실은 완전히 난장

판이 되었다. 두 아이 다 숨을 헐떡이면서 입에 게거품을 물었을 뿐 아무 말도 하지 않았다. 다른 아이들은 한 덩어리가 되어 구르는 두 아이한테 부딪칠세라 옆으로 비켜섰다. 그리고 책상과 램프를 치우면서 싸움이 어떻게 끝날지 긴장하며 지켜보았다. 몇 분 후 하일너가 벵어를 뿌리치며 비틀거리면서 자리에서 일어나 싸움을 멈추고 가만히 그 자리에 서서 숨을 헐떡였다. 꼴이 말이 아니었다. 눈은 벌겋게 충혈되고 셔츠 깃은 뜯기고 바지 무릎에는 구멍이 났다. 벵어가 다시 덤벼들려고 하자 그는 팔짱을 낀 채 그대로 서서 오만하게 말했다. "난 이제 그만할 거야. 더 싸우고 싶으면 나를 쳐."

오토 벵어는 욕설을 퍼부으며 방에서 나갔다. 하일너는 책상에 기대 램프를 켜고 두 손을 바지 주머니에 찔러 넣었다. 뭔가 생각하는 것 같았는데 갑자기 눈에서 눈물이 한두 방울 떨어지더니 이내 주르륵 흘러내렸다. 일찍이 이런 일은 없었는데, 눈물을 보이는 것은 신학생에게 극히 수치스런 일이기 때문이었다. 그런데 하일너는 눈물을 감추려 하지도 않았다. 그는 밖으로 나가지 않고 창백한 얼굴을 램프 쪽으로 돌린 채 가만히 서 있었다. 눈물을 닦지 않았을 뿐 아니라 주머니에서 손을 빼지도 않았다. 다른 아이들은 빙 둘러서서 호기심과 악의에 차서 그를 쳐다보았다. 마침내 하르트너가 그의 앞으로 다가서며 말했다. "하일너, 넌 창피하지도 않니?"

울고 있던 하일너는 마치 깊은 잠에서 막 깨어난 사람처럼 천천히 주위를 둘러보았다. 그리고 경멸스럽다는 듯 큰 소리로 말했다. "창피하지 않느냐고? 너희들한테? 아니올시다, 여러분."

그는 눈물을 닦은 뒤 화가 난 듯 입가에 조소를 머금은 채 램프를 끄고 방을 나갔다.

이 일이 벌어지는 동안 한스 기벤라트는 자기 자리에 선 채로 당혹스럽고 놀란 마음으로 하일너를 바라보았다. 15분 정도 지났을 때 그는 용기를 내어 사라진 친구를 찾아 나섰다. 하일너는 춥고 어두운 복도의 낮은 창턱에 걸터앉아 가만히 회랑을 내려다보고 있었다. 뒤에서 보니 윤곽이 뚜렷하고 갸름한 뒤통수와 어깨가 소년답지 않게 아주 진지해 보였다. 한스가 가까이 다가가 창가에 섰는데도 하일너는 돌아보지 않았다. 잠시 후 그가 고개를 돌리지 않은 채 목쉰 소리로 물었다.

"누구야?"

"나야." 한스가 어색하게 대답했다.

"왜 그래?"

"그냥."

"그래? 그럼 돌아가."

한스는 기분이 상해서 정말 돌아가려 했다. 그러자 하일너가 그를 붙잡았다.

"가지 마. 정말 가란 뜻은 아니야." 하일너가 애써 장난스런 목소리로 말했다.

두 아이는 그제야 얼굴을 마주 보았다. 상대의 얼굴을 진지하게 쳐다본 것은 아마 이때가 처음이었을 것이다. 서로가 소년다운 매끈한 얼굴 뒤에 각자의 특성을 지닌 독특한 인간의 삶과 그들 방식의 특별한 영혼이 살고 있다는 생각이 들었다.

헤르만 하일너가 천천히 팔을 뻗어 한스의 어깨를 잡아 앞으로 잡아당겼다. 두 사람의 얼굴이 닿을락 말락 할 정도로 가까워졌다. 갑자기 하일너의 입술이 자기 입술에 닿는 것을 느끼고 한스는 소스라치게 놀랐다.

난생처음 느낀 긴장감에 한스는 가슴이 두근거렸다. 어두운 복도에 함께 있으면서 이 갑작스런 키스는, 뭔가 모험적이고 어쩌면 위험할 수도 있는 일이었다. 이 장면을 들켰다가는 정말 끔찍한 장면이 벌어질 수도 있다는 생각이 불현듯 머리를 스쳤다. 다른 아이들 눈에는 아까 하일너가 눈물을 보인 것보다 이 키스가 더 우스꽝스럽고 치욕스런 일로 보일 게 확실했다. 한스는 아무 말도 할 수 없었다. 피가 거꾸로 솟는 느낌이었다. 얼른 이 자리를 벗어나고 싶은 마음뿐이었다.

만약 누군가 어른이 그 장면을 보았더라면 수줍은 남자 사이의 우정 표현이 만들어 낸 서툴고 어색한 애정 표현이라 생각하고 미소를 짓거나 두 아이의 진지하고 갸름한 얼굴에서 은밀한 기쁨을 느꼈을지도 모른다. 앞길이 창창하고 예쁘장한 두 아이의 얼굴에는 소년의 귀여움과 청소년기의 수줍은 반항기가 반씩 섞여 있었다.

아이들은 점차 공동생활에 적응해 갔다. 또한 서로에 관해 알게 되고 각자의 개성과 생각을 확실히 파악하면서 수많은 우정을 맺었다. 함께 히브리어 단어를 공부하는 친구들도 생기고, 함께 그림을 그리거나 산책을 하거나 실러[7]의 작품을 읽는 친구들도 생겼다. 라틴어는 잘하지만 수학을 못하는 아이와 라틴어는 못하지만 수학을 잘하는 아이가 함께 공부해서 좋은 결실을 맺는 경우도 있었다. 일종의 계약이나 재산 공유를 토대로 맺어진 우정도 있었다. 햄

---

7 프리드리히 실러Friedrich Schiller(1759~1805): 독일 고전주의의 대표적인 희곡작가로 『간계와 사랑』, 『빌헬름 텔』, 『돈 카를로스』, 『도적 떼』 등의 대표작이 있다.

을 덩어리째 가져와 아이들의 부러움을 샀던 아이는 슈탐하임 출신의 과수원집 아들이 자신을 보완해 주는 진정한 반쪽임을 알게 되었다. 과수원집 아들의 상자에 맛있는 사과가 가득한 때문이었다. 어느 날 햄을 먹다 갈증을 느낀 아이가 사과와 햄을 교환하자고 제안했고, 둘이 나란히 앉아 조심스럽게 대화를 나누었다. 햄을 가져온 아이는 햄이 떨어지면 집에서 곧바로 햄을 보내 주고, 사과를 가진 아이 역시 봄까지는 아버지가 저장해 둔 사과를 먹을 수 있단 사실이 드러나자 두 아이는 굳건한 동맹을 맺었다. 그들의 동맹은 이상과 열정을 매개로 맺어진 그 어느 동맹보다 오래 지속되었다.

끝까지 외톨이로 남은 아이는 극소수였다. 루치우스가 그중 하나였다. 예술에 대한 탐욕스런 그의 욕심은 당시 절정이었다.

잘 어울리지 않는 아이들도 조금 있었다. 그중 헤르만 하일너와 한스 기벤라트가 제일 심했다. 경솔한 사람과 신중한 사람, 시인과 공부벌레, 두 명 모두 아이들 사이에서 제일 똑똑하고 뛰어난 소년으로, 하일너는 반쯤 조롱 섞인 의미로 천재라는 명성을 누렸고, 한스는 모범생 소리를 들었다. 하지만 아이들은 이 두 아이에게 큰 관심을 두지 않았다. 각자 자신들의 우정에 바쁘고 거기에 몰두했기 때문이었다.

이런 개인적인 관심이나 관계 때문에 학교를 소홀히 하지는 않았다. 오히려 학교는 거대한 악장樂章이고 리듬이었다. 루치우스의 음악과 하일너의 시, 사귐과 불화, 그리고 이따금 벌어지는 싸움은 수업에 비하면 사소한 심심풀이에 불과했다. 제일 공부할 게 많은 것은 히브리어였다. 여호와의 특이한 이 태고의 언어는 까다롭고 메

말랐지만 여전히 살아 있어 낯설고 마디가 울퉁불퉁하고 불가사의한 형태로 소년들 눈앞에서 자랐고, 놀라운 나뭇가지로 이목을 끌고 특이한 색과 향을 가진 꽃으로 아이들을 놀라게 했다. 이 나무의 가지와 움푹한 구멍과 뿌리에는 수천 년 된 혼령들이 무시무시하게, 혹은 친절한 모습으로 숨어 있었다. 소름 끼치게 무서운 용, 순박하고 아름다운 옛이야기, 주름져서 진지하고 무뚝뚝해 보이는 노인, 아름다운 소년, 눈빛이 얌전한 소녀, 싸움 좋아하는 여자 등등. 루터의 성경에서는 꿈결처럼 아득하고 멀리 느꼈던 이야기들이 거칠면서도 순수한 이 언어에 의해 피와 목소리를 되찾았고, 노쇠하고 어눌하지만 강인하고 엄청난 생명력으로 되살아났다. 적어도 하일너는 그렇게 생각했다. 하일너는 매일 매시간 모세5경[8]을 공부할 때마다 투덜거렸지만, 모든 단어를 알고 읽으면서 한 마디도 실수하지 않는 진득한 다른 아이들보다 오히려 그 속에서 더 많은 삶과 혼을 찾아냈다.

그 밖에 신약도 공부했는데, 한결 부드럽고 밝고 내면적이었다. 신약의 언어는 구약만큼 오래지 않았고 심오하거나 풍부하지 않았지만 젊고 힘차고 꿈같은 분위기가 가득했다.

또 『오디세이아』도 있었다. 듣기 좋은 힘찬 울림으로 세차게 흘러가는 균형 잡힌 그 시구를 읽고 있노라면 마치 물의 요정의 희고 포동포동한 팔이 수면 위로 쑥 떠오르는 것처럼 지금은 사라진, 확실하고 행복한 삶이 무엇인지 느낄 수 있었다. 그것은 때로 몇 마디

---

8 구약성서의 첫 다섯 편인 창세기, 출애굽기, 레위기, 민수기, 신명기를 말한다.

단어나 시구를 통해 꿈처럼 아름다운 예감처럼 어슴푸레하게 어른 거렸다.

그 외에 크세노폰과 리비우스 같은 역사가는 자취를 감추거나 희미한 빛으로 겸손하게 빛을 잃은 채 옆에 서 있을 뿐이었다.

그런데 친구 하일너에게는 모든 것이 자신과는 전혀 다르게 보인다는 것을 알고 한스는 적잖이 놀랐다. 하일너에게는 추상적인 것이 존재하지 않았다. 그가 상상할 수 없거나 상상의 색으로 채색할 수 없는 것은 세상에 존재하지 않았다. 그런 것이 제대로 되지 않으면 그는 흥미를 잃고 그냥 손을 놓아 버렸다. 하일너한테 수학은 스핑크스나 마찬가지로, 음흉한 수수께끼를 잔뜩 품고서 차갑고 교활한 눈빛으로 희생양을 끌어들이는 괴물이었다. 하일너는 그 괴물을 멀찌감치 피했다.

두 소년의 우정은 기묘했다. 하일너에게 한스와의 우정은 즐거움이자 사치, 편안함 혹은 변덕이었고, 반면 한스에게 이 우정은 때로는 자랑스러운 보물이었고 때로는 감당하기 힘든 짐이었다. 지금껏 한스는 저녁 시간을 공부하면서 보냈다. 그런데 이젠 거의 매일 공부에 싫증난 하일너가 한스에게 다가와 책을 치우고 같이 놀기를 원했다. 한스는 하일너를 몹시 좋아하면서도 나중에는 매일 저녁마다 혹시 친구가 올까 봐 두려워했고, 어떤 것도 소홀히 하지 않기 위해서 자습 시간에 배로 열심히 공부했다. 하일너가 그런 한스의 노력에 이론적으로 싸움을 걸기 시작한 것은 더 큰 괴로움이었다.

"그건 날품팔이 짓이야. 너는 좋아서 자발적으로 공부하는 게 아니라 교사나 네 아버지가 무서워서 공부하는 거야. 1등이나 2등을 하는 게 무슨 소용이야. 나는 20등이지만 너희 공부벌레들처럼 멍청하지 않아."

하일너가 교과서를 어떻게 다루는지 처음 알게 되었을 때도 한스는 깜짝 놀랐다. 어느 날 교과서를 대형 강의실에 놓고 온 한스는 다음 수업인 지리 과목을 준비하기 위해서 하일너의 지도책을 빌렸다. 지도책에 페이지마다 온통 연필로 낙서를 한 것을 보니 끔찍했다. 피레네 반도의 서쪽 해안은 사람의 괴상한 얼굴로 변해 있었다. 코는 포르투[9]에서 리스본에 이르고, 스페인의 피니스테레 곶[10] 주변은 구불구불한 곱슬머리로 바뀌었고 세인트 빈센트 곶[11]은 덥수룩한 수염을 멋지게 꼬아 뾰족하게 만들어 놓았다. 페이지마다 그런 식이었다. 지도의 뒷면 백지에는 캐리커처를 그리고, 대담한 익살시를 적어 놓았다. 군데군데 잉크 얼룩도 있었다. 지금까지 책을 신성한 유물이나 보물처럼 소중하게 다뤄 온 한스는 이런 대담한 행동이 한편으로는 신성모독이나 범죄행위로 보이면서도 다른 한편으로는 영웅적인 행동으로 보이기도 했다.

친구에게 착한 기벤라트는 말하자면 애완용 고양이 같은 편한 장난감처럼 보일 수도 있었다. 한스 자신도 가끔 그런 생각이 들었다. 하지만 하일너는 한스에게 매달렸다. 속마음을 털어놓을 수 있고 자신의 말을 열심히 귀 기울여 듣고 경탄해 줄 사람, 학교와 인생에 관해 혁신적인 연설을 할 때 깊은 관심을 가지고 경청해 줄 사람이 필요한 때문이었다. 울적할 때 머리를 기대라며 무릎을 내주고

---

9 Porto: 포르투갈 북부의 항구 도시로 포르투갈 제2의 도시.
10 Finisterre 곶: 스페인 갈리시아 서해안에 있는 곳으로 지구의 끝이라는 뜻. 유럽의 서쪽 끝.
11 St. Vincent 곶: 포르투갈 남부에 위치함.

위로해 줄 사람도 필요했다. 그런 성향을 가진 사람들이 대개 그렇듯이 이 젊은 시인도 터무니없는, 좀 어리광부리는 듯한 우울증 발작에 시달렸다. 우울증의 원인은 여러 가지로, 일부는 어린 시절의 정서와 조용히 작별하는 시기였기 때문이고, 일부는 뚜렷한 목표 없이 넘쳐나는 에너지와 예감과 욕망 때문이고, 일부는 어른이 되어가는 동안의 불가사의한 어두운 충동 때문이었다. 그럴 때마다 하일너는 동정받고 싶고 어리광부리고 싶은 병적인 욕구에 사로잡혔다. 예전에는 어머니의 사랑으로 갈등을 해소했지만 아직 이성과 사랑할 만큼 성숙하지 않았기 때문에 지금은 착한 친구가 위로자의 역할을 하고 있었다.

하일너는 저녁때 종종 더없이 불행한 얼굴로 한스를 찾아와 공부를 그만하고 같이 복도 수면실로 나가자고 졸랐다. 그들은 추운 홀이나 어둑어둑한 예배당을 이리저리 거닐거나 추위에 떨면서 창턱에 앉곤 했다. 그럴 때면 하일너는 하이네의 시를 읽는 정서가 풍부한 청년답게 감상적인 슬픔에 젖어 온갖 탄식을 늘어놓았고 조금은 어린애 같은 슬픔의 구름에 휩싸였다. 한스는 이런 슬픔을 제대로 이해할 수 없었지만 깊은 인상을 받았고 가끔은 그에게 전염되기도 했다. 감수성이 예민한 이 문학청년은 주로 날씨가 우중충할 때 발작이 일어났다. 비구름이 하늘을 시꺼멓게 뒤덮고 있고 달이 옅은 구름의 갈라진 틈새로 제 궤도를 가는 늦가을 저녁이면 하일너의 탄식과 신음은 절정에 달했다. 그럴 때면 그는 오시안[12]이라도 된 것

---

12 Ossian: 3세기경 고대 켈트족의 시인으로, 낭만주의 시대의 시인들에게 큰 영향을 주었다.

처럼 몽롱한 비애에 빠져 죄 없는 한스에게 한숨을 내쉬며 온갖 한숨, 수다, 시를 쏟아부었다.

하일너의 고뇌에 휩쓸려 시달린 날이면 한스는 마음이 급해져서 남은 시간을 모두 공부에 쏟아부었다. 하지만 날이 갈수록 공부가 힘들어졌다. 예전의 두통이 재발한 것은 놀랄 일도 아니었다. 몸이 피곤해 아무것도 하지 못할 때가 많았고, 꼭 해야 할 일조차 스스로를 몰아붙여야만 겨우 할 수 있었다. 걱정스런 일이 아닐 수 없었다. 별난 친구와의 우정이 그를 지치게 만들고 지금까지 순수하게 지켜 온 내면을 멍들게 했다는 것을 그는 어렴풋이 느꼈다. 하지만 하일너의 우울증과 투정이 심해질수록 안타까운 마음에 그를 더욱 다정하게 대했다. 게다가 자신이 그에게 꼭 필요한 존재라는 생각이 한스를 더욱 다정하고 의기양양하게 만들었다.

게다가 한스는 하일너의 병적으로 심한 비애감은 주체할 수 없는 불건전한 충동의 분출일 뿐 자신이 진심으로 감탄하고 있는 하일너의 본성이 아니라는 것을 잘 알고 있었다. 하일너가 자작시를 낭송하거나 이상적인 시인의 모습에 대해 이야기할 때, 혹은 실러나 셰익스피어의 독백을 몸짓까지 섞어 가며 열정적으로 읊을 때면 한스는 하일너가 자기에게는 없는 마법 같은 재능으로 허공을 거닐고, 신이 가진 자유와 열정으로 자유자재로 움직여 호메로스의 전령처럼 날개 돋친 발로 자신과 다른 아이들을 떠나 날아가 버릴 것 같은 기분을 느꼈다. 얼마 전까지만 해도 시인의 세계를 잘 모를 뿐 아니라 중요하게 여기지도 않았던 한스는 이제 처음으로 아름답게 흐르는 언어, 사람을 미혹시키는 이미지, 아름다운 운율의 도취적인 힘을 깨닫고 저항 없이 받아들였다. 새롭게 열린 이 세계에 대한 존경심은 친구에 대한 감탄과 어우러져서 독특한 감정으로 자라났다.

그러는 사이 폭풍이 몰아치는 컴컴한 11월이 되었다. 램프를 켜지 않고 공부할 수 있는 시간이 갈수록 줄어들었다. 칠흑같이 어두운 밤이면 시커먼 하늘에서 세찬 바람이 산더미 같은 구름을 이리저리 몰아 대고, 오래되고 견고한 수도원 건물 주위를 신음하듯, 혹은 싸우듯 휘몰아쳤다. 나뭇잎은 다 떨어졌다. 다만 힘센 가지가 쭉쭉 뻗어 있어 나무의 제왕이라 불리는 커다란 떡갈나무만이 아직도 메마른 나뭇잎들이 매달린 우듬지가 귀찮다는 듯 요란하게 흔들어 댔다. 하일너는 완전히 침울해져서 한스도 찾지 않고 혼자 외진 연습실에서 미친 듯이 바이올린을 연주하거나 친구들한테 시비를 걸었다.

어느 날 하일너가 연습실에 갔는데 노력파 루치우스가 악보대 앞에서 바이올린 연습을 하고 있었다. 하일너가 화가 나서 나왔다가 30분 후에 다시 가 봤더니 루치우스는 아직도 연습을 하고 있었다. 하일너는 참지 못하고 화를 냈다. "이제 그만해. 다른 사람도 연습해야지. 안 그래도 끽끽거리는 네 연주 소리는 도저히 들어 주기 힘든 재앙이거든!"

그랬는데도 자리를 비켜주지 않자 심통이 난 하일너는 루치우스가 뻔뻔하게 다시 악보를 집어 드는 순간 악보대를 발로 차서 넘어트렸다. 악보가 사방에 흩어지고 넘어지던 악보대가 루치우스의 얼굴을 쳤다. 루치우스가 악보를 줍기 위해 허리를 굽혔다.

"교장선생님한테 말할 거야." 그가 단호한 어조로 말했다.

"그래. 이르는 김에 내가 발길질도 했다고 말해." 화가 폭발한 하일너는 자기가 한 말을 곧바로 실행에 옮기려 했다.

루치우스는 얼른 옆으로 비켜선 후 문 쪽으로 피했다. 한바탕 소동이 벌어져 복도와 홀을 가로지르고 계단과 현관을 지나 수도원에서 멀리 떨어져 있는 별관으로 일대 추격전이 벌어졌다. 조용하고 품격 있는 그 건물에는 교장의 거처가 있었다. 하일너는 교장의 연구실 바로 앞에서 도망자를 간신히 붙잡았다. 그리고 마지막 순간 약속대로 이미 노크를 하고 열린 문 앞에 서 있는 루치우스를 발길질했다. 문을 닫을 새도 없이 루치우스는 폭탄이 날아가듯 교장의 신성한 공간으로 뛰어들었다.

그것은 유례없는 사건이었다. 다음 날 교장은 청소년의 탈선에 관해 일장 설교를 했고, 루치우스는 깊은 생각에 잠겨 지당한 말씀이라는 듯 귀를 기울였다. 하일너한테는 무거운 감금형이 내려졌다.

교장이 호통쳤다. "하일너 군, 지난 몇 년 동안 우리 학교에서 이런 처벌을 받은 사람은 없었다. 나는 군이 10년 후에도 이 일을 잊지 않도록 하겠다. 너희에게 하일너를 무서운 본보기로 만들겠다."

학생들은 소심하게 하일너를 힐끔거렸다. 하일너는 얼굴은 창백했지만 반항하듯 서서 교장의 눈길을 피하지 않았다. 하일너의 그런 태도에 내심 감탄하는 아이들이 많았다. 하지만 훈계가 끝나 모두 웅성거리며 복도를 나갈 때 아이들은 나병 환자를 보듯 그를 피하며 멀리했다. 이제 그의 편에 서려면 용기가 필요했다.

한스 기벤라트는 그렇게 하지 못했다. 하일너 편에 서는 것이 의무였을 것이다. 그는 비겁한 자신의 모습에 무척 괴로웠다. 슬픔과 수치심에 감히 고개도 못 들고 슬그머니 창가로 도망쳤다. 친구한테

가 보고 싶은 마음이 간절했다. 들키지 않고 찾아갈 수 있다면 무슨 수를 써서라도 그렇게 했을 것이다. 하지만 무거운 감금형을 받은 아이는 상당 기간 낙인이 찍힌 것이나 마찬가지라서 특별한 감시를 받게 되고, 그런 아이와 어울리는 것은 위험한 짓으로 나쁜 평판을 얻게 되는 것을 모두 알고 있었다. 입학식 환영사에서 분명하게 언급한 것처럼 주州가 베푸는 은혜에 맞춰서 학생들은 엄격한 규율을 따라야만 했다. 그것을 잘 알고 있는 한스는 우정과 야망 사이에서 갈등했다. 지금까지 그의 목표는 앞으로 나아가고 시험에서 좋은 성적을 받고 주어진 역할을 제대로 수행하는 것으로, 낭만적이거나 위험한 일을 하는 것이 아니었다. 그는 불안한 마음으로 구석에 틀어박혀 있었다. 지금 당장 거기서 뛰쳐나와 용기를 보여 줘야 하지만 시간이 지체될수록 그렇게 하기가 점점 더 힘들어졌다. 망설이는 동안 그의 배신은 어느새 기정사실로 굳어졌다.

하일너는 그것을 다 알고 있었다. 이 열정적인 소년은 다른 아이들이 자신을 기피한다는 것을 느낌으로 알았고 그럴 수 있다고 생각했다. 하지만 한스만은 그러지 않을 거라고 굳게 믿었는데 배신당한 것이다. 그가 지금 느끼는 아픔과 분노에 비하면 오히려 그가 느낀 비애는 우스울 만큼 하찮았다. 하일너가 잠시 기벤라트 옆으로 다가서더니 창백하고 오만한 표정으로 나직하게 말했다. "기벤라트, 넌 비겁한 겁쟁이야, 제기랄!" 그 말을 남긴 다음 나직하게 휘파람을 불며 바지 주머니에 두 손을 찔러 넣은 채 사라졌다.

젊은이들에게 생각하고 몰두할 다른 일이 있다는 것은 다행이 아닐 수 없다. 그 사건이 일어나고 갑자기 눈이 쏟아졌다. 드디어 추운 겨울이 시작된 것이다. 아이들은 눈싸움을 하고 스케이트도 탔다. 문득 크리스마스와 방학이 얼마 안 남았다는 것을 깨닫고 이야기꽃을 피웠다. 이제 하일너의 일은 거의 관심 밖으로 밀려났다. 그는 아무하고도 말을 하지 않은 채 오만하게 고개를 빳빳하게 치켜들고 조용히 돌아다녔다. 종종 노트에 시를 끄적거리기도 했다. 방수포로 된 까만색 노트 표지에는 '어느 수도사의 노래'라는 제목이 적혀 있었다.

떡갈나무와 오리나무, 너도밤나무와 버드나무에 내린 서리와 눈송이가 꽁꽁 얼어붙어 환상적인 광경을 연출했다. 호수에서는 매서운 추위에 투명한 얼음이 얼어붙는 소리가 들렸고, 회랑 안뜰은 마치 고요한 대리석 정원처럼 변했다. 크리스마스가 다가오자 기대감으로 분위기가 들썩거렸다. 더할 나위 없이 근엄하고 진중한 교수 두 명까지 크리스마스에 대한 기대로 표정이 부드러워지고 약간 들떠 보였다. 교사와 학생 통틀어 크리스마스에 관심 없는 사람은 아무도 없었다. 늘 우울하게 얼굴을 찌푸리고 다니던 하일너까지 긴장되고 비참한 모습이 덜해졌다. 루치우스는 방학에 어떤 책하고 신발을 가져가야 할지 고민했다. 집에서 오는 편지에는 가슴 설레는 기쁜 소식이 가득했다. 무슨 선물을 받고 싶은지 물었고 빵 굽는 날 이야기를 하고 깜짝 놀랄 일이 기다리고 있음을 암시하고 재회에 대한 기쁨을 이야기하고 있었다.

방학을 맞아 집으로 떠나기 전에 학생들과 헬라스 실은 유쾌한 작은 사건 하나를 더 경험했다. 제일 넓은 헬라스 실에서 열기로 한 크리스마스 파티에 교사들을 초대하기로 한 것이다. 축사를 비롯해 시 낭송 두 편, 플루트 독주와 바이올린 이중주를 준비했는데, 익살스러운 순서도 꼭 하나 넣어야 했다. 의논하고 토론하고 제안도 했지만 좀처럼 합의에 이르지 못했다. 그때 카를 하멜이 재미있는 것이라면 에밀 루치우스의 바이올린 독주만 한 것이 없다고 말을 던지자 모두들 공감했다. 아이들은 부탁과 약속, 협박을 거듭한 끝에 결국 그 불쌍한 음악가를 설득했다. 정중한 초대의 글과 함께 교사들에게 보낸 초대장에는 '고요한 밤, 바이올린을 위한 가곡, 실내악의 거장 에밀 루치우스 연주'라는 특별 순서가 들어갔다. '실내악의 거장'이라는 칭호는 외진 곳의 음악실에서 혼신을 다해 연습한 덕분이었다.

교장, 교수와 교사, 보조교사, 음악 교사, 조교까지 모두 파티에 참석했다. 하르트너한테 빌려서 깨끗이 다림질한 검은 연미복을 입고 머리를 단정하게 빗은 루치우스가 온화하고 겸손한 미소를 지으며 무대에 등장하자 음악 교사의 이마에는 땀이 솟기 시작했다. 루치우스가 허리를 숙여 인사할 때부터 청중들 사이에서는 웃음이 터졌다. 루치우스의 손가락 아래에서 가곡 〈고요한 밤〉은 애절한 탄식이 되고 고통스런 고뇌의 신음이 되었다. 루치우스는 두 번이나 연주를 다시 시작했다. 멜로디를 끊어서 토막을 내고 발을 구르며 박자를 맞췄다. 그리고 추운 날씨에 숲속에서 일하는 벌목꾼처럼 진땀을 흘렸다.

교장은 음악 교사를 향해 밝게 고개를 끄덕였지만. 음악 교사는 화가 나서 얼굴이 창백했다.

세 번째로 연주를 다시 시작했다. 그렇지만 이번에도 도중에 막히자 루치우스는 바이올린을 내리고 청중을 향해 변명을 했다. "잘 안 되네요. 사실 바이올린을 지난가을에 처음 잡았습니다."

교장이 크게 외쳤다. "괜찮아, 루치우스. 자네의 노력에 감사하네. 계속 그렇게 정진하게. 역경을 헤치고 별을 향해서 가게.[13]"

　12월 24일이 되자 새벽 3시부터 방마다 시끌벅적했다. 창문 유리창에 예쁜 나뭇잎 모양으로 성에가 두껍게 끼었다. 세숫물이 얼어붙었고 수도원 안뜰에는 살을 에는 찬바람이 휘몰아쳤지만 아무도 상관하지 않았다. 식당에서는 커피가 담긴 커다란 통에서 뜨거운 김이 피어올랐다. 잠시 후 검은 코트와 목도리로 몸을 단단히 감싼 아이들이 무리 지어 밖으로 나왔다. 그들은 어슴푸레 빛나는 하얀 들판을 지나고 고요한 숲길을 가로질러 멀리 떨어진 기차역을 향해 걸었다. 가는 길에 시끌벅적 떠들고 농담도 하고 크게 웃기도 했지만, 각자의 마음속에는 말하지 않은 소망과 기쁨과 기대가 가득했다. 주 전체가, 도시와 시골, 한적한 농가를 가릴 것 없이 부모와 형제자매들이 크리스마스 장식을 한 따뜻한 방에서 그들을 기다리고 있다는 것을 알고 있었다. 대부분의 아이들에게 이번 크리스마스는 고향을 떠났다가 돌아가는 첫 크리스마스였다. 그들은 가족들이 대견한 자부심과 사랑으로 기다리고 있다는 것을 잘 알고 있었다.

　아이들은 눈 덮인 숲 한가운데 있는 작은 기차역에서 추위에 덜덜 떨며 기차를 기다렸다. 모두가 한마음이 되어 평화롭고 즐겁게 어울린 것은 이번이 처음이었다. 하일너만 혼자 조용했다. 그는 기차가 도착한 후 다른 아이들이 다 탈 때까지 기다렸다가 혼자 다른 칸에 탔다. 한스는 다음 역에서 기차를 갈아탔는데 그때 다시 한 번 그를 보았다. 언뜻 부끄러움과 후회가 밀려왔지만 고향에 간다는 흥분과 설렘에 금세 밀려났다.

13　라틴어 관용구 "Per aspera ad astra."

집에서는 아버지가 흐뭇한 미소로 한스를 맞이했다. 탁자 위에는 선물이 잔뜩 놓여 있었다. 물론 기벤라트의 집에 진짜 크리스마스 파티는 없었다. 노래도 없고 신나는 파티도 없고 어머니도 없고 전나무도 없었다. 기벤라트 씨는 축제를 즐기는 법을 알지 못했다. 하지만 아들이 몹시 자랑스러웠기에 이번에는 선물 사는 데 돈을 아끼지 않았다. 한스는 이런 크리스마스에 익숙했기 때문에 이번에도 아쉬움은 하나도 없었다.

한스를 보고 사람들은 모두 안색이 너무나 안 좋다고 했다. 마르고 얼굴도 창백한데 혹시 신학교의 식사가 부실한 것 아니냐고 물었다. 한스는 아니라고 극구 부인했다. 머리가 자주 아픈 것 말고는 아무 문제가 없다고 했다. 목사는 자기도 젊었을 때 두통에 시달렸다며 위로했다. 그것으로 모든 문제는 해결되었다.

강은 꽁꽁 얼어붙었고, 성탄절 동안 스케이트를 타러 나온 사람들로 붐볐다. 한스는 새 옷에다 신학생들이 쓰는 초록색 모자를 쓰고 거의 온종일 밖으로 돌아다녔다. 그는 이제 예전에 함께 공부하던 친구들이 감히 넘볼 수 없는, 누구나 부러워하는 아주 높은 세계로 올라간 것이다.

제4장

　　일반적으로 신학생들은 4년 수도원 생활에서 한두 명 정도 사라진다. 가끔 사망하는 학생도 있어서 찬송가가 울리는 가운데 땅에 묻히거나 친구들의 전송을 받으며 고향으로 돌아가기도 한다. 탈주하거나 잘못을 저질러 퇴학당하는 경우도 종종 있다. 고학년에서만 드물게 일어나는 일도 있는데, 청춘의 고뇌에 빠져서 길을 잃은 소년이 권총의 방아쇠를 당기거나 물에 뛰어들어 짧고 어두운 생을 마감하는 경우도 있다.

　　한스 기벤라트의 학년에서도 두세 명이 사라졌는데, 우연하게도 모두 헬라스 실의 아이들이었다.

　　이 방의 아이들 중에 얌전한 금발의 힌딩어라는 아이가 있었는데, 별명이 '힌두'였다. 알고이에 거주하는 디아스포라[1]의 양복점

1　Diaspora: 기존에 살던 땅을 떠나 다른 지역으로 이동하는 현상을 말하는데, 주로 팔레스타인 외 지역의 동방 및 서방에 산재한 유대인을 일컫는다.

아들이었다. 조용한 학생이어서 없어지고 난 뒤에야 사람들의 입에 잠시 오르내렸을 뿐이다. 그것도 아주 많이는 아니었다. 그 아이는 인색한 실내악의 거장 루치우스와 책상을 나란히 썼다. 그래서 그나마 다른 아이들에 비해 루치우스와 조금 더 친밀하고 조심스런 교제를 했을 뿐, 다른 친구는 없었다. 힌딩어가 없어지고 난 다음에야 헬라스 방의 아이들은 자신들이 까다롭지 않고 선량한 이웃이자 자주 소란스런 이 방 생활의 휴식처로 그 아이를 좋아했다는 것을 깨달았다.

1월 어느 날 힌딩어는 로스바이어 연못으로 스케이트를 타러 가는 아이들을 따라나섰다. 그는 스케이트가 없었고, 그저 구경만 할 생각이었다. 그런데 몸이 꽁꽁 얼어 와 몸을 덥히려고 연못 주변을 발을 구르며 걸었다. 그러다가 달리게 되었고 조금 멀리 들판에서 길을 잃어 다른 작은 연못으로 가게 되었는데, 거기는 샘물이 따스하고 힘차게 솟구쳐 얼음이 얇았다. 그 애는 갈대를 헤치고 건너가려고 했는데, 작고 가벼웠지만 그만 연못가에서 물에 빠지고 말았다. 허우적대고 잠시 소리를 질렀지만 아무도 모르는 사이에 어둡고 차가운 물속으로 가라앉았다.

2시 정각 첫 오후 수업이 시작될 때야 비로소 그가 없다는 사실이 밝혀졌다.

"힌딩어는 어디 있지?" 교사가 물었다.

아무 대답이 없었다.

"헬라스 실에 가서 찾아봐라."

하지만 그곳에도 그의 흔적은 없었다.

"지각하나 보다. 그냥 수업을 시작하자. 74쪽 제7절이다. 그런데 다시는 이런 일 없길 바란다. 시간은 꼭 지켜야 한다."

시계가 3시를 쳤는데 여전히 힌딩어가 안 보이자 보조교사는 걱정이 되어 교장에게 연락을 했다. 교장이 당장 교실에까지 와서 여러 가지 질문을 하고 조교와 교사의 인솔 아래 학생 10명을 내보내 찾도록 했다. 나머지 학생들은 쓰기 연습을 했다.

4시에 보조교사가 노크도 없이 강의실에 들어와 교장에게 귓속말을 했다.

"조용히 하도록 해라!" 교장의 말에 학생들은 꼼작 않고 자리에 앉아 긴장해서 교장을 바라보았다.

"여러분의 친구 힌딩어가 연못에 빠진 것 같다." 교장이 조용히 말을 이었다. "이제 수색을 도와야 한다. 마이어 선생님이 인솔할 테니 정확하게 지시를 따르고, 절대 제멋대로 행동해선 안 된다."

겁을 먹고 웅성대면서 교사를 선두로 아이들은 수색에 나섰다. 마을에서 몇몇 남자들이 밧줄과 가는 각목과 막대기를 들고 와서 서둘러 가는 수색대에 합류했다. 날씨는 끔찍하게 추웠고, 해는 이미 숲 가장자리에 걸려 있었다.

드디어 소년의 굳어진 자그마한 시신을 발견해 갈대를 베어 낸 곳에다 들것에 뉘였을 때는 이미 깊게 어둠이 깔렸다. 신학생들은 두려운 새들처럼 겁을 먹고 빙 둘러서서 시신을 응시하며 꽁꽁 언 손가락을 문질러 댔다. 익사자의 들것이 먼저 출발하고 아이들은 그 뒤를 따랐다. 아무 말 없이 눈 덮인 들판을 걸어가자 그제야 그들의 억눌린 영혼에 갑자기 공포가 엄습하고, 마치 맹수를 만난 노루처럼 끔찍한 죽음의 냄새를 맡았다.

슬픔에 잠기고 추위에 언 무리에 섞여 한스 기벤라트는 우연히 옛 친구 하일너와 나란히 걷게 되었다. 둘은 들판의 돌뿌리에 비틀거리다가 옆에 있는 친구를 알아차렸다. 한스는 죽음을 목격하고 압도당해 모든 이기심의 무상함이 느껴지던 참에 뜻하지 않게 그렇게 가까이에서 친구의 창백한 얼굴을 보자 형언할 수 없는 깊은 고통을 느끼며 갑작스런 충동에 친구의 손을 잡았다. 하일너는 못마땅해서 손을 빼고 기분이 상해서 시선을 돌리더니 다른 자리를 찾아 대열의 맨 뒷줄로 사라졌다.

모범생 한스는 고통과 부끄러움으로 심장이 뛰었다. 얼어붙은 들판을 비틀거리며 걸어가는 동안 얼어서 시퍼런 뺨 위로 눈물이 계속 흐르는 것을 막을 수가 없었다. 그 순간 그는 절대 잊을 수 없고 아무리 후회해도 돌이킬 수 없는 죄와 실수가 있었음을 깨달았다. 눈앞에서 양복점 아들이 아니라 친구 하일너가 높이 든 들것에 누워 있고, 마치 자신의 배신에 고통과 분노를 마음에 담은 채 다른 세계로 떠나간 것 같았다. 성적도 시험도 성공도 중요하지 않고 오직 양심이 깨끗한지 더러운지에 따라 평가하는 그런 곳으로 가 버린 것 같았다.

그 사이 일행은 국도에 도착했고 서둘러 수도원으로 돌아왔다. 그곳에서 교장을 선두로 모든 교사들이 죽은 힌딩어를 맞았는데, 아마 살아 있다면 그런 예우를 받는 것은 생각도 못 했을 것이다. 교사들은 죽은 학생을 살아 있는 학생과는 전혀 다른 눈으로 바라본다. 평소에는 아무렇지도 않게 학생들의 가슴에 상처를 주면서도 이제 교사들은 잠시 생명과 모든 청춘의 가치가 다시는 돌이킬 수 없는 소중한 가치를 가지고 있음을 생각하게 된다.

그날 저녁과 이후 며칠 동안 눈에 보이지는 않지만 가까이에 주검이 있다는 사실이 마법처럼 영향을 끼쳤다. 모두의 행동과 말을 부드럽게 만들고 진정시켜서 잠시 동안 싸움과 분노, 소음, 웃음이 자취를 감췄다. 마치 물의 요정이 수면 아래로 사라지면 움직임이 없는 연못이 죽은 것처럼 보이는 것하고 비슷했다. 익사한 친구에 대해 말을 할 때면 친구들은 그의 이름 전체를 불러 주었다. 죽은 사람을 '힌두'라는 별명으로 부르는 것은 예의가 아니라는 생각이었다. 전에는 눈에 띄지도 않고 입에 오르내리지도 않은 채 무리 속에서 보이지도 않았던 힌두는 이제 수도원 전체를 자신의 이름과 죽음으로 가득 채웠다.

다음 날 힌딩어의 아버지가 도착해서 아들이 누워 있는 방에 몇 시간 혼자 머물렀다. 그런 뒤 교장에게 차를 대접받고 '사슴관' 여관에 머물렀다.

그런 뒤 장례식이 거행되었다. 관은 수면실에 안치되었고 알고이의 재단사는 그 옆에 서서 모든 것을 지켜보았다. 그는 정말 영락없는 재단사였다. 굉장히 마르고 핼쑥한 모습으로, 녹색이 도는 검은 프록코트에 좁고 초라한 바지를 입었고 손에는 낡은 예식용 모자를 들고 있었다. 작고 마른 그의 얼굴은 우울하고 슬프고 허약해 보였다. 마치 바람 속에 있는 값싼 촛불 같았다. 그는 교장과 교사들에게 계속 당혹감과 존경심을 표했다.

운구할 사람들이 관을 들기 마지막 순간에 슬픔에 젖은 이 작은 남자는 다시 앞으로 나와 어색하고 당혹스러워하며 애정 어린 몸짓으로 관 뚜껑을 어루만졌다. 그러고는 눈물을 참으려 애를 쓰며 어쩔 줄 몰라 하며 서 있었다. 넓고 조용한 방 한가운데 체념한 채 고독하고 절망스럽게 마치 한겨울의 앙상한 작은 나무처럼 서 있어서 보기에 애처로웠다. 목사가 그의 손을 잡고 곁에 서 있었다. 그러자 그가 이상하게 휘어진 실크해트를 쓰고 맨 앞에서 관을 따라갔다. 계단을 내려가고 수도원 안뜰을 지나 오래된 입구를 지나고 눈 덮인 하얀 들판을 지나 교회묘지의 낮은 담 쪽으로 향했다. 학생들이 무덤가에서 합창을 하는 동안 아이들 대부분은 박자를 맞추는 교사의 손이 아니라 바람 속에 외롭게 서 있는 재단사를 보고 있어서 지휘를 하는 음악 교사는 기분이 상했다. 재단사는 암울하게 추위에 떨면서 눈밭에 서서 고개를 숙이고 목사, 교장, 학생 대표의 추도사를 들었다. 합창하고 있는 학생들에게 멍하니 고개를 끄덕이고 때로는 왼손으로 상의 옷자락에 감춰 둔 손수건을 조심스럽게 만졌지만 꺼내지는 않았다.

"만약 저 자리에 우리 아빠가 서 있다면 어떨까 하는 생각이 들더라." 나중에 오토 하르트너가 말했다. 그러자 모두 동의했다. "응, 나도 똑같은 생각을 했어."

나중에 교장이 힌딩어의 아버지와 함께 헬라스 실로 왔다. "여러분 중에서 세상을 떠난 친구하고 특별히 친했던 사람이 있느냐?"라고 교장이 둘러보며 물었다. 처음에는 아무도 나서지 않았다. 힌딩어의 아버지가 불안하고 처량한 눈길로 젊은이들의 얼굴을 쳐다보자 루치우스가 앞으로 나섰다. 힌딩어 씨는 그의 손을 잠시 꼭 잡았지만 무슨 말을 해야 할지 알지 못한 채 곧 절망스럽게 고개를 끄덕이고 방을 나갔다. 그리고 그는 떠났다. 집에 도착해서 아내에게 아들 카를이 어디 묻혔는지 이야기해 줄 때까지 그는 온종일 하얀 겨울 벌판을 기차를 타고 가야 했다.

수도원의 조심스런 분위기는 곧 다시 풀렸다. 교사들은 다시 학생들을 야단쳤고 문은 다시 쾅쾅 닫혔고 사라진 헬라스 실의 학생은 거의 잊혔다. 몇몇은 그 비극적인 연못가에 오래 서 있다가 감기에 걸려 병실에 누웠고, 털 실내화를 신고 목에 목도리를 감고 다녔다. 한스 기벤라트는 목이나 발은 멀쩡했지만 그 불행한 날 이후 더 진지하고 더 나이가 들어 보였다. 그의 내면에서 무엇인가 달라졌다. 소년에서 청년이 되었고 그의 영혼은 다른 세계로 옮겨 갔다. 하지만 그의 영혼은 아직 낯선 곳에서 안식처를 찾지 못한 채 겁먹고 두려워하며 날개를 퍼덕였다. 죽음에 대한 두려움이나 착한 힌두를 잃은 슬픔 탓이 아니라 갑자기 하일너에 대한 죄의식이 깨어난 때문이었다.

하일너는 다른 두 학생과 함께 병실에 누워 뜨거운 차를 마셨다. 힌딩어의 죽음에서 받은 인상을 정리하고 나중에 시를 쓸 때 도움이 될 것을 준비할 시간이 있었다. 하지만 그런 것을 별로 중요하게 생각하는 것 같지 않았다. 오히려 비참하고 고통스러워 보였고 옆 침대의 친구들과 단 한 마디도 주고받지 않았다. 구금 처벌을 받은 이후 그에게 강요된 고독은 감성적인 데다가 자주 이야기를 해야 하는 그의 마음에 상처를 입혀 고통스럽게 만들었다. 교사들은 그를 불만이 많은 혁명가로 치부해 엄격하게 감독했고 학생들은 그를 피하고 조교는 친절하지만 비꼬는 태도였다. 그의 친구인 셰익스피어와 실러, 레나우는 그를 에워싼 억압적이고 굴욕적인 세계와는 다른 훨씬 더 강하고 위대한 세계를 보여 주었다. 처음에는 그저 은 둔자 같은 우울한 정조를 가졌던 하일너의 시 모음 '수도사의 노래'는 차츰 수도원, 교사, 동료 학생들에 대한 신랄하고 적개심이 가득한 시집으로 변했다. 하일너는 고독 속에서 쓰디쓴 순교자의 행복을 발견했고, 자신이 이해받지 못한다고 느꼈지만 내심으로는 만족해하면서 가혹할 만큼 모멸적인 수도사의 시를 쓰며 작은 유베날리스[2]처럼 굴었다.

장례식이 끝나고 일주일이 지나자 병실에 같이 있던 두 학생은 회복되었고 하일너 혼자만 남아 있었다. 그때 한스가 하일너를 찾아갔다. 한스는 조심스럽게 인사를 건네고, 의자를 침대 쪽으로 가져다 앉아 환자의 손을 잡았다. 하일너는 불쾌해하면서 벽 쪽으로 몸을 돌렸다. 아주 무뚝뚝하게 보였다. 하지만 한스는 물러나지 않았다. 그는 잡은 손을 꼭 쥐고 옛 친구에게 자기 쪽을 보도록 했다. 하일너는 화가 나서 입술이 일그러졌다.

"왜 이러는 거야?"

한스는 손을 놓지 않았다.

"내 말 좀 들어 봐." 그가 말했다. "그때 나는 비겁해서 너를 못 본 척했어. 하지만 내가 어떤지는 너도 알잖아. 학교에서 상위권을 유지하고, 완전히 1등을 하고 싶었어. 너는 나를 공부벌레라고 불렀지만, 네 말이 맞아. 하지만 그건 나한테는 일종의 이상理想으로, 난 그런 것이 최고였어."

하일너는 눈을 감았지만 한스는 나지막하게 계속 말을 이었다. "저기, 정말 미안해. 다시 한 번 내 친구가 되어 줄 마음이 있을지 모르지만 제발 나를 용서해 줘."

---

2 데키무스 유니우스 유베날리스Decimus Junius Juvenalis: 1세기 후반에서 2세기 초반에 활동한 고대 로마의 풍자시인.

하일너는 침묵하며 눈을 감고 있었다. 마음속으로 기뻐서 친구를 향해서 웃고 있었지만 퉁명스럽고 고독한 역할에 익숙해서 일단 그런 가면을 얼굴에 쓰고 있었다. 한스는 포기하지 않았다.

"용서해 줘, 하일너. 더 오래 네 주변에서 맴도느니 차라리 꼴찌가 되겠어. 네가 원한다면 다시 친구가 돼서 다른 아이들한테 우리에게 그들이 필요 없다는 걸 보여 주자."

그러자 하일너는 꼭 잡은 친구의 손에 힘을 주며 눈을 떴다.

며칠 뒤 하일너도 침대와 병실을 떠났고, 수도원에는 새롭게 맺어진 우정에 대해 적잖은 동요가 있었다. 두 사람에겐 아름다운 나날이었다. 특별한 사건은 없지만 서로에게 소속되었다는 이상할 만큼 행복한 기분, 이심전심의 동의로 가득한 시간이었다. 전과는 달랐다. 몇 주간의 헤어짐이 둘을 변화시켰다. 한스는 더 정답고 따뜻하고 열정적이 되었고, 하일너는 더 강하고 남성적으로 되었다. 지난 시간 서로를 몹시 그리워한 까닭에 재결합은 커다란 체험, 훌륭한 선물과도 같았다.

조숙한 두 소년은 우정 속에서 자신도 모르게 비밀스럽고 수줍은 첫사랑의 달콤한 비밀을 미리 맛보았다. 그들의 동맹에는 성숙해 가는 남성성의 거친 매력도 있었다. 그리고 친구들을 무시하는 반항심을 쌉쌀한 양념으로 가지고 있었다. 아이들은 하일너를 좋아하지 않았고 한스는 도무지 이해가 되지 않았다. 그들도 많은 우정을 맺고 있었지만 모두 아직 소년의 순수한 놀이에 불과했다.

한스가 점점 더 진심으로 기뻐하며 우정에 매달릴수록 학교는 그에게서 멀어졌다. 새 포도주가 발효하듯 행복감이 그의 몸과 마음에 샘솟았고, 이런 감정 옆에서 리비우스[3]와 호메로스는 의미와 광채를 잃었다. 교사들은 지금껏 흠 없는 학생이던 기벤라트가 문제 학생으로 변해 가고, 수상한 하일너의 나쁜 영향에 굴복하는 것을 놀라서 바라보았다. 교사들을 놀라게 하는 것은 청년기 초기 단계에 있는 조숙한 소년들에게서 나타나는 이상한 모습이었다. 처음부터 교사들은 하일너의 어떤 천재적 기질에 섬뜩한 느낌을 받았다. 천재와 교사 사이에는 전부터 깊은 심연이 자리 잡고 있었다. 천재성을 가진 누군가가 학교에 들어오면 교사들은 애초에 질색을 했다. 그들에게 있어 천재란 자신들에게 존경을 표하지 않고 14세에 담배를 피우기 시작하고 15세에 사랑에 빠지고 16세에 술집에 드나들며 금지된 책을 읽고 뻔뻔스런 글을 쓰고 때로 교사들을 조롱하듯 노려보아 교사의 수첩에 선동가와 금고처분 후보자로 기록되는 못된 아이들이었다. 교사로서는 반에 한 명의 천재보다는 멍청이 몇 명이 더 있는 것이 나았다. 생각해 보면 교사가 맞을 수도 있다. 그의 임무는 탁월한 인물이 아니라 라틴어를 잘하고 수학을 잘하는 선량한 소시민을 양성하는 것인 때문이다. 그런데 누가 상대방으로부터 더 많이 힘든 일을 당할까, 교사가 아이들로부터일까, 아니면 반대일까? 둘 중 누가 더 폭군이 되어 더 귀찮게 굴까? 어느 쪽이 더 상대의 영혼을 모욕하고 상대의 삶에 상처를 입혀 못쓰게 만들까? 자신의 청년 시절을 분노와 수치심으로 되돌아보지 않는다면 이를 판단할 수 없을 것이다. 하지만 이것은 우리가 할 일이 아니다. 우리한테는 위안이 있다. 즉 진정한 천재들은 거의 상처가 치유되면 학교하고

---

3 티투스 리비우스Titus Livius(BC 59~AD 17): 고대 로마의 역사가로 『로마사』의 저자.

는 달리 훌륭한 업적을 내놓는다. 훗날 세상을 떠난 후 아득한 과거의 멋진 명성에 휩싸이게 되면 후대의 학생들에게 교사들로부터 멋진 작품, 고귀한 본보기로 평가되는 업적이다. 이렇게 이 학교 저 학교에서 규율과 활기 사이의 싸움이 되풀이되고 있는데, 국가와 학교는 해마다 새롭게 나타나는 심오하고 가치 있는 활기를 가진 청년들의 싹을 애초부터 자르려고 끊임없이 애를 쓰는 것을 본다. 하지만 훗날 우리들의 보물을 풍부하게 해 준 사람들을 보면 교사들이 미워한 학생들, 처벌받은 학생들, 도망친 학생들, 학교에서 쫓겨난 학생들이었다. 물론 묵묵히 반항하다 파멸하는 경우도 꽤 많다. 그 수가 얼마인지는 아무도 모른다.

나쁜 징조를 예감하자마자 교사들은 전통 있는 훌륭한 학칙에 따라 특이한 이 젊은이들에 대해서 사랑 대신 엄격함을 두 배로 강화했다. 히브리어를 가장 열심히 공부하는 한스를 자랑스러워하던 교장만이 그를 구하기 위해서 서투른 노력을 했다. 교장은 한스를 사무실로 불렀다. 과거에 그 방은 수도원장의 거처였던 그림같이 아름다운 구석방이었는데, 근처 크니틀링엔 출신의 파우스트[4] 박사가 이곳에서 엘핑어 포도주[5]를 즐겼다는 전설이 있는 방이었다. 교장은 나쁜 사람이 아니었다. 통찰력이나 현실적인 식견도 부족하지 않았다. 학생들에게 정말 친절한 호의를 베풀기도 해서 즐겨 말을 놓기도 했다. 그의 치명적인 결점은 심한 허영심이었다. 그래서 자주

---

4 요한 게오르크 파우스트Johann Georg Faust(1480~1541): 연금술사, 마술사, 점성술사 겸 예언자.
5 엘핑어 포도주Elfinger Wein: 마울브론 수도원의 서쪽에 위치한 엘핑엔에서 생산되는 포도주.

교단에서 위태로운 재주를 부렸다. 자신의 힘이나 권위가 조금이라도 의심받는다고 생각하면 참지 못했다. 어떤 반대도 참지 못했고 어떤 실수도 용납하지 않았다. 그래서 줏대가 없거나 소심한 아이들은 교장과 잘 지낼 수 있었지만 당차고 솔직한 아이들은 어려웠다. 반항의 기미를 조금만 보여도 교장이 화를 내기 때문이었다. 하지만 그는 격려의 눈길과 칭찬하는 말투로 아버지 같은 친구의 역할을 탁월하게 해냈는데, 지금 그런 역할을 수행 중이었다.

"자리에 앉게, 기벤라트." 머뭇거리며 들어선 한스와 힘차게 악수를 나눈 뒤 그가 친절하게 말했다.

"얘기를 좀 하고 싶어서 그러는데, 말을 놓아도 될까?"

"네, 교장선생님."

"기벤라트, 최근 성적이 좀 떨어진 건 잘 알고 있지? 적어도 히브리어에선 말이야. 지금까지는 히브리어를 제일 잘하는 학생이었는데, 갑자기 성적이 떨어져서 정말 유감스럽네. 혹시 이제 히브리어에 흥미가 없나?"

"아닙니다, 교장선생님."

"그럼 생각을 좀 해 보게. 다른 이유가 있을 것 같아. 그렇다면 이유가 뭘까?"

"모르겠습니다……. 숙제는 항상 했습니다."

"물론이지, 물론 그랬지. 그런데 같아 보여도 이런저런 차이는 있는 법이야. 숙제는 당연히 했지. 그건 의무니까. 하지만 전에는 그 이상을 했어. 어쨌든 공부에 더 많은 관심을 가졌었는데, 갑자기 열정이 줄어든 이유가 뭔지 궁금하군. 아픈 것은 아니지?"

"아닙니다."

"두통이 있나? 아주 건강해 뵈지는 않는구나."

"네, 종종 머리가 아파요."

"하루 일과가 너무 벅찬가?"

"아뇨, 전혀 그렇지 않습니다."

"그러면 개인적으로 책을 너무 많이 읽나? 솔직하게 대답해 보게."

"아닙니다. 책은 거의 안 읽습니다, 교장선생님."

"정말 알 수가 없구나. 뭔가 문제가 있을 텐데, 앞으로 열심히 노력하겠다고 약속해 줄 수 있나?"

한스는 권력자가 내민 오른손을 잡았다. 교장은 진지하면서도 온화한 얼굴로 그를 바라보았다.

"좋아, 그럼 됐어. 지쳐서 힘이 빠지지 않도록 해라. 안 그러면 수레바퀴 밑에 깔리게 돼."

교장이 한스의 손을 꽉 쥐었다. 한스는 안도의 숨을 내쉬며 문으로 향했다. 그때 교장이 다시 불렀다.

"할 말이 좀 더 있어, 기벤라트. 요즘 하일너랑 친하게 지내고 있지, 아닌가?"

"네, 아주 친해요."

"다른 애들보다 더 친한 것 같은데, 아닌가?"

"맞습니다. 제 친구예요."

"어떻게 그렇게 됐지? 너희들은 원래 성격이 아주 다른데."

"저도 모르겠어요. 어쨌든 지금 친구예요."

"네 친구를 내가 별로 마음에 들어 하지 않는 걸 넌 알 거야. 그 애는 불평이 많고 불안한 아이야. 재주가 있는 것 같은데, 아무것도 하지 않고 너한테 좋은 영향을 주지도 않아. 내가 보기엔 그 친구한테서 멀어지는 게 좋을 것 같은데, 어떠냐?"

"그럴 수 없어요, 교장선생님."

"그럴 수 없다고? 어째서 그렇지?"

"제 친구이기 때문이에요. 친구한테 그럴 수는 없어요."

"그래, 하지만 다른 친구들하고 더 많은 교류를 가질 수는 있지? 하일너의 나쁜 영향에 물이 든 건 너 혼자야. 결과는 보는 바와 같아. 넌 왜 그 애를 그렇게 좋아하지?"

"저도 모르겠어요. 하지만 우리는 서로 좋아해요. 친구를 버리는 것은 비겁해요."

"그래. 그러니 강요하진 않겠다. 하지만 네가 조금씩 그 애한테서 멀어지길 바란다. 그랬으면 좋겠어. 그러는 게 좋을 것 같다."

마지막 말에서 조금 전의 온화함은 더 이상 찾아볼 수 없었다. 이제 한스는 가도 되었다.

그때부터 한스는 다시 공부에 집중했다. 하지만 예전처럼 빠르게 진척되지 않았고 간신히 따라갈 수 있을 뿐이었다. 그것이 부분적으로는 우정 때문이라는 것을 그 자신도 알았다. 하지만 우정 때문에 손해를 보거나 방해가 된다고는 생각하지 않았고, 오히려 우정은 그동안 놓쳤던 모든 것을 보상해 주는 보물로, 이전의 무미건조한 의무적인 삶과 비교가 안 되는 고양되고 따뜻한 삶을 알도록 해 주었다. 그는 마치 사랑에 빠진 것 같았다. 위대한 영웅의 행동도 할 수 있을 것 같지만, 지루하고 보잘것없는 일상적인 일은 할 수 없을 것 같았다. 그래서 늘 절망스런 한숨을 내쉬며 자신을 들볶았다. 하일너처럼 대충 공부해서 가장 필요한 것만 재빨리 습득하는 것을 한스는 할 줄 몰랐다. 친구가 거의 매일 저녁 여유 시간을 빼앗기 때문에 한스는 아침에 한 시간 일찍 일어나야 했고, 그야말로 적과 씨름하듯 히브리어 문법과 씨름했다. 아직도 재미있는 것은 호메로스와 역사 수업뿐이었다. 어둠 속을 더듬으며 헤쳐 나가는 기분으로 그는 호메로스의 세계를 이해해 나갔고, 역사 속 영웅들은 점점 이름이나 숫자에 머무르지 않고 가까이에서 이글거리는 눈으로 그를 쳐다보고 있었다. 그들은 살아 있는 붉은 입술을 가졌고, 각자 자신만의 얼굴과 손을 가지고 있었다. 누구는 붉고 두툼하고 거친 손을, 다른 사람은 조용하고 차갑고 돌과 같은 손을, 또 다른 사람은 갸름하고 뜨겁고 실핏줄이 비치는 손을 가지고 있었다.

그리스어로 된 복음을 읽을 때도 한스는 때로 거기에 등장하는 인물들이 너무도 생생하고 가까이 있는 것 같아서 놀랄 정도, 아니 압도당할 정도였다. 특히 마가복음 제6장에 예수가 제자들과 함께 배에서 내릴 때가 그랬다. "사람들이 곧 예수를 알아보고 곧장 달려왔다"는 대목에서 한스는 인간의 아들 예수가 배에서 내리는 것을 보았고, 곧 그를 알아보았다. 모습이나 얼굴로 알아본 것이 아니라 눈과 손짓으로 알아보았다. 사랑이 담긴 크고 아름다운 깊은 눈과 조용히 이쪽으로 오라는 듯, 혹은 초대한다는 듯, 환영한다는 듯 손짓하는 가늘고 아름다운 갈색 손으로 알아보았다. 섬세하면서도 강한 영혼의 모습을 한, 그런 영혼이 깃든 손이었다. 그런데 출렁이는 물가와 거룻배의 무거운 뱃머리가 잠깐 떠오르더니 모든 장면은 마치 한겨울의 입김처럼 사라져 버렸다.

책 속의 어떤 인물, 혹은 이야기가 살아 있는 사람의 눈앞에서 다시 한 번 살아나서 주목받고 싶어 하는 것처럼 그의 눈길을 갈망하면서 불쑥 튀어나오는 일이 점점 더 자주 일어났다. 한스는 경탄하며 그런 것을 받아들였고 홀연히 떠올랐다가 다시 사라져 버리는 이런 현상을 보면서 자신이 심오하고 이상하게 변하고 있다고 느꼈다. 마치 자신이 검은 땅을 유리처럼 꿰뚫어 보고 있는 것 같기도 하고, 신이 자신을 바라보고 있는 것 같기도 했다. 이런 귀한 순간은 청하지도 않는데 찾아왔다가 아쉬워할 겨를도 없이 사라졌다. 그것은 어딘지 낯설고 성스런 것에 휩싸여 있어서, 함부로 말을 걸거나 붙잡아 둘 수 없는 순례자나 다정한 손님과도 같았다.

이런 경험을 한스는 혼자만 간직하고 하일너에게도 말하지 않았다. 하일너의 과거 우울증은 이제는 불안하고 예민한 기질로 바뀌어 수도원, 교사, 동급생, 날씨, 인간의 삶, 신의 존재에까지 비판을 가했다. 싸움을 걸기도 하고 갑자기 멍청한 짓을 저지르기도 했다. 한 번 고립되어 다른 아이들과 대립된 적이 있었기 때문에, 그는 어설픈 자만심으로 이 대립적 관계를 반항적이고 적대적인 것으로 만들려고 했다. 말릴 생각을 못 하고 기벤라트가 이런 관계에 휘말려 들어가자 두 친구는 아이들 사이에서 다가가기 싫은 섬처럼 동떨어져 있었다. 그런데 이 상황이 점점 더 불편하지 않게 되었다. 그저 두려움의 대상인 교장선생님만 없었으면 했다. 전에는 교장의 총아였지만 이제 그는 냉대를 받았고 눈에 띄게 의도적으로 무시당했다. 그는 교장의 전문 분야인 히브리어에 점차 흥미를 잃고 말았다.

마흔 명의 아이들은 몇 달이 지나는 동안 처음대로인 몇 명을 제외하고 육체와 정신이 변해 갔는데, 이런 것을 보는 것은 흥미로웠다. 많은 학생들이 몸에 비해 키가 부쩍 자랐고, 그래서 함께 자라지 않는 옷 밖으로 팔다리가 길쭉하게 삐져나왔다. 얼굴에는 사라져 가는 소년의 모습과 주저하며 드러나기 시작하는 남자다움 사이의 명암이 드러났다. 발달기의 각진 체형은 아직 나타나지 않았지만 모세의 책 공부가 일시적으로나마 그들의 매끄러운 이마에 남성다운 진지함을 부여했다. 포동포동한 뺨을 가진 소년은 이제 아주 드물었다.

한스도 변했다. 크고 비쩍 마른 모습은 하일너와 비슷했지만 한스가 더 나이 들어 보였다. 전에 투명해 보이던 이마 주변이 뚜렷해지고 눈은 깊숙이 들어가고 얼굴은 병약한 모습이고 팔다리와 어깨는 앙상하게 말랐다.

학교 성적이 만족스럽지 못할수록 한스는 하일너의 영향하에서 점점 더 학우들과 멀어졌다. 이제는 모범생이자 미래의 최우등생으로 학우들을 무시할 근거가 없었고, 그래서 교만은 그에게 전혀 어울리지 않았다. 그러나 남들을 그렇게 느끼도록 만들거나 마음속에 그렇게 느껴져서 괴로울 때면 그는 상대를 용서하지 않았다. 특히 나무랄 데 없는 하르트너와 건방진 오토 뱅을러하고 싸움을 여러 번 했다. 어느 날 오토 뱅을러가 또다시 한스를 비웃고 화나게 하자 한스는 자제력을 잃고 폭발해서 주먹으로 답했다. 지독한 주먹다툼이 일어났다. 뱅을러는 겁쟁이였지만, 나약한 상대 정도는 쉽게 끝장낼 수 있어 한스를 무지막지하게 두들겨 팼다. 하일너는 자리에 없었다. 다른 아이들은 태연히 바라보면서 한스가 당하는 것을 보고 즐겼다. 한스는 온몸에 멍이 들고 코피가 나고 갈비뼈가 욱신거렸다. 창피하고 고통스럽고 화가 나서 그는 밤을 꼬박 새웠다. 친구에게는 이 일에 관해 아무 말도 하지 않았다. 그때부터 한스는 친구들과의 관계를 끊고 같은 방의 아이들과 한마디 말도 나누지 않왔다.

봄이 와서 비 오는 오후와 비 오는 일요일이 많아지고 해 넘어가는 시간이 길어지면서 수도원 생활에 새로운 형태와 움직임이 나타나기 시작했다. 아크로폴리스 방에는 피아노를 잘 치는 아이 하나와 플루트 주자가 두 명이 있어서 두 차례 정기 음악의 밤이 열렸고, 게르마니아 방에서는 희곡 독서회가 생겼다. 어린 몇몇 경건주의자들은 성경반을 만들어 매일 밤 주석과 함께 칼프 성경[6]을 한 장씩 읽어 나갔다.

하일너는 게르마니아 실의 독서 회원이 되려고 했지만 거절당했다. 그는 엄청 화가 나서 복수하려고 성경반에 들어갔다. 여기서도 그를 원치 않았지만 그는 억지로 들어가 대담한 연설과 신앙심 없는 비꼬는 언사로 이 겸손한 소모임의 경건한 대화에 분란과 불화를 일으켰다. 이런 장난도 곧 싫증이 났다. 하지만 꽤 오랫동안 그의 말투에는 성서를 비꼬는 어조가 깃들어 있었다. 하지만 별로 주목받지는 못했다. 모두들 뭔가를 계획하고 만드는 일에 빠져 있는 때문이었다.

재능 있고 재치 있는 스파르타 실의 어떤 아이가 가장 많이 입에 오르내렸다. 그는 개인적인 명성을 얻고, 그다음으로는 기숙사 방에 활기를 주고 온갖 재치 있는 장난으로 단조로운 학교생활에서 여러 가지 기분전환을 선사했다. 둔스탄이란 별명의 그 아이는 화젯거리를 만들고 확고한 명성을 얻을 수 있는 기발한 방법을 찾

---

6 칼프는 헤세의 고향으로 외할아버지가 설립한 칼프 출판사는 성서의 주해서들을 출간했다.

아냈다.

　어느 날 아침 학생들이 침실에서 나오자 세면실 문에 종이 한 장이 붙어 있는 것을 발견했다. 거기에는 '스파르타 실에서 보내는 여섯 편의 경구'라는 제목 아래 특이한 학우 몇 명을 선택해서 그들의 멍청함, 어리석음, 우정을 2행시로 재치 있게 비꼬는 글이 적혀 있었다. 기벤라트와 하일너 커플도 한 방 맞았다. 이것으로 이 작은 집단에는 엄청난 회오리가 일었다. 아이들은 극장 입구처럼 세면실 문 앞으로 몰려갔다. 이들은 날아오르는 여왕벌을 따라 날아오르려는 꿀벌들처럼 뒤엉켜서 웅성대고 서로 밀치고 수군댔다.

　다음 날 아침, 문마다 격언 시와 풍자시, 대답과 동조, 새로운 공격으로 도배가 되어 있었다. 애초에 이 장난을 시작한 아이는 여기에 다시 참여할 정도로 어리석지 않았다. 헛간에 불쏘시개를 던지는 목표는 달성했으니 이제 구경만 했다. 며칠 동안 거의 모든 학생들이 풍자시 전쟁에 참여했다. 모두 2행시를 구상하며 생각에 잠겨서 돌아다녔다. 이런 일에 관여하지 않고 평상시처럼 공부에 매진한 아이는 루키우스뿐이었을 것이다. 결국 어느 교사가 알아차려 이 소란스런 장난을 금했다.

　영악한 둔스탄은 월계관을 쓰게 된 것에 만족하지 않고 그동안 결정타를 준비했다. 이제 그는 신문 창간호를 발간했다. 아주 작은 초고 용지에 등사기로 찍은 것으로, 이를 위해 몇 주 전부터 소재를 모았다. '호저豪猪[7]라는 제목의 이 신문은 일종의 풍자 신문이었다. '여호수아서'의 저자와 마울브론 신학생 사이의 우스꽝스런 대화

7　몸과 꼬리의 윗면이 가시처럼 변한, 가시털로 덮여 있는 야행성 동물.

가 창간호의 걸작이었다.

엄청난 성공이었다. 둔스텐은 이제 엄청 바쁜 편집장이자 출판자의 표정과 태도를 했고, 수도원에서 마치 옛 베네치아 공화국의 유명한 작가 아레티노[8]처럼 비난과 칭송이 교차하는 명성을 즐기고 있었다.

헤르만 하일너가 열정적으로 편집에 참여하고 둔스탄과 함께 예리하고 신랄한 검열관 역할을 하자 모두 놀라움을 금치 못했다. 하일너에게는 그런 일을 위한 재치나 독설이 얼마든지 있었다. 거의 4주 동안 이 작은 신문은 수도원 전체를 숨죽이게 만들었다.

기벤라트는 친구가 하는 대로 내버려 두었다. 그 자신은 함께 하고 싶은 마음도, 재능도 없었다. 하일너가 요즘 자주 저녁 시간을 스파르타 실에서 보낸다는 사실도 처음에는 알아채지 못했다. 최근 다른 일에 몰두하고 있기 때문이었다. 그는 하루 종일 넋 나간 사람처럼 눈에 띄지 않은 채 돌아다녔고 공부는 마지못해 아무런 흥미 없이 했다. 한번은 리비우스를 공부하는 시간에 이상한 일이 일어났다.

번역을 시키려고 교사가 한스의 이름을 불렀다. 한스는 그냥 앉아 있었다.

"무슨 일이야? 왜 안 일어나나?" 화가 나서 교사가 소리쳤다.

한스는 꼼작도 하지 않았다. 의자에 꼿꼿이 앉아 고개를 약간 수그린 채 눈은 반쯤 감고 있었다. 이름을 부르자 꿈에서 깨기는 했

---

8 피에트로 아레티노Pietro Aretino(1492~1556): 이탈리아 르네상스 시대의 풍자작가.

지만 목소리가 아주 멀리서 들리는 것 같았다. 옆자리의 친구가 옆구리를 쿡쿡 찔렀지만 상관없는 일이었다. 그는 다른 사람들에게 둘러싸여 있었고, 다른 손들이 그를 어루만지고 그에게 말을 걸었다. 가까이서 들리는 나직하고 깊은 목소리인데, 말이 아니라 그저 깊고 부드럽게 마치 샘물처럼 쏴쏴 거릴 뿐이었다. 많은 눈이 그를 바라보았다. 낯설고 예감에 찬, 크고 빛나는 눈들이었다. 어쩌면 지금 막 읽은 리비우스에서 본 로마 시민들의 눈일 수도 있고, 꿈에서 보았거나 혹은 언젠가 그림에서 본 낯선 사람들의 눈인지도 몰랐다.

"기벤라트!" 교사가 소리쳤다. "자고 있나?"

한스는 천천히 눈을 뜨고 놀란 듯 교사의 얼굴을 바라보며 고개를 저었다.

"잤군그래. 아니면 어느 문장을 지금 읽고 있는지 말할 수 있겠나?"

한스는 손으로 책을 가리켰다. 어디 할 차례인지 잘 알고 있었다.

"일어나 보겠나?" 교사가 비꼬듯 말했다. 그러자 한스가 일어났다.

"지금 뭘 하고 있는 거지? 날 좀 봐."

한스는 교사를 바라보았다. 교사는 그 시선이 마음에 들지 않은 것 같았다. 이상하게 고개를 저었기 때문이다.

"어디가 아픈 건가, 기벤라트?"

"아닙니다, 선생님."

"자리에 앉게. 그리고 수업이 끝나면 내 방으로 오게."

한스는 자리에 앉아 리비우스 책으로 몸을 숙였다. 완전히 정신이 들어 모든 것이 이해되었다. 하지만 그의 내면의 눈은 많은 낯선 인물들이 멀리 안개 속으로 사라질 때까지 따라가고 있었다. 그들은 천천히 아주 멀리 사라져 가면서도 여전히 빛나는 눈으로 한스를 바라보고 있었다. 그러자 교사의 목소리가 들려오고 번역을 하는 학우들의 목소리, 교실에서 들리는 작은 소음들이 점점 가까이 들리더니 드디어 전처럼 그렇게 생생하게 현실로 느껴졌다. 걸상과 교단, 칠판은 평소 그 자리에 있고, 벽에는 나무로 만든 커다란 컴퍼스와 삼각자가 걸려 있었다. 주변에는 학우들이 앉아 있었다. 이들 중 많은 아이들이 호기심 어린 뻔뻔한 눈길로 그를 힐끔힐끔 쳐다보았다. 한스는 깜짝 놀랐다.

"수업이 끝난 후에 내 방으로 오게"라는 말을 들은 기억이 났다. 맙소사, 무슨 일이 있었지?

수업이 끝난 후에 교사가 오라고 손짓을 하더니 놀란 눈으로 쳐다보고 있는 학우들 사이를 지나 그를 데리고 갔다.

"자, 말해 보게. 무슨 일이 있나? 잠을 잔 게 아니라고?"

"네."

"불렀는데 왜 안 일어났어?"

"저도 잘 모르겠어요."

"혹시 내 말을 못 들었나? 귀가 나쁜가?"

"아닙니다. 선생님 말씀 들었습니다."

"그런데 안 일어났어? 그러고 나서도 눈이 이상했어. 대체 무슨 생각을 한 건가?"

"아무 생각도 안 했습니다. 일어나려고 했어요."

"왜 안 일어났지? 몸이 안 좋았나?"

"그런 것 같지 않아요. 왜 그랬는지는 저도 모르겠어요."

"두통이 났나?"

"아닙니다."

"됐어. 가 보도록 하게."

식사 시간 전에 한스는 다시 한 번 수면실로 불려 갔다. 그곳에 교장이 의사와 함께 기다리고 있었다. 의사가 진찰을 하고 이것저것 물었지만 아무것도 분명하게 밝혀내지 못했다. 의사는 친절하게 미소하며 증세를 대수롭지 않게 여겼다.

"사소한 신경 문제입니다, 교장선생님." 의사는 가볍게 웃으면서 말했다. "일시적인 쇠약증세입니다. 일종의 가벼운 현기증 같은 것입니다. 이 청년은 매일 바깥바람을 쏘여야 합니다. 두통에는 몇 가지 물약을 처방하겠습니다."

그때부터 한스는 매일 식후에 한 시간씩 밖으로 나가 산책을 해야 했다. 반대할 일이 아니었다. 다만 교장이 하일너와 함께 산책하는 것을 금지한 것이 더 마음에 들지 않았다. 하일너는 화를 내고 욕을 퍼부었지만 따르는 수밖에 없었다. 한스는 혼자 산책을 나갔는데 나름 즐거웠다. 봄이 오고 있었다. 아름답게 곡선을 그리는 둥그런 언덕 위로 파릇파릇한 새싹의 물결이 투명하고 잔잔한 물결처럼 일렁이고, 나무는 겨울에 걸쳤던 윤곽이 뚜렷한 갈색 그물 옷을 벗고 어린 나뭇잎과 어우러져서 생명이 넘치는 신록의 무한한 파도와도 같은 주변의 색채 속으로 녹아들었다.

전에 라틴어학교를 다닐 때 한스는 지금과 다른 눈으로 봄을 보았다. 더 활기차게, 더 호기심을 가지고, 더 세밀히 보았다. 고향으로 돌아가는 철새들을 종류별로 관찰하고, 꽃이 피는 순서를 눈여겨보고 5월이 되자마자 낚시를 갔다. 그러나 이제는 새의 종류를 구별하거나, 꽃봉오리를 보고 어떤 덩굴인지 알아내려 애쓰지 않았다. 그는 전체적인 변화와 곳곳에 움트는 색채를 바라보았고, 어린 나뭇잎의 향기를 맡고, 부드럽게 피어오르는 공기를 느끼고, 감탄하며 들판을 걸었다. 금방 피곤해지고 항상 누워서 잠을 자고 싶었다. 눈앞에 그를 둘러싸고 있는 사물들과는 다른 온갖 것이 자꾸만 보였다. 그것이 무엇인지 알 수도, 깊이 생각해 보지도 않았다. 그것은 밝고 감미롭고 특이한 꿈이었다. 꿈이 마치 그림처럼, 낯선 나무들이 늘어선 가로수 길처럼 그를 둘러쌌다. 그저 바라볼 수밖에 없는 그림이지만 그것을 바라보는 것 자체가 하나의 체험이었다. 마치 낯선 장소로, 다른 사람들 속으로 옮겨 온 느낌이었다. 그는 부드럽고 편안하게 밟을 수 있는 낯선 땅을 걷고, 낯선 공기, 새털처럼 가볍고 묘하고 꿈같은 향기가 나는 공기를 들이마셨다. 때로 이런 풍경 대신 가벼운 손길이 나타나 부드러운 손이 부드럽게 몸을 쓰다듬듯 그는 어둡고 따스하고 가슴 설레는 감정을 느끼기도 했다.

책을 읽고 공부할 때 한스는 정신을 집중하려고 무진 애를 썼다. 하지만 관심이 없는 것은 그림자처럼 손에서 빠져나갔다. 수업 시간에 히브리어 단어를 기억하려면 수업 시작 30분 안에 공부를 해야 했다. 책을 읽고 있으면 책 속에서 묘사된 것이 눈앞에 나타나 살아 움직였는데, 가까운 주변 사물들보다 훨씬 더 생생하고 현실처럼 보이는 때가 자주 있었다. 그는 자신의 기억력이 더는 아무것도 받아들이려 하지 않고 하루가 다르게 둔해지고 불확실해지는 것을 깨닫고 절망했다. 하지만 예전 일이 가끔 섬뜩할 만큼 또렷이 생각나서 놀랍고 불안하기도 했다. 수업을 듣거나 책을 읽는데 아버지나

아나 아주머니, 혹은 과거의 선생님이나 급우가 나타날 때도 많았다. 그럴 때면 한동안 관심이 온통 그들에게 쏠렸다. 슈투트가르트에서 머물던 때와 주 시험과 방학 때 있던 일도 계속 생각났다. 낚싯대를 드리우고 강가에 앉아서 햇빛을 받은 물 냄새를 맡고 있는 자신의 모습이 보일 때도 있었다. 하지만 동시에 자신이 꿈꾸는 그 시간이 아득히 먼 옛날처럼 생각되기도 했다.

후덥지근하고 음울한 어느 날 저녁 한스는 하일너와 함께 수면실을 어슬렁대며 고향 이야기, 아버지 이야기, 낚시, 학교 이야기를 했다. 하일너는 이상하게 말이 없었다. 그는 한스가 이야기하도록 내버려 두고 가끔 고개를 끄덕이거나 생각에 잠겨서 하루 종일 장난감처럼 가지고 노는 작은 자로 허공을 획획 휘둘렀다. 한스는 점점 말이 없어졌다. 밤이 되자 그들은 창턱에 걸터앉았다.

"저기, 한스." 드디어 하일너가 입을 열었다. 불안하고 흥분한 목소리였다.

"왜?"

"아, 아무것도 아냐."

"뭔데, 말해 봐."

"그냥 생각이 났어. 네가 여러 가지 이야기를 하니까."

"뭔데 그래?"

"한스, 말해 봐. 너 여자애 따라다닌 적 있어?"

잠시 침묵이 흘렀다. 지금까지 그들은 그런 이야기를 한 번도 한 적이 없었다. 한스는 두려웠지만 그 수수께끼의 영역은 마치 동화 속 정원처럼 그를 끌어당겼다. 얼굴이 붉어지고 손이 떨리는 걸 느낄 수 있었다.

한스가 속삭이듯 말했다.

"딱 한 번." 한스가 속삭이듯 말했다. "그땐 아직 애송이였지."

다시 침묵이 이어졌다.

"그런데 하일너, 너는?"

하일너가 한숨을 쉬었다.

"아, 그만두자. 이런 얘기는 하지 않는 건데. 쓸데없는 얘기야."

"아니, 아니야."

"난 좋아하는 애가 있어."

"네가? 정말이야?"

"고향에. 이웃집 애야. 이번 겨울엔 키스도 했어."

"키스를 했어?"

"그래, 날이 컴컴해진 거야. 저녁때 얼음판 위에서, 그 애가 스케이트 벗는 걸 도와줬지. 그때 키스를 했어."

"그 애는 아무 말도 없었어?"

"아무 말도 안 했어. 그냥 달아났어."

"그러고는?"

"그러고는? 그뿐이야."

하일너는 다시 한숨을 쉬었다. 한스는 친구가 금단의 정원에서 온 영웅처럼 보였다.

그때 종이 울렸다. 잠자리에 들 시간이었다. 불이 꺼지고 모두 조용해졌다. 한스는 침대에 누웠지만 잠을 이루지 못한 채 한 시간 동안 하일너가 애인에게 했다는 키스를 생각했다.

다음 날 한스는 그 일에 관해 좀 더 물어보고 싶었지만 부끄러워서 그만두었다. 하일너는 한스가 물어보지 않기 때문에 그 이야기를 다시 꺼내기를 피했다.

한스의 학교생활은 갈수록 엉망이 되었다. 교사들은 화가 난 얼굴로 이상하다는 듯 한스를 보았고, 교장은 얼굴이 어두워지고 자주 화를 냈다. 아이들도 이제 기벤라트가 예전의 높은 위치에서 추락했고, 1등이 되려는 것을 포기했음을 이미 오래전에 눈치채고 있었다. 오직 하일너만 아무런 눈치도 채지 못했다. 왜냐면 그 자신이 학교를 그다지 중요하게 생각지 않았기 때문이다. 한스 자신은 모든 일이 일어나고 변하는 것을 그냥 내버려 둘 뿐 신경 쓰지 않았다.

그러는 동안 신문 편집 일에 싫증이 난 하일너가 다시 완전히 친구에게 돌아왔다. 금지령을 어기고 그는 한스가 매일 하는 산책에 여러 번 따라나섰다. 그리고 양지바른 곳에 함께 누워 공상을 하고 시를 읽어 주거나 교장을 놀리기도 했다. 한스는 친구의 연애 이야기를 더 캐묻고 싶었지만 시간이 갈수록 묻기가 점점 더 어려워졌다. 아이들 사이에서 둘은 여전히 인기가 없었다. 하일너가 「호저」에서 심술궂은 농담을 쏟아낸 터라 그 누구도 하일너를 신뢰하지 않았다.

그 무렵 신문이 폐간되었다. 그동안 꽤 오래 지속된 셈이었다. 애초 겨울에서 초봄 사이의 지루한 몇 주를 겨냥한 것이었다. 이제 아름다운 계절이 시작되어 식물을 채집하고 산책하고 야외에서 놀면서 얼마든지 즐거운 시간을 보낼 수 있었다. 날마다 점심때면 수도원 안뜰은 체조하고 씨름하고 달리기 시합을 하고 공을 차는 아이들의 고함 소리와 활기로 넘쳤다.

그런데 큰 소동이 벌어졌다. 소동을 일으킨 장본인이자 중심은 사건의 걸림돌인 헤르만 하일너였다.

교장이 하일너가 그에게 내려진 금지령을 우습게 여기고 거의 날마다 기벤라트와 산책을 한다는 사실을 알게 되었다. 이번엔 한스는 그냥 두고 교장은 이 일의 주범이자 오랜 숙적인 하일너를 교장실로 불렀다. 교장이 말을 놓으려고 하자 하일너는 단번에 거부했다. 교장은 명령에 복종하지 않은 것에 대해서 하일너를 꾸짖었다. 그러자 하일너는 자신은 기벤라트의 친구이며, 그 누구도 사귀지 말라고 할 권리가 없다고 주장했다. 좋지 않은 장면이 벌어졌고 그 결과 하일너에게는 몇 시간의 감금형과 함께 다음부터는 절대로 기벤라트와 함께 외출할 수 없다는 엄명이 내려졌다.

그래서 다음 날 한스는 그가 해야 하는 산책을 혼자서 했다. 그는 2시에 돌아와 다른 아이들과 함께 교실로 들어갔다. 수업이 시작될 때 하일너가 없다는 사실이 밝혀졌다. 예전에 힌두가 사라졌을 때와 똑같았다. 하지만 이번에 지각으로 생각한 사람은 아무도 없었다. 3시에는 모든 신학생들이 교사 세 명과 함께 사라진 하일너를 찾아 나섰다. 나뉘어져서 큰 소리로 이름을 부르며 숲속을 뛰어다녔다. 많은 아이들, 그리고 교사 두 명도 하일너가 자살했을 수 있다고 생각했다.

5시에는 그 지역의 모든 파출소에 전보를 쳤고 저녁에는 하일너의 아버지에게 속달 편지를 보냈다. 하지만 저녁 늦게까지 아무런 흔적도 발견되지 않았다. 밤까지 모든 침실에서 속삭이고 소곤대는 소리가 들렸다. 학생들 사이에서는 하일너가 물속으로 뛰어들었으리라는 추측이 가장 많았다. 하일너가 집으로 돌아갔을 것으로 생각하는 아이들도 있었지만, 탈주자에게 돈이 한 푼도 없다는 사실이 곧 확인되었다.

모두들 한스라면 틀림없이 사정을 알고 있으리라 생각했다. 하지만 그렇지 않았다. 오히려 가장 놀라고 걱정한 사람이 한스였다. 밤에 침실에서 다른 아이들끼리 물어보고 추측하고 되는 대로 지껄이고 농담하는 소리가 들리자 한스는 이불을 푹 뒤집어쓴 채 친구를 걱정하는 마음으로 힘들어 하고 괴로워하며 몇 시간이나 누워 있었다. 하일너가 다시는 돌아오지 않을지도 모른다는 예감에 마음이 불안했다. 그는 두려움과 슬픔에 사로잡혀 힘들어 하다가 지쳐서 잠이 들었다.

그 시간 하일너는 몇 마일 떨어진 수풀 속에 누워 있었다. 추워서 잠은 잘 수 없었지만 좁은 새장을 탈출한 것처럼 마음 벅찬 해방감에 그는 숨을 크게 들여 마시고 팔다리를 쭉 폈다. 점심때부터 내내 걸었다. 그는 크니틀링엔에서 빵을 사서 가끔 베어 먹으면서 아직 초봄이라 성긴 나뭇가지 사이로 밤의 어둠과 별과 빠르게 흘러가는 구름을 바라보았다. 어디로 가든 상관없었다. 적어도 그는 지긋지긋한 수도원을 뛰쳐나왔으며, 자신의 의지가 명령이나 금지령보다 강하다는 것을 교장에게 보여 준 것이었다.

다음 날에도 온종일 하일너를 찾았지만 헛수고였다. 그는 마을 근처 들판에 있는 짚 더미 속에서 이틀째 밤을 보내고 아침에 다시 숲속으로 들어갔다. 저녁 무렵에 그는 마을을 찾으려다가 그 지역 순경에게 붙잡혔다. 그는 하일너를 잘 구슬려 시청으로 데리고 갔고 거기서 하일너는 익살과 아첨으로 시장의 마음을 샀다. 시장은 하일너를 자기 집에 하룻밤 묵게 하면서 햄이며 달걀을 잔뜩 먹인 다음 잠자리에 들게 했다. 다음 날 그 사이에 도착한 하일너의 아버지가 그를 데려왔다.

탈출자가 붙잡혀 오자 수도원은 흥분에 휩싸였다. 하지만 하일너는 고개를 꼿꼿이 들고 자신의 기발한 짧은 여행을 뉘우치는 기색을 전혀 보이지 않았다. 용서를 빌라는 요구도 거절하고 교사회의의 비밀회의[9]에서도 주눅 들거나 공손한 태도를 보이지 않았다. 하일너를 붙잡아 두려 했지만 정도가 너무 지나쳤다. 결국 하일너는 치욕스럽게 퇴학 처분을 받았고, 저녁에 아버지와 함께 다시는 돌아오지 못할 길을 떠났다. 친구 기벤라트와는 단지 악수로 작별 인사를 할 수 있었다.

교장은 반항과 타락으로 물든 이 이례적인 사건에 대해 열정적이고 멋진 연설을 했다. 반면 슈투트가르트의 상부 관청에는 훨씬 온건하고 객관적이고 누그러진 어조로 보고서를 냈다. 신학생들에게는 학교를 떠난 괴물과 편지를 주고받지 말라는 금지령이 내려졌다. 한스 기벤라트는 피식 웃었을 뿐이다. 이후 몇 주 동안 하일너와 그의 탈주만큼 입에 오르내린 화제는 없었다. 멀어지고 시간이 흐를수록 전체적인 평가가 점점 바뀌었다. 시간이 지나자 예전에는 슬금슬금 피하던 탈주자 하일너를 마치 날아가 버린 독수리처럼 너그러운 눈으로 바라보는 아이들이 많아졌다.

이제 헬라스 방에는 빈 책상이 두 개가 되었다. 두 번째로 없어진 아이는 첫 번째 아이처럼 그렇게 금방 잊히지 않았다. 교장은 두 번째 아이도 첫 번째처럼 조용히 잊히길 바랐다. 하지만 하일너가 수도원의 평화를 어지럽히는 짓을 한 것은 아니었다. 그의 친구 한스는 기다리고 또 기다렸지만, 하일너한테서는 편지가 오지 않았다.

9 중세 말의 비밀재판.

하일너는 떠났고 소식이 끊겼다. 하일너라는 인물과 그의 탈주 사건은 점차 이야기가 되었고 마침내 전설이 되었다. 훗날 이 열정적인 소년은 갖가지 어리석은 기행을 더 저지르고 더 방황한 끝에 삶의 고뇌를 엄격하게 다스려 영웅은 아니지만 어른이 되었다.

뒤에 남겨진 한스는 하일너의 탈주를 알았을 것이라는 의심을 계속 받았고, 그 때문에 교사들한테서 호의를 완전히 잃었다. 수업 시간에 그가 몇 가지 질문에 대답하지 못하자 이렇게 말하는 교사도 있었다. "자네는 왜 그 멋진 친구와 같이 가지 않았나?"

교장은 무시하면서 마치 바리새인이 세리를 쳐다보듯 경멸과 동정이 섞인 시선으로 한스를 쳐다보았다. 기벤라트는 더 이상 관심을 줄 가치가 없는 학생이었다. 그는 나병 환자와 같았다.

제5장

한스는 먹이를 비축해 둔 햄스터처럼 한동안은 과거에 습득한 지식으로 생명을 이어 나갔다. 하지만 곧 궁핍한 생활이 시작되었다. 잠깐이나마 무기력한 시도를 하면서 그런 생활에서 벗어나 보려 했지만 별 희망이 없자 그는 자신을 비웃었다. 이제 그는 쓸데없는 수고를 포기했다. 먼저 모세 5경을 포기했고 다음에는 호메로스를, 크세노폰 다음에는 수학을 던져 버렸다. 교사들 사이에서 누렸던 좋은 평판이 차츰차츰 내려가는 것을, 수에서 우로, 우에서 미로 그리고 결국 가로 떨어지는 것을 그는 아무런 동요 없이 방관했다. 습관처럼 다시 오는 두통이 없을 때면 헤르만 하일너를 생각했고, 가볍고도 놀라운 꿈을 꾸면서 몇 시간이고 반쯤 넋이 나간 채로 멍청하게 지냈다. 모든 교사들의 비난이 점점 더 늘었지만, 최근에는 이에 대해 얌전하고 비굴한 미소로 대꾸했다. 복습을 맡고 있는 친절하고 젊은 비트리히 선생만이 한스의 절망적인 미소를 안쓰러워하며, 궤도에서 벗어난 소년을 연민을 가지고 조심스레 대해 주었다.

나머지 교사들은 한스에게 화를 냈고, 경멸하며 무시하고 벌을 내리거나 가끔 빈정대는 말로 자극을 주어 잠들어 있는 그의 야망을 깨우려 하기도 했다.

"지금 꼭 자야 할 게 아니라면, 이 문장 좀 읽어 보라 해도 되겠나?"

교장은 고상하게 비꼬았다. 허영심이 강한 그는 자기 눈길의 위력에 상당한 자부심을 갖고 있었다. 위엄 있고 위협적으로 눈을 부릅떠도 기벤라트가 계속 비굴하고 순종적인 미소로 답하자 교장은 점점 더 신경이 곤두섰다.

"그렇게 뻔뻔하고 바보처럼 웃지 말게. 울어도 시원치가 않아."

오히려 감동을 준 것은 아버지의 편지였다. 태도를 고치라는 그 편지에 한스는 굉장히 놀랐다. 교장의 편지를 받고 기겁한 아버지가 한스에게 보낸 편지에는 성실한 남자가 쓸 수 있는 모든 격려의 말과 도덕적으로 무장한 온갖 상투어로 가득했다. 의도한 것은 아니겠지만 눈물 섞인 한탄도 내비쳐 아들의 마음을 아프게 했다.

교장에서부터 한스의 아버지, 교사와 복습교사들까지 이 젊은 이의 모든 스승들은 한스의 마음속에 그들의 소망을 가로막는 장애물이 들어 있다고 생각했다. 그들은 완고하고 나태한 그런 것을 몰아내고 강제로라도 좋은 길로 되돌려 놓아야 한다는 의무감에 몰두했다. 한스에게 마음을 써 주는 복습교사를 제외하고는 그 누구도 여윈 소년의 얼굴에 나타난 어쩔 줄 모르는 미소 뒤에 좌절한 영혼이 고통받고 있다는 것을 보지 못했고, 물에 빠져서 겁에 질리고 절망한 채 주위를 살피고 있다는 것을 알지 못한 것 같았다. 학교, 그리고 아버지와 몇몇 교사의 야만적인 명예심이 꺾이기 쉬운 존재를 거기까지 몰고 갔다는 생각은 아무도 하지 못했다. 왜 한스는 가장 예민하고 위험한 소년 시절에 날마다 밤늦게까지 공부를 해야 했을까? 왜 그에게서 토끼를 빼앗고, 왜 라틴어학교에서는 의도적으로 그를 친구들한테서 떼어 놓았으며, 왜 낚시와 느긋한 산책을 못 하게 하고, 왜 그에게 하잘것없고 소모적인 공명심의 공허하고 천박한 이상을 불어넣었을까? 왜 시험이 끝난 뒤에 마땅히 즐겨야 할 방학조차 그에게 허용하지 않았을까?

지나치게 내몰린 망아지는 이제 길에 쓰러져 더 이상 쓸모가 없어졌다.

초여름에 의사가 한스를 다시 진찰하고는 주로 성장기에 보이는 신경쇠약 상태라는 진단을 내렸다. 방학 동안 충분히 건강을 관리하고, 잘 먹고 숲속을 많이 거닐면 나아질 것이라 했다.

하지만 안타깝게도 그렇게 되지 못했다. 방학을 3주 앞둔 어느 날 한스는 오후 수업 중에 교사한테 심하게 꾸중을 들었다. 계속 야단을 맞던 그가 갑자기 의자에 주저앉더니 겁에 질려 떨기 시작했다. 그러고는 발작적인 울음을 그치지 않아 수업은 중단되었다. 이후 한스는 반나절을 침대에 누워 있었다.

다음 날 수학 시간에 한스는 칠판에 기하학 도형을 그린 뒤 그에 대한 증명을 해야 했다. 앞으로 나갔지만 칠판 앞에 서자 그는 어지러움을 느꼈다. 분필과 자를 든 그는 칠판에다 아무렇게나 그리다가 둘 다 바닥에 떨어뜨리고 말았다. 그것을 주우려고 몸을 굽히다가 바닥에 무릎을 꿇더니 다시 일어서지 못했다.

의사는 환자가 그런 일을 일으킨 것에 무척 화가 났다. 그는 조심스레 의견을 말하면서, 곧바로 요양휴가를 내서 신경과 의사에게 상담을 받으라고 권했다.

"저 학생은 무도병舞蹈病[1]에 걸릴 수도 있습니다." 의사가 교장에게 속삭였고, 교장은 고개를 끄덕였다. 그리고 못마땅하고 화난 표정을 짓는 대신 가여워하는 아버지의 표정으로 바꾸는 게 좋겠다고 생각했다. 그런 얼굴을 하는 것은 그에게 쉬운 일이고 잘 어울리기도 했다.

교장과 의사는 각자 한스의 아버지에게 편지를 써 한스의 주머니에 넣어 주고 그를 집으로 보냈다. 교장의 분노는 심각한 걱정으로 바뀌었다. 먼젓번 하일너 사건으로 시끄러웠던 교육청이 이 새로운 불상사에 대해 어떻게 생각하겠는가? 교장은 놀랍게도 이번의 사고에 적합한 훈계마저 포기했고, 마지막 순간에는 한스한테 아주 다정하게 굴었다. 그는 한스가 요양휴가에서 돌아오지 못한다는 것을 잘 알고 있었다. 그리고 설령 낫는다고 해도 이미 한참 뒤떨어져 버린 학생은 놓쳐 버린 지난 몇 달, 아니 단 몇 주의 진도도 따라잡는 것이 불가능했다. 교장은 "또 보자"고 격려 어린 진심을 담아 작별 인사를 했다. 하지만 이후 헬라스 실에 들어와 세 개의 빈 책상을 볼 때마다 마음이 괴로웠고, 재능 있는 두 학생이 학교를 떠난 책임이 일부 자신에게 있지 않나 하는 생각을 억누르려 애썼다. 하지만 그는 의연하고 도덕적으로 강인한 사람인지라, 쓸데없고 음울한 이 의구심을 마음에서 몰아낼 수 있었다.

작은 여행 가방을 들고 길을 나서는 신학교 학생 뒤로 교회와

---

[1] 얼굴, 손과 발, 혀가 뜻대로 움직이지 않고 떨리는 신경병.

문, 박공지붕과 탑이 있는 수도원 건물이 사라졌고, 숲과 언덕들이 사라지더니, 이제 바덴 지역 변방의 비옥한 과수원지대가 나타났다. 그러더니 포르츠하임이 보였고, 곧 그 뒤로 검푸른 전나무로 덮인 슈바르츠발트의 산들이 시작되었다. 산들은 작은 개울들이 흐르는 많은 골짜기들로 나뉘었고, 뜨거운 여름 태양 아래서 다른 때보다 더 푸르고 시원해 보이고 그늘을 더 많이 드리우는 것 같았다. 한스는 휙휙 바뀌면서 점점 더 고향의 모습을 띠는 바깥 풍경을 기분 좋게 바라보았다. 하지만 고향에 가까워지자 아버지가 떠오르고, 아버지를 만날 생각에 겁이 나서 작은 여행의 기쁨은 완전히 망치고 말았다. 시험을 보려고 슈투트가르트로 기차를 타고 갔던 일과 마울브론 신학교에 입학하려고 떠났던 여행이 당시의 긴장과 불안한 설렘과 더불어 다시 생각났다. 무엇을 위해서 그 모든 것을 했을까? 한스 역시 교장처럼 자신이 다시는 신학교로 되돌아가지 못할 것이고, 수업과 학문 그리고 모든 야심 찬 희망은 끝났다는 사실을 알고 있었다. 하지만 지금은 그런 것 때문에 슬프지 않았다. 그저 아들에 대한 기대가 어긋나 실망했을 아버지에 대한 두려움이 마음을 짓누를 뿐이었다. 지금은 쉬고 실컷 자고 마음껏 울고 꿈을 꾸고 싶고, 이모든 고통을 겪었으니 나를 좀 가만히 내버려 두었으면 하는 것밖에는 아무런 바람이 없었다. 그리고 집에 가면 그런 것을 할 수 없을까봐 두려웠다. 기차여행이 끝날 무렵 엄청난 두통이 몰려왔다. 예전에 신나게 뛰어다녔던 언덕들과 숲들이 있는, 자신이 좋아하는 지역을 막 지나고 있는데도 그는 더 이상 창밖을 내다보지 않았다. 그래서 하마터면 익히 알고 있는 고향 역에서 내리지 못할 뻔했다.

이제 한스는 우산과 여행 가방을 들고 그곳에 서 있었다. 아버지는 한스를 눈여겨보았다. 교장이 보낸 마지막 편지는 엇나간 아들에 대한 그의 실망과 분노를 당혹스러운 두려움으로 바꾸었다. 아버지는 한스가 망가져서 끔찍한 모습일 것이라 상상했다. 하지만 마르고 약해지기는 했지만 아직 멀쩡히 제 발로 걷고 있었다. 그것으로 약간 안심은 되었다. 하지만 제일 나쁜 것은 아버지의 마음속에 감춰진 두려움, 의사와 교장이 편지에 적은 신경병에 대한 공포였다. 지금까지 집안에 신경병을 앓은 사람은 없었다. 그런 질병에 걸린 사람에 대해서는 마치 정신병 환자에 대해서처럼 늘 한 치의 이해심도 없이 조소나 경멸적인 동정을 섞어 말했다. 그런데 아들이 그런 병력을 달고 집으로 돌아온 것이다.

집에 온 첫날, 한스는 아버지의 꾸중을 듣지 않아 좋았다. 그러나 아버지가 데면데면 불안해하며 조심스레 자신을 대한다는 것을 느꼈다. 이런 태도를 취하기 위해 분명 아버지는 마음을 억지로 다잡아야 했을 것이다. 이따금 아버지가 이상하게 탐색하는 눈길로, 음산한 호기심으로 자신을 쳐다보고 감정을 억누르며 꾸며낸 어투로 말을 하고 슬금슬금 관찰한다는 것을 알았다. 한스는 더 소심해졌고, 자신의 상태에 대한 알 수 없는 두려움에 시달리기 시작했다.

날씨가 좋으면 한스는 몇 시간이고 숲에 누워 있었다. 그게 좋았다. 그곳에 있으면 가끔 예전 어린 시절의 행복이 희미하게 떠올라 상처받은 그의 영혼 위를 스쳐 지나갔다. 꽃이나 딱정벌레를 보고 새들의 지저귐을 듣거나 들짐승의 흔적을 쫓는 일이 즐거웠다. 하지만 그것도 늘 짧은 순간뿐이었다. 대부분은 빈둥거리며 이끼 위에 누워 있었고, 두통을 느끼며 무언가를 생각해 보려 애썼지만 소용없는 일이었다. 그러다가 다시 꿈이 찾아와 그를 멀리 다른 세계로 데려갔다.

한번은 이런 꿈을 꾼 적이 있었다. 친구인 헤르만 하일너가 죽어 들것에 누워 있는 게 보여 그의 곁으로 가려고 했다. 그러나 교장과 다른 교사들이 그를 밀쳐 버리더니, 그가 매번 밀고 들어가려 할 때마다 아프게 주먹질을 해 댔다. 교사들과 복습교사들뿐만 아니라 라틴어학교 교장과 슈투트가르트의 시험관들도 있었는데, 전부 화가 난 얼굴이었다. 갑자기 모든 게 다 바뀌더니 들것에는 익사한 힌두가 누워 있고, 높다란 실크해트를 쓴 우스꽝스러운 모습의 그의 아버지가 굽은 다리로 슬프게 그 옆에 서 있었다.

그리고 또 다른 꿈도 꾸었다. 한스는 도망친 하일너를 찾아 숲속을 헤매고 있었다. 하일너가 자꾸만 멀리 나무줄기 사이로 사라지고, 부르려고 할 때마다 다시 자꾸 사라지는 것을 보았다. 그러다가 하일너가 멈춰 서서 한스가 다가가도록 기다리더니 이렇게 말했다. "야, 난 여자친구가 있어." 그러고는 거만하게 크게 웃으면서 수풀 속으로 사라졌다.

꿈에서 잘생기고 마른 남자가 배에서 내리는 것을 본 적도 있었다. 그의 눈은 이 세상 사람 것 같지 않았고 고요했고, 손은 아름답고 평화로웠다. 한스는 그를 향해 달려갔다. 또다시 전부 다 사라졌다. 한스는 그것이 무엇인지 곰곰이 생각했다. 신약성서의 그 구절이 퍼뜩 떠올랐다. "εὐθὺς ἐπιγνόντες αὐτὸν περιέδραμον(사람들이 곧 예수를 알아보고 곧장 달려왔다)."[2] 그런데 이 그리스어 성경 구절이 떠오르자 이제 이 문장에서 περιέδραμον이라는 단어가 어떤 동사

2 마가복음 6장 54~55절.

변화형인지 생각하지 않을 수 없었고, 이 동사의 현재형, 부정형, 완료형과 미래형은 어떻게 되는지 곰곰이 생각했다. 그리고 주어가 단수, 양수, 복수일 때의 이 동사를 변화시켜 보았는데, 생각이 막히자 곧바로 더럭 겁이 나고 땀이 흐르기 시작했다. 그러다가 정신이 들면 머릿속이 온통 상처를 입은 기분이었다. 그리고 그가 저도 모르게 좌절과 죄의식에서 나온 이전의 몽롱한 미소를 지을 때면, 곧바로 교장의 목소리가 들렸다. "그 바보 같은 웃음은 뭔가? 그래 아직도 웃음이 나오나?"

몇몇 날은 괜찮기도 했지만 전체적으로 한스의 상태는 나아질 기미가 보이지 않았다. 오히려 더 나빠진 것 같았다. 전에 한스의 어머니를 치료했고 사망선고를 했으며, 통풍을 조금 앓고 있는 아버지를 가끔 방문하는 마을의 의사는 실망한 표정을 지으며 매일 자신의 소견을 말하기를 주저했다.

그렇게 몇 주를 보내면서 한스는 비로소 라틴어학교에서 보낸 마지막 2년 동안 친구가 한 명도 없었다는 것을 깨달았다. 그때 같이 학교를 다녔던 아이들 중 일부는 다른 곳으로 떠났고, 일부는 견습생이 되어 마을을 돌아다니는 것이 보였다. 그들과 한스가 엮일 일은 없었고, 그들 중 누구한테서도 뭔가를 얻을 수 없었으며 아무도 한스에게 마음 써 주지 않았다. 나이 든 라틴어학교 교장이 두 번 다정한 말을 몇 마디 건넸고, 교사와 목사도 길에서 친절하게 고개를 끄덕여 주었다. 하지만 사실 그들은 한스한테 관심이 없었다. 한스는 이제 온갖 것을 담을 수 있는 그릇이 아니었으며, 많은 씨앗을 심을 수 있는 밭이 아니었다. 더 이상 그에게 시간과 공을 들일 가치가 없었다.

목사가 조금이라도 그의 마음을 살펴 주었더라면 좋지 않았을 까? 하지만 그가 무엇을 할 수 있겠는가? 그가 줄 수 있는 것이라고 는 지식이나 지식을 추구하는 일이었는데, 이것은 전에 한스에게 모 두 내주었고 이제는 더 이상 줄 것이 없었다. 라틴어 실력에 대해 근 거 있는 의심을 받고 설교는 뻔히 아는 성경 구절을 인용하지만 선 량한 눈과 친절한 말로 모든 고민을 보듬어 주어 어려울 때 쉽게 찾 아갈 만한 목사들도 있지만, 한스의 목사는 그런 사람이 아니었다. 아버지 기벤라트는 실망해서 생긴 분노를 한스한테 감추려고 굉장 히 애를 썼지만, 아버지도 친구가 되어 주거나 위안을 줄 수 있는 사 람은 아니었다.

그래서 한스는 버림받고 미움받는다고 생각해서, 마당의 양지 바른 곳에 앉아 있거나 숲에 누워 몽상이나 괴로운 생각에 빠져 있 었다. 독서는 도움이 안 되었다. 책을 읽으면 곧 머리와 눈이 아파 왔 다. 어떤 책을 펼치든 그때마다 수도원 시절의 유령과 그곳에서 느꼈 던 두려운 감정이 살아나 질식할 것 같은 무서운 꿈의 구석으로 그 를 몰아가 이글거리는 눈길로 그를 옭아맸다.

이런 비참함과 외로움 속에서 이 병든 소년에게 다른 유령이 거짓 위안자로 다가오더니, 점차 그에게 익숙하고 꼭 필요한 것으로 자리 잡았다. 그것은 죽음에 대한 생각이었다. 총을 마련하거나 숲 어딘가에 올가미를 매는 것은 어렵지 않았다. 거의 매일 산책을 할 때마다. 이런 생각이 그를 따라다녔다. 그는 고요하고 외진 곳 몇 군 데를 눈여겨보다가 드디어 아름답게 죽을 수 있는 장소를 발견했고, 마침내 그곳을 죽음의 장소로 정했다. 자주 그곳을 찾아가 앉아 사람들이 언젠가 거기 죽어 누워 있는 자신을 발견하게 될 것이라는 생각에 이상한 기쁨을 느꼈다. 밧줄을 걸 나뭇가지를 정해 놓고 튼튼한지 시험도 해 보았다. 계획을 방해할 어떤 장애물도 없었다. 야금야금 오래 뜸을 들이면서 아버지에게는 짧은 편지를, 헤르만 하일너에게는 아주 긴 편지를 써 놓았다. 이 편지들은 그의 시신 옆에서 발견될 것이다.

이런 준비와 확실하게 해 놓았다는 생각으로 그는 마음이 편안해졌다. 숙명적인 나무 아래 몇 시간씩 앉아 있었고, 그러다 보면 압박이 사라지고 거의 즐거운 쾌적함이 몰려왔다.

왜 진즉 나무에 목을 매지 않았는지 자신도 잘 몰랐다. 생각은 정해졌고 자신의 죽음은 기정사실이었다. 그러고 나니 얼마 동안 마음이 편했다. 사람들이 보통 먼 곳으로 여행을 떠나기 전에 그렇듯, 한스는 거부하지 않고 이 마지막 날들 동안 아름다운 햇살과 고독한 꿈들을 만끽했다. 언제든지 떠날 수 있으니 문제는 없었다. 이 오래된 일상에 아직 자발적으로 남아서 자신의 위험한 결정에 대해 아무것도 모르는 사람들의 얼굴을 보는 것은 기이하면서 씁쓸한 기쁨을 주었다. 의사와 마주칠 때마다 그는 이런 생각을 했다. "자, 이제 두고 보세요!"

운명은 한스가 그의 어두운 계획을 기뻐하게 내버려 두었고, 매일 죽음의 잔에서 기쁨과 활력을 몇 방울씩 즐기는 것을 지켜보았다. 상할 대로 상한 이 젊은 존재에게 운명은 별것 아닐 수도 있지만, 우선 그 쳇바퀴를 완성해야 했고, 삶의 씁쓸한 달콤함을 약간 맛보기 전에는 무대에서 사라질 수 없었다.

벗어날 수 없는 괴로운 상상들은 점점 희미해져 갔고, 피곤한 자포자기 심정과 고통 없는 나태한 감정에 빠져서 한스는 흘러가는 시간을 덤덤히 바라보았고, 푸른 하늘을 멍하니 쳐다보았다. 가끔 몽유병에 걸린 것 같기도 했고 바보처럼 보이기도 했다. 한번은 나태한 몽상에 빠져 마당의 전나무 아래 앉아서 라틴어학교에서 배웠던 옛날 노랫말이 문득 떠올라 저도 모르게 계속 웅얼거렸다.

> 아, 너무 피곤해.
> 아, 너무 지쳤어.
> 지갑엔 돈 한 푼 없고
> 보따리에도 든 게 없어.

그는 이 가사에 친숙한 멜로디를 붙여 흥얼댔고, 아무 생각 없이 스무 번이나 불렀다. 아버지가 창문 근처에 서 있다가 그 소리를 듣고는 깜짝 놀랐다. 팍팍한 성품의 아버지로서는 아들이 멍청하니 기분 좋게 단조로운 노래를 흥얼대는 게 도저히 이해되지 않았다. 그는 한숨을 쉬면서 이것이 구제불능의 정신병 징조라고 생각했다. 그때부터 아버지는 한스를 더 걱정스레 지켜봤고, 당연히 한스도 이것을 눈치챘고 그 때문에 괴로워했다. 하지만 밧줄을 들고 가서 그 튼튼한 가지에 걸지는 않았다.

그 사이 더운 계절이 왔다. 주 시험과 그때의 여름방학 이후 벌써 1년이 지났다. 한스는 가끔 그때를 생각했지만 특별한 감정이 일지는 않았다. 상당히 무뎌진 것이다. 낚시를 정말 다시 시작하고 싶었지만 아버지에게 허락해 달라고 할 용기가 나지 않았다. 물가에 서 있을 때마다 마음이 괴로웠다. 가끔 아무도 보는 사람이 없는 물가에 한참 동안 머물며, 소리 없이 헤엄치는 거무스레한 물고기를 애타는 눈길로 뒤쫓았다. 저녁 무렵에는 날마다 강 위쪽으로 헤엄치러 갔다. 그때마다 늘 감독관 게슬러의 작은 집을 지나가야 했다. 우연히 그 집 딸 에마 게슬러가 다시 돌아온 것을 알았다. 3년 전에는 그 애를 정말 좋아했었다. 당시 그 애는 호리호리하고 아주 여린 소녀였다. 그런데 이제는 키가 훌쩍 자랐고 행동은 어색했으며, 어른들 사이에 유행하는 머리 모양을 하고 있어 완전히 흉해졌다. 긴 옷도 어울리지 않았고, 숙녀처럼 보이려고 애쓰는 모습은 꼴불견이었다. 한스는 에마가 바보 같다고 생각했지만, 예전에 그 애를 볼 때마다 얼마나 달콤하고 우울하면서도 따뜻한 기분이었는지 생각하면 마음이 아팠다. 아무튼 그때는 모든 게 다 달랐다. 훨씬 멋지고 훨씬 밝았으며 훨씬 활기가 넘쳤다! 하지만 한스는 오랫동안 라틴어, 역사, 그리스어, 주 시험, 신학교와 두통밖에 몰랐다. 그때도 동화책이나 도둑 이야기책은 있었고, 정원에는 자신이 만든 물레방아가 돌아갔고, 저녁에는 나숄트 댁이 있는 토어베크 거리에 가서 리제가 해 주는 모험 이야기를 들었다. 당시 그는 꽤 오랫동안 가리발디라고 불린 이웃 노인 그로스요한을 강도 살인범이라 여기고 그에 대한 꿈을 꾸기도 했다. 1년 내내 매달 무슨 일인가를 기대하며 기뻐했다. 어떤 때는 그것이 건초를 만드는 일이기도 했고, 어떤 때는 토끼풀 베는 일, 그다음에는 첫 번째 낚시나 게를 잡는 일, 홉[3]을 수확하는 일, 자두 따기, 감자를 거두고 난 뒤 마른 줄기에 불 놓기, 타작 시작하는 날이었고, 때로는 즐거운 일요일이나 축제일이었다. 그때는 한

---

3 뽕나무과의 덩굴 풀로 열매가 약재나 맥주의 원료로 쓰인다.

스를 신비스러운 매력으로 유혹하는 많은 다른 것들이 있었다. 집, 골목, 계단, 헛간, 우물, 울타리, 다양한 사람과 동물이 사랑스럽고 친숙하고 수수께끼처럼 유혹적이었다. 홉을 딸 때면 거들어 주었고, 다 큰 소녀들이 노래를 할 때면 귀를 기울였으며 그들이 부르는 노랫말에 관심을 가졌다. 그 노래는 대부분 웃음이 터져 나올 정도로 익살맞았지만, 몇 가지는 듣다가 목이 멜 정도로 아주 슬프기도 했다.

이 모든 것이 당시 제대로 알아차리지 못한 채 다 사라지고 끝나 버렸다. 제일 먼저 리제네 집에서 이야기를 듣던 저녁들이 끝이 났고, 일요일 오전의 피라미 잡기가 끝났고, 그다음에는 동화 읽기가, 그렇게 하나씩 하나씩 사라지더니 홉 따는 일과 작은 정원의 물레방아까지 모두 다 사라졌다. 아, 이 모든 것이 다 어디로 갔을까?

조숙한 소년은 이제 병이 들어 비현실적인 두 번째 어린 시절을 겪고 있었다. 어린 시절에 잃어버린 감정이 지금 갑작스레 터져 나온 그리움과 함께 아름답게 어렴풋이 떠오르는 그 시절 속으로 되돌아갔고, 홀린 듯 기억의 숲속을 이리저리 헤매고 있었다. 기억이 강력하고 선명하다는 것은 병적일 수도 있었다. 한스는 이 모든 기억을 예전에 실제로 겪은 것 못지않은 따스함과 열정으로 경험했다. 기만당하고 억눌렸던 어린 시절이 오랫동안 막혔던 샘물처럼 내면에서 솟구쳐 올랐다.

나무를 잘라 버리면 뿌리 근처에 새싹이 올라온다. 어린 시절에 병들고 상한 인간의 정신도 가끔 그런 식으로 모든 것이 시작되는 봄날로, 불안한 예감이 가득한 어린 시절이라는 봄날로 되돌아간다. 마치 그 시절에서 새 희망을 발견해 끊어진 삶의 끈을 새롭게 이을 수 있다는 듯이 그랬다. 그러나 뿌리 곁의 새싹은 물이 올라 쑥 쑥 크지만, 그것은 가짜 생명이기에 절대 온전한 나무로 자라나지 못한다.

한스 기벤라트도 그랬다. 그래서 꿈꾸던 유년 시절의 나라를 헤매는 그의 꿈속 길을 조금 따라갈 필요가 있다.

기벤라트네 집은 오래된 돌다리 근처로, 두 개의 다른 길이 만나는 길모퉁이에 있다. 한쪽 길은 '게르버가세'라고 하는, 그 도시에서 제일 길고 넓고 고상한 거리로, 한스네 집은 그쪽이었다. 다른 쪽은 오래전에 문을 닫은 술집 이름을 따서 '춤 팔켄'[4]이라고 불렸다. 매가 그 술집의 간판이었다.

'게르버 길'에는 집집마다 선량하고 건실한 토박이들이 살았다. 그들은 자기 집과 교회에 개인묘지가 있고 자기 집 마당이 있었다. 이 정원들은 뒤쪽 산으로 가파르게 계단식으로 이어졌는데, 울타리는 1870년에 만들어진, 노란색 금작화로 뒤덮인 철둑과 맞닿아 있었다. 품위 면에서 게르버가세와 견줄 만한 곳은 교회, 관공서, 법원, 시청과 교구청이 있는 마르크트플라츠[5]밖에 없었다. 그곳 광장의 건물들은 단정한 기품으로 모든 점에서 도시다운 고상한 인상을 주었다. 게르버가세에는 관공서는 없지만 웅장한 대문이 있는 옛날 저택과 새로 지어진 저택들, 아름다운 전통 목조 가옥, 예쁘고 산뜻한 박공이 있었다. 다정하고 쾌적하고 햇빛이 가득 비쳤다. 집들은 거리 한쪽에만 이어져 있는데, 건너편에는 난간이 있는 담 아래로

4 Zum Falken: '매'라는 뜻의 술집 이름.
5 Marktplatz: 장이 열리던, 마을의 중심에 위치한 광장.

강이 흐르기 때문이었다.

게르버가세가 길고 넓고 밝고 탁 트이고 품위가 있다면, '팔켄' 골목은 그와 반대였다. 이곳의 집들은 기울고 침침했다. 회칠은 얼룩지고 다 떨어져 나갔고, 박공은 앞으로 튀어나오며, 여기저기 금 간 문과 창문은 누덕누덕 땜질이 되었고, 굴뚝도 비뚤어졌고, 추녀 홈통은 망가진 채였다. 집들은 서로 다투듯 공간과 햇빛을 빼앗으며 붙어 있었다. 골목은 좁고 유별나게 휘었고 늘 어두컴컴했는데, 비가 오거나 해가 질 때면 칠흑 같은 어둠에 묻혔다. 창문마다 장대나 줄에 항상 빨래가 수두룩하게 걸려 있었다. 그렇게 옹색하고 초라한 골목에 엄청나게 많은 가족이 사는 때문이었다. 세 든 집에 또 세를 든 사람이나 잠만 자는 사람들은 말할 것도 없었다. 쓰러져 가는 낡은 집 구석구석마다 빽빽이 사람들이 살고 있었고, 가난과 패륜과 질병이 자리 잡고 있었다. 티푸스가 발생하는 곳도 그곳이었고, 살인이 나는 곳도 그곳이었으며, 도시에서 절도사건이 나면 제일 먼저 수색하는 곳도 이 골목이었다. 떠돌이 행상인들은 그곳에 묵었다. 가루분을 파는 익살스러운 호테호테와 가위 가는 아담 히텔도 그런 사람이었다. 사람들은 아담 히텔이 온갖 범죄와 패륜을 저지르고 다닌다고 했다.

학교에 입학하고 처음 몇 년 동안, 한스는 팔켄 골목에 자주 갔었다. 옅은 금발에 차림새가 남루한 수상한 소년들의 무리에 섞여서, 평판 나쁜 로테 프로뮐러가 해 주는 살인 이야기를 들었다. 로테는 작은 주막집 주인과 이혼한 여자로 5년 동안 감방에 있었다. 예전에는 꽤 알아주는 미인이었는데, 공장 노동자들 중에 여러 명의 애인을 두어 자주 스캔들과 칼부림을 일으켰다. 그런데 지금은 혼자 살면서 공장이 끝나면 커피를 끓이고 이야기나 들려주면서 저녁 시간을 보냈다. 그럴 때면 그녀의 집 문은 활짝 열렸고, 여자들이나 젊은 노동자들 외에 한 무리의 이웃 아이들도 문가에서 넋을 잃고 몸서리를 치면서 이야기에 귀를 기울였다. 검게 그을린 돌화덕 위에는 주전자에서 물이 끓고, 그 옆에 있는 수지獸脂로 만든 초가 타오르면서 푸르스름한 석탄불과 함께 사람으로 꽉 찬 어두컴컴한 방을 비쳤다. 촛불은 기괴하게 어른거려서 이야기를 듣는 사람들의 그림자를 커다랗게 벽과 천장에 드리웠고, 무시무시한 너울거림이 방 안에 가득했다.

여기서 여덟 살 소년 한스는 핑켄바인 형제를 알게 되었다. 아버지가 그 애들이랑 놀지 말라고 엄명을 내렸지만, 그는 1년 정도 그애들하고 친하게 지냈다. 두 형제의 이름은 돌프와 에밀이었는데, 도시에서 가장 약아빠진 악동이었고, 과일을 훔치거나 숲에서 사소한 범법 행위를 하는 것으로 유명했고, 여러 가지 수완과 장난이 그 아이들을 따라갈 사람이 없었다. 새알, 납으로 된 총알, 어린 까마귀, 찌르레기, 토끼를 팔았고, 금지된 방식으로 밤낚시를 했으며, 도시의 모든 정원을 제집 드나들 듯했다. 아무리 울타리를 뾰족하게 하고 담장에 촘촘히 유리 조각을 박아 놓아도 그 애들이 쉽게 넘지 못할 곳은 없었다.

팔켄에 사는 아이들 중에 한스가 특별히 친하게 지낸 아이는 헤르만 레히텐하일이었다. 고아인 헤르만은 병약하고 조숙하며 이상한 아이였다. 한쪽 다리가 짧아 늘 지팡이를 짚어야 해서 골목에서 하는 놀이에 낄 수 없었다. 몸은 가냘프고 얼굴은 창백하고 병색이 있었고, 입은 조숙하게 씁쓸한 표정을 띠고 있고 턱이 아주 뾰족했다. 손재주가 비상했고 특히 낚시를 굉장히 좋아했다. 한스는 낚시에 대한 열정을 이 아이한테서 넘겨받았다. 당시 그 애는 낚시허가증이 없었지만, 한스랑 몰래 외진 곳에 가서 낚시를 했다. 사냥이 그저 즐거움을 줄 뿐이라면, 알다시피 밀렵은 커다란 쾌락을 준다. 다리가 불구인 레히텐하일은 한스한테 좋은 낚싯대를 만들 나뭇가지를 자르는 법, 말총을 꼬는 법, 낚싯줄을 염색하는 법, 매듭을 감아 돌리는 법, 낚싯바늘의 날을 세우는 법을 가르쳐 주었다. 또 날씨를 살피고, 강물을 관찰하고, 밀기울로 밑밥을 뿌리고, 적당한 미끼를 골라 바늘에 제대로 끼우는 법도 알려주었고, 물고기 종류를 구분하는 법이나, 낚을 때 물고기를 주의 깊게 관찰하는 법, 낚싯줄을 적당한 깊이에 늘어뜨리는 법도 가르쳐 주었다. 꽉 죄기, 당기는 순간의 섬세한 감각, 혹은 느슨하게 하는 법을 말 한마디 없이 그저 보여 주거나 함께 낚시를 하면서 알려주었다. 그는 상점에서 파는 멋진 낚싯대, 코르크와 낚싯줄 그리고 인공적으로 만든 모든 낚시 도구를 굉장히 경멸하고 깔보았다. 그래서 한스는 모든 도구를 스스로 만들고 조립하지 않고는 물고기를 낚을 수 없다는 생각을 갖게 되었다.

펑켄바인 형제들과는 다투고 헤어졌다. 조용한 절름발이 레히텐하일은 싸움도 하지 않았는데 한스를 떠났다. 2월 어느 날, 그는 의자에 옷을 벗어 놓고 그 위에 목발을 놓고 작고 초라한 침대에 누웠다. 갑자기 열이 펄펄 났고, 얼마 안 되어 숨을 거두고 조용히 떠났다. 팔켄 골목 사람들은 금방 그를 잊었지만, 한스만은 오래도록 그를 좋은 추억 속에 남겨 놓았다.

그 애 말고도 팔켄 주민들 중에는 이상한 사람들이 꽤 많이 있었다. 누가 음주벽 때문에 쫓겨난 우체부 뢰텔러를 모르겠는가? 그는 2주에 한 번 꼴로 술에 취해 길에 누워 있거나 한밤중에 소란을 피웠다. 그렇지 않을 때는 아이처럼 착했고, 늘 얼굴 한가득 친절한 미소를 지었다. 그는 한스에게 타원형 통에 든 코담배 냄새를 맡게 해 주었고, 잡은 물고기를 가끔 달라고 해서 버터에 구워 같이 먹자고 불렀다. 그는 유리 눈알이 박힌 말똥가리 박제와 오래된 오르골 시계를 갖고 있었다. 오르골은 가늘고 섬세한 음으로 옛날 춤곡을 연주했다. 그리고 맨발이면서도 커프스는 꼭 하고 다니는 늙은 기계공 포르슈를 모르는 사람이 누가 있겠는가? 시골 초등학교의 엄격한 교사의 아들인 그는 성경을 절반이나 외우고 수많은 격언과 도덕적 금언도 줄줄이 읊을 수 있었다. 하지만 이것도, 눈처럼 흰 그의 머리카락도, 여인들 뒤꽁무니를 쫓아다니거나 자주 술에 취하는 것을 막을 수는 없었다. 얼근히 취했을 때면 그는 기벤라트네 집 모퉁이에 놓인 방충석防衝石에 앉아 지나가는 모든 사람을 불러 세워 놓고 한참 동안 격언을 쏟아냈다.

"한스 기벤라트 2세, 소중한 아들아, 내가 하는 말을 잘 들어라! 시라크[6]가 뭐라 했더냐? 말을 함부로 하지 않고 실언으로 고통당하지 않는 사람은 행복하느니![7] 무성한 나무의 잎사귀 하나가 떨어지고 또 다른 것이 돋아나듯이 인간의 세대도 한 세대가 지나가고 새 세대가 온다![8] 자, 이제 집에 가라, 이 개구쟁이 녀석아."

---

6 시라크Sirach: 유대인 서기관이자 우화 학자인 벤 시라Ben Sira, 혹은 그
   가 쓴 책 집회서.
7 집회서 14장 1절.
8 집회서 14장 18절.

늙은 포르슈는 경건한 격언 말고 유령이나 그와 비슷한 존재에 관한 음산하고 엄청난 이야기도 잔뜩 알고 있었다. 유령이 돌아다니는 곳도 알고 있었지만, 이야기를 하면서 항상 자신도 믿어야 할지 말아야 할지 오락가락했다. 보통은 자기가 할 이야기와 그것을 듣는 청중을 놀리려는 듯 머뭇머뭇 허풍을 떨며 아무렇게나 내뱉는 어투로 이야기를 시작했다. 하지만 이야기하면서 점점 겁을 먹은 듯 몸을 움츠리고, 소리를 점점 더 낮추다가 나직하고 절박하며 기분 나쁘게 속삭이는 어조로 끝을 맺었다.

이 초라하고 작은 골목에는 비밀스럽고 이해할 수 없고 어두운 매력을 지닌 것들이 얼마나 많았던가! 금속공 브렌들도 작업장이 망해 엉망진창이 된 뒤에는 이 골목에 살았다. 그는 하루 중 절반은 작은 창가에 앉아서 활기 넘치는 골목을 음울하게 내다보았다. 가끔 해진 옷에 꼬질꼬질한 이웃집 아이들 한 명을 붙잡기라도 하면, 못되게 아이의 귀와 머리카락을 잡아당기고 멍이 들도록 온몸을 꼬집어 괴롭히면서 고소해했다. 하지만 그는 어느 날 자기 집 층계참에 아연철사로 목을 맸다. 그 모습이 얼마나 끔찍했던지 아무도 다가설 엄두를 못 냈다. 결국 늙은 포르슈가 시신 뒤쪽에서 함석용 가위로 철사를 끊었다. 그러자 혀를 빼문 시신이 앞쪽으로 넘어져 계단을 굴러 놀란 구경꾼들 한가운데로 떨어졌다.

한스는 밝고 넓은 게르버가세에서 어둡고 습한 팔켄 골목으로 들어설 때마다, 숨이 턱 막히는 묘한 공기와 함께 기쁨에 찬 오싹한 불안이 몰려왔고, 호기심과 두려움과 양심의 가책과 황홀한 모험에 대한 기대가 뒤섞였다. 팔켄은 아직도 동화와 기적과 엄청난 두려움이 일어날 수 있는 유일한 장소였다. 그곳에는 마법과 유령이 분명

실제로 있을 것 같았다. 그리고 전설이나 로이틀링엔의 통속문학[9]을 읽을 때처럼 고통스러울 정도로 근사한 전율을 느낄 수 있었다. 이런 책들은 교사들한테 압수당했는데, 존넨비르틀레, 쉰더하네스, 메서카를레, 포스트미헬[10]이나 이들과 유사한 수상한 영웅들, 중범죄자들과 모험가들의 범죄와 그들의 처벌에 대한 이야기와 같이 전대미문의 내용을 담은 책이었다.

보통의 장소와 다른 곳, 뭔가 체험하고 들을 수 있는 곳, 시커먼 바닥과 이상한 방들에 정신을 뺏길 수 있는 곳이 팔켄 외에 한 군데 더 있었다. 그곳은 근처에 있는 커다란 피혁 공장이었다. 어마어마하게 큰 그 건물의 거무튀튀한 바닥 위에는 큰 가죽들이 걸려 있었고, 지하실에는 가려 놓은 구덩이와 출입이 금지된 통로가 있었다. 저녁에 리제가 아이들에게 멋진 동화를 들려주던 곳도 이곳이었다. 거기는 건너편의 팔켄 골목보다 조용하고 평온하며 인간다웠지만, 수수께끼 같다는 점에서는 매한가지였다. 피혁 공장 일꾼들이 구덩이와 지하실과 무두질 작업장과 다락에서 일하는 모습은 이상하고 특이했다. 하품하듯 뻥 뚫린 큰 공간들은 고요했고 매력적이면서도 으스스했다. 사람들은 덩치가 크고 무뚝뚝한 공장 주인을 식인종처럼 두려워하며 피했다. 하지만 친절하고 동화와 노랫말을 많이 알고 있던 리제는 요정처럼, 모든 아이들과 새, 고양이, 강아지의 보호자이자 엄마처럼 이 이상한 집을 이리저리 돌아다녔다.

9 로이틀링엔에서 출판된 통속소설.
10 존넨비르틀레는 '태양 비르틀레', 쉰더하네스는 '사형집행인 하네스', 메서카를레는 '칼잡이 카를레', 포스트미헬은 '역마차 미헬'로 번역할 수 있다. 범죄자들의 별명이다.

한스의 생각과 꿈은 이미 오래전에 멀어진 그 세계 속에서 움직이고 있었다. 엄청난 실망과 절망에서 벗어나 지나간 좋은 시절로 도망친 것이었다. 당시 그는 아직 희망에 가득 찼고, 눈앞의 세상은 속을 알 수 없는 저 깊은 곳에 끔찍한 위험과 매혹적인 보물과 에메랄드 성城을 감추고 있는 거대한 마법의 숲처럼 보였다. 한스는 우거진 이 숲 안으로 조금 들어갔었지만 기적에 도달하기 전에 지치고 말았다. 이제 그는 무의미한 호기심을 갖고 다시 수수께끼에 가득한 어슴푸레한 입구에 섰지만, 이번에는 쫓겨난 자였다.

한스는 팔켄 골목을 몇 번 다시 갔었다. 어두컴컴함과 역겨운 냄새, 모퉁이와 빛이 들지 않는 층계가 모두 옛날 그대로였다. 여전히 머리가 흰 노인들이 문 앞에 나와 앉아 있었고, 옅은 금발의 더러운 아이들이 고함을 치며 뛰어다녔다. 기계공 포르슈는 더 늙어서 이제는 한스를 알아보지 못했다. 한스가 조심스럽게 인사를 건네자 비꼬듯 투덜대며 대꾸할 뿐이었다. 가리발디라고 불렸던 그로스 요한은 죽었고, 로테 프로뮐러도 죽었다. 우체부 뢰텔러는 아직 거기 살고 있었다. 그는 골목 아이들이 자기 오르골 시계를 망가뜨렸다고 하소연했고, 코담배를 맡아 보라고 하더니 돈을 달라고 했다. 그리고 끝으로 핑켄바인 형제들 소식을 들려주었다. 형은 담배공장에 다니는데 벌써 어른만큼이나 술에 절어 있고, 동생은 교회헌당식 때 칼부림을 한 이후 도망쳐 벌써 1년이나 모습을 보이지 않는다고 했다. 모두 한심하고 궁상스러운 인상만 주었다.

어느 날 저녁에 한스는 피혁 공장에 건너가 봤다. 이 크고 오래된 건물에 자신의 어린 시절이 그때의 온갖 기쁨과 함께 숨겨져 있기라도 한 듯, 끌리듯 문의 통로를 지나 눅눅한 마당을 지나 안으로 들어갔다.

구부러진 계단과 포석이 깔린 현관을 지나 어두운 계단을 올라가 가죽들이 펼쳐 걸려 있는 다락으로 가 보았다. 그곳에서 코를 찌르는 가죽 냄새와 함께 뭉클 솟아오른 추억이 구름처럼 몰려들었다. 그는 다시 그곳을 내려와 무두질하는 구덩이와 무두질에 쓰고 압착한 참나무 껍질을 말리는 건조대가 있는 뒤뜰로 갔다. 나중에 땔감이 될 나무껍질을 말리는 높은 건조대에는 좁은 지붕이 덮여 있었다. 예상대로 담 옆의 벤치에는 리제가 감자 바구니를 앞에 놓고 앉아 감자껍질을 벗기고 있었다. 그녀의 주위에는 아이들이 둘러앉아 이야기를 듣고 있었다.

한스는 컴컴한 문간에 서서 건너편에서 들려오는 이야기에 귀를 기울였다. 아늑한 평화가 저물어 가는 피혁 공장 마당을 채웠다. 담장 너머에서 흐르는 잔잔한 강물 소리, 리제가 사각거리며 감자 깎는 소리와 이야기를 들려주는 목소리만 들렸다. 아이들은 얌전히 쪼그리고 앉아서 꼼작도 하지 않았다. 리제는 한밤중에 강 건너에서 자신을 부르는 아이의 목소리를 들었다는 성聖 크리스토포로스[11]의 이야기를 들려주고 있었다.

한스는 잠시 귀를 기울이다가 조용히 컴컴한 현관을 빠져나와 집으로 돌아왔다. 그는 이제 자신이 어린아이가 될 수 없고, 저녁에 피혁 공장 마당에 앉아 리제의 이야기를 들을 수 없다는 사실을 깨달았다. 그는 이제 팔켄 골목도 피혁 공장도 다시는 가지 않았다.

---

11 크리스토포로스Christophoros: 혹은 크리스토포루스Christophrus. '예수를 업은 자'라는 뜻으로 전설에 따르면 거인으로, 어린 예수를 업어 강물을 건네주었고, 예수에게서 세례를 받았다고 한다.

제6장

어느새 가을로 접어들었다. 검푸른 전나무 숲에 띄엄띄엄 있는 활엽수가 횃불처럼 노랗고 빨갛게 빛나고, 골짜기에는 안개가 짙게 끼고 아침마다 강의 냉기 속에서 물안개가 피어올랐다.

예전에 신학생이던 한스는 여전히 창백한 얼굴로 날마다 바깥으로 돌았다. 의욕이 없고 피곤했다. 가까이할 만한 소수의 사람들까지도 그는 멀리했다. 의사는 물약과 간유, 달걀과 냉수욕을 처방했다.

아무것도 도움이 되지 않는 것은 놀랍지도 않았다. 모든 건강한 삶은 내용과 목적이 있어야만 하는데, 젊은 기벤라트한테는 이것이 사라졌다. 아버지는 한스를 서기로 만들거나, 기술을 배우도록 해야겠다고 마음먹었다. 여전히 허약해서 조금 더 기운을 차리는 게 우선이지만 이제 아들의 앞날에 대해 진지하게 생각해 봐야 할 때가 된 것 같았다.

처음의 당혹스러운 느낌들이 누그러지고 더 이상 자살하겠다는 마음도 들지 않자 한스의 상태는 흥분되고 변덕스러운 불안에서 벗어나 조용한 우울증으로 변했다. 마치 부드러운 늪에 빠지듯 저항하지 않고 그는 천천히 우울증에 빠져들었다.

그는 이제 가을 들판을 헤매고 다니며 계절의 힘에 완전히 굴복했다. 사라져 가는 가을, 조용히 떨어지는 낙엽들, 갈색으로 변하는 풀밭, 새벽의 짙은 안개, 무르익었다가 지친 듯 시들어가는 초목은 모든 환자들에게 그렇듯 한스에게 무겁고 암울한 기분과 슬픈 생각이 들게 했다. 그는 이런 것들과 함께 사라지고, 함께 잠들고, 함께 죽고 싶었다. 하지만 젊음이 그것을 거부하며 조용한 끈기로 삶에 매달리는 까닭에 그는 괴로웠다.

한스는 나무가 잎이 노랗게 물들었다가 갈색으로 변해서 앙상하게 변하는 것을 보았다. 우윳빛 안개가 피어오르는 숲과 정원도 보았다. 정원에는 마지막 수확 이후 생명이 꺼져 버렸고, 이제는 그곳에서 피었다가 갖가지 색으로 시든 과꽃을 봐 주는 사람도 없었다. 강도 바라보았다. 수영과 낚시를 할 수 없게 된 강에는 마른 잎이 덮였고, 쌀쌀한 강가에는 강인한 피혁 공장 일꾼들만이 남아 있었다. 며칠 전부터 과즙을 짜고 남은 찌꺼기가 엄청나게 강을 따라 흘렀다. 압착장과 물레방앗간에서 부지런히 과즙을 짜고 있기 때문이었다. 발효되는 과즙의 향기가 도시의 골목마다 은은하게 퍼졌다.

아래쪽 물레방앗간에는 구둣방 주인 플라이크가 압착기를 빌려와 과즙을 짜면서 한스를 불렀다.

방앗간 앞마당에는 크고 작은 압착기, 수레, 과일이 가득 든 바구니와 자루, 양쪽 손잡이가 달린 물통, 나무통, 양동이와 나무 술통, 착즙한 뒤에 산처럼 쌓아둔 갈색 찌꺼기, 나무 지렛대, 손수레, 빈 수레가 있었다. 압착기가 삐걱삐걱 찍찍 신음하듯 온갖 소리를 내며 덜커덩거리면서 움직였다. 대부분의 압착기는 초록색 칠이 되어 있었다. 초록색은 황갈색 찌꺼기, 다양한 색깔의 사과 바구니, 연둣빛 강물, 맨발의 아이들과 청명한 가을 햇살과 어울려 그것을 보고 있는 모든 이에게 기쁨과 삶의 즐거움과 풍요의 매혹적인 인상을 주었다. 사과 으깨지는 소리가 빠드득하고 울리면서 입에 침이 고이게 했다. 가까이 가서 그 소리를 들으면 재빨리 사과 하나를 들어 덥석 베어 물지 않을 수 없었다. 압착기 파이프에서는 달콤하고 신선한 과즙이 햇빛 속에서 주황빛으로 빛나며 콸콸 쏟아졌다. 다가가서 그것을 보는 사람은 한 잔 부탁해서 벌컥 들이킨다. 그런 다음에는 잠시 선 채로 목을 타고 넘어가는 과즙에 눈물이 핑 돌고, 달콤함과 행복감에 젖어 들었다. 과즙의 즐겁고 강력하며 맛있는 향기가 대기를 가득 채웠다. 이 향기는 1년 중 최고의 향이며, 성숙과 수확의 진수로, 겨울이 다가올 때 그런 향기를 맡을 수 있어 정말 좋았다. 그렇게 향기를 맡으면서 감사의 마음과 함께, 신나고 놀라웠던 많은 것들 즉 부드러운 오월의 비, 억수로 쏟아지던 여름비, 가을날의 차가운 아침 이슬, 정겨운 봄볕, 이글거리는 여름의 뙤약볕, 하얗게 장밋빛으로 빛나던 꽃들, 수확 직전 무르익어 적갈색으로 빛나는 과일들, 그 사이사이 한 해가 지나면서 가져다준 모든 멋진 일과 즐거운 일에 대한 기억이 떠오르기 때문이었다.

과즙을 짜는 날은 누구한테나 즐거운 날이었다. 부자나 거만한 사람들은 굳이 나올 필요가 없지만 아량을 베풀고 싶은 마음이 들면 이날 모습을 드러내, 묵직한 사과의 무게를 손으로 가늠해 보기도 하고, 열두 자루 혹은 그 이상 되는 과일 자루를 세어 보기도 했다. 그리고 휴대용 은잔으로 과즙을 맛보면서, 모두한테 들리게 자기네 과즙에는 물 한 방울 섞지 않는다고 자랑했다. 가난한 사람들은 달랑 과일 한 자루만 들고 와서 유리잔이나 사기그릇으로 맛을 보고 과즙에 물을 섞었다. 그렇다고 그들이 자부심이 덜하거나 덜 기쁜 것은 아니었다. 또 어떤 이유로든 과즙을 짤 수 없는 사람들은 지인이나 이웃이 착즙하는 곳을 이리저리 돌아다니며 한 잔씩 얻어 마시고 사과도 한 알 챙겼다. 그러면서 자기도 이 일에 대해 알고 있다는 듯 전문 용어를 써가며 과시했다. 아이들은 가난하건 부자건 상관없이 작은 잔을 들고 온 곳을 돌아다녔는데 모두들 손에는 먹던 사과와 빵 한 조각을 들고 있었다. 아주 오래전부터 과즙을 짤 때 빵을 적당히 먹으면 나중에 배탈이 나지 않는다는 근거 없는 전설이 전해 온 때문이었다.

다양한 고함 소리가 뒤엉켰다. 아이들이 떠드는 소리와 비교도 안 될 정도였다. 목소리마다 분주하고 흥분되고 즐거웠다.

"이리 와, 하네스, 여기로! 나한테 와! 한잔해!"

"고맙네, 실컷 마셨어. 배탈이 날 지경이야."

"50킬로에 얼마 줬나?"

"4마르크. 하지만 최고야. 자, 한번 먹어 봐!"

가끔 작은 사고도 일어났다. 자루가 너무 빨리 풀려서 사과가 바닥으로 굴러떨어졌다.

"젠장, 내 사과! 여기 좀 도와줘!"

모두 사과 줍는 것을 도와주었지만 개구쟁이 몇이 사과를 제 주머니에 채우려 했다.

"한 톨도 가져가지 마, 이 녀석들! 먹고 싶은 만큼 먹어도 되지만 가져가는 건 안 돼. 기다려, 너 이 녀석, 멍청이 같으니!"

"어이, 이웃 양반, 그렇게 뻐기지 마쇼! 자, 한번 맛 좀 봐요!"

"꿀맛인데! 정말 꿀같이 달아. 얼마나 만드셨소?"

"두 통이요. 더는 안 나오네. 하지만 나쁘진 않아요."

"한여름에 즙을 짜지 않아서 다행이야. 그랬으면 이 자리에서 다 마셔 버렸을 거야."

올해도 어김없이 까다로운 노인들이 그 자리에 왔다. 이들이 빠질 리는 없다. 노인들은 오래전부터 직접 과즙을 짜지는 않았지만 그 일에 관해서는 누구보다 잘 알고 있었고, 과일을 거저 얻어먹던 옛날얘기를 꺼냈다. 당시는 모든 게 훨씬 싸고 품질도 좋았으며, 설탕을 첨가하는 일 따위는 아예 없었고, 나무에 과일이 달리는 것도 지금하고 달랐다고 했다.

"그런 게 진짜 수확이지. 나는 사과나무가 한 그루가 있었는데 거기서만 사과 250킬로그램을 땄거든."

하지만 시절이 나빠졌다고 하면서도 까다로운 노인들은 올해도 배부르게 과즙을 시음했고, 아직도 이가 남아 있는 이들은 사과를 베어 먹었다. 그중 한 사람은 커다란 배를 몇 개나 먹더니 배탈이 났다.

"정말이지 옛날에는 열 개는 거뜬히 먹었는데." 그는 이렇게 투덜댔다. 그러고는 땅이 꺼지게 한숨을 쉬면서 열 개나 먹어도 배가 아프지 않던 그 시절을 생각했다.

이렇게 혼잡 속에 플라이크 아저씨는 압착기를 세워 놓고 나이가 좀 있는 견습공의 도움을 받고 있었다. 그 집 사과는 바덴산이었고 과즙은 늘 최상급이었다. 그는 속으로 만족해하면서 '맛을 보겠다는 사람'은 아무도 거절하지 않았다. 그 집 아이들은 아버지보다 훨씬 기분이 좋았다. 아이들은 무리 지어 다니는 사람들과 함께 여기저기 돌아다녔다. 묵묵히 일만 하고 있지만, 제일 기분이 좋은 사람은 그 집 견습공이었다. 야외에서 힘차게 움직이며 마음껏 마실 수 있어서 좋았다. 고지대 산속의 가난한 농가 출신인 그에게 이 달콤한 과즙은 정말 맛있었기 때문이었다. 건강한 농촌 청년의 얼굴은 사티로스[1]의 가면처럼 히죽거렸고, 구두를 만지던 그의 손은 어떤 일요일보다도 깨끗했다.

이곳에 온 한스 기벤라트는 말이 없고 불안했다. 오고 싶어서 온 게 아니기 때문이었다. 하지만 첫 번째 압착기를 지나는데 누군가 그에게 과즙 한 잔을 내밀었다. 나숄트 댁의 리제였다. 한스는 받아 마셨고, 한 모금 넘기자 달콤하고 강력한 과즙의 맛과 함께 옛날에 즐거웠던 가을날의 기억이 몰려왔다. 그때처럼 다시 조금이라도 어울려 즐기고 싶은 생각이 슬그머니 났다. 아는 사람들이 그에게 말을 걸어 왔고 잔을 건넸다. 플라이크 아저씨네 압착기에 왔을 때는 다른 사람들처럼 즐거운 마음이었고, 음료에 취해 딴사람이 되었다. 아주 명랑하게 구두 장인에게 인사를 건네고 과즙에 대해 흔히 하는 농담까지 했다. 구두 장인은 내심 놀랐지만 반갑게 그를 맞아 주었다.

30분쯤 지나자 파란 치마를 입은 아가씨가 저쪽에서 와서 플라이크 아저씨와 견습공에게 웃으며 인사하더니 같이 일하기 시작

---

1   그리스 신화에 나오는 산과 들의 정령.

했다.

"아, 그래." 구두 장인이 말했다. "이쪽은 하일브론에서 온 내 조카야. 얘는 사과 일은 잘 못 해. 얘네 마을에서는 포도가 많이 나거든."

그녀는 열여덟 살이나 열아홉 살 정도 되었고, 저지低地 사람답게 경쾌하고 명랑했다. 키가 크지 않지만 체격이 좋고 풍만했다. 둥근 얼굴에 따뜻한 눈길의 검은 눈과 입맞춤을 부르는 예쁜 입술이 명랑하고 총명한 인상을 주었다. 건강하고 밝은 하일브론 아가씨로, 경건한 구두 장인의 친척이라고는 절대 생각할 수 없었다. 그녀는 철저히 세속적이어서 매일 밤 성경이나 고스너의 『작은 보물 상자』²를 읽을 사람으로 보이지 않았다.

한스는 갑자기 다시 우울해졌다. 에마가 빨리 가 버렸으면 하고 바랐다. 하지만 그녀는 가지 않고 웃으면서 수다를 떨었다. 사람들이 던진 모든 농담을 가볍게 받아넘기기도 했다. 한스는 부끄러워 입을 꾹 다물고 있었다. 젊은 아가씨와 존칭을 써 가며 이야기를 나누는 게 그는 고역이었다. 그녀는 정말 활발했고 말이 많았다. 한스가 그 자리에 있건 부끄러워하건 상관도 안 했다. 어색하고 약간 마음이 상한 기분이 든 한스는 마차바퀴에 살짝 스친 달팽이처럼 더듬이를 거두고 위축되었다. 그래서 계속 입을 다물고 있으면서, 지루한 표정을 지으려 애썼다. 하지만 뜻대로 안 되었고, 누군가 방금 죽기라도 한 것 같은 얼굴이었다.

---

2 요하네스 고스너 Johannes Goßner(1773~1858): 개신교 신학자로 『작은 보물 상자Schatkästlein』가 대표작이다.

아무도 그런 것에 신경 쓸 시간이 없었다. 에마가 제일 그랬다. 한스가 듣기로 에마는 플라이크 아저씨네 놀러 온 지 두 주일이 되었는데 벌써 온 동네 사람들을 다 알고 있었다. 여기저기 돌아다니며 새로 짠 과즙을 맛보고 농담을 하고 웃기도 했다. 아이들을 안아 주기도 하고 사과를 주기도 하며 정말 사방에 웃음과 즐거움을 퍼뜨렸다. 그녀는 개구쟁이들을 불러 세워 "너 사과 먹을래?" 하고 물어보았다. 그러고는 빨갛고 예쁜 사과를 집어 등 뒤로 두 손을 감추고 알아맞춰 보라고 했다. "오른쪽 아니면 왼쪽?" 아이들은 한 번도 제대로 맞추지 못했다. 아이들이 짜증을 내기 시작하면 그제야 사과를 주었는데, 손에 들었던 게 아니라 더 작고 덜 익은 것을 주었다. 그녀는 한스에 대해서 들은 적이 있는 것 같았다. 한스한테 늘 두통을 앓는다는 사람이냐고 물었다. 그런데 그가 대답도 하기 전에 벌써 옆에 있는 사람들과 다른 이야기를 하고 있었다.

한스가 몰래 빠져나와 집으로 가려던 참에, 플라이크 아저씨가 그의 손에 지렛대를 넘겨 주었다.

"자, 네가 좀 할 수 있지? 에마가 도와줄 거다. 난 작업장에 가봐야 해."

구두 장인은 가 버렸고, 견습생은 구두 장인의 아내와 함께 과즙 옮기는 일을 맡았다. 압착기 앞에 한스와 에마 둘만 남았다. 한스는 이를 악물고 열심히 일을 했다.

그러다 갑자기 지렛대가 아주 무거워져서 놀랐다. 눈을 들어서 보자 에마가 웃음을 터뜨렸다. 그녀가 장난으로 지렛대를 들어 올려 놓았다. 한스가 화가 나서 다시 당겼지만, 에마가 다시 막았다.

한스는 한 마디도 안 했다. 하지만 에마가 몸으로 막고 있는 지렛대를 다시 미는 동안, 갑자기 부끄럽고 답답한 기분이 들어서 지렛대 내리는 것을 완전히 멈추고 말았다. 달콤한 불안이 엄습했다. 젊은 아가씨가 대담하게 한스의 얼굴을 보며 깔깔 웃자, 갑자기 그녀가 달리 보였다. 더 친절한 것 같기도 하고 더 낯설기도 했다. 한스도 어색하지만 살짝 웃었다.

이제 지렛대는 완전히 멈췄다.

에마가 "우리 너무 악착같이 일하지는 말아요"라고 말하면서, 막 마시고 반쯤 남긴 잔을 한스에게 건넸다. 이 한 모금의 과즙은 아주 진했고 먼저 마신 것보다 훨씬 달콤했다. 다 마시고 나서 더 먹고 싶은 듯 빈 잔을 바라보았는데, 왠지 심장이 쿵쿵 뛰고 숨이 가빠졌다.

그 뒤 두 사람은 일을 조금 더 했다. 한스는 일부러 에마의 치맛자락이 자기를 스치게 하고, 그녀의 손과 닿으려고 애쓰면서도 자신이 무슨 짓을 하고 있는지 몰랐다. 하지만 그런 상황이 일어날 때마다 조마조마한 기쁨 속에서 심장이 멎는 것 같고, 포근하고 달콤한 나른함이 덮쳐와 무릎이 약간 풀리고 머릿속이 윙윙대며 어지러웠다.

그는 자신이 무슨 말을 하는지 모른 채 에마한테 말을 하고 대답도 하면서 그녀가 웃으면 같이 웃었다. 그녀가 장난을 치면 손가락으로 몇 번 경고도 했다. 그리고 두 번이나 그녀가 건네준 과즙을 마셨다. 동시에 많은 기억이 스쳐 지나갔다. 저녁이면 남자들이랑 문간에 서 있던 하녀들, 이야기책의 구절들, 그때 헤르만 하일너가 말한 입맞춤, '여자들' 얘기와 '만일 애인이 생기면 어떨까'에 대해 했던 많은 말과 이야기, 학생들 사이의 은밀한 대화가 생각났다. 그는 무서운 짐을 지고 산을 올라가는 나귀처럼 숨을 가쁘게 몰아쉬었다.

모든 것이 달라졌다. 사람들과 주변의 분주함이 녹아들어 웃고 있는 오색구름처럼 되었다. 사람들의 목소리, 욕설과 웃음소리가 뒤섞여 흐릿해지며 윙윙거렸다. 강과 오래된 다리들이 멀리 마치 그림같이 보였다.

에마도 다르게 보였다. 이제 그녀의 얼굴이 보이지 않았다. 그저 즐거운 검은 눈과 붉은 입술, 입술 안쪽의 희고 뾰족한 치아만 보였다. 그녀의 형체는 녹아내려 부분들만 보였다. 검은 양말을 신은 단화가 보였다가, 목덜미에 늘어진 헝클어진 곱슬머리가 보였다가, 파란색 수건을 두른 갈색의 둥근 목이 보이기도 했고, 탄탄한 어깨가 보였다가 그 아래의 물결치는 가슴이 보였다가, 말갛게 핏줄이 비치는 발그스름한 귀가 보이기도 했다.

얼마 뒤 에마가 손잡이가 달린 커다란 통 속에 잔을 떨어뜨렸다. 주우려고 몸을 구부리다가 그녀의 무릎이 통의 가장자리에 닿아 한스의 손목을 눌렀다. 한스도 몸을 숙였는데, 에마보다 좀 천천히 움직이는 바람에 얼굴이 에마의 머리카락을 스쳤다. 머리카락에서는 은은한 향기가 풍겼다. 그리고 그 아래, 흘러내린 곱슬머리의 그늘에서는 아름다운 목덜미가 따뜻하고 갈색으로 빛나며 파란 조끼 안으로 사라졌다. 꽉 조인 고리의 벌어진 틈 사이로 목덜미가 조금 더 보였다.

에마가 다시 몸을 일으키자 그녀의 무릎이 한스의 팔을 따라 미끄러지고 머리카락이 한스의 뺨을 스쳤다. 구부리고 있던 탓에 그녀의 뺨은 빨갛게 상기되어 있었다. 한스는 온몸에 엄청난 전율을 느꼈다. 얼굴이 창백해지면서 순간 깊고 깊은 피로감이 몰려오는 바람에 압착기 나사를 꽉 잡아야만 했다. 심장이 경련하듯 고동치고 팔에 기운이 빠지면서 어깨가 아팠다.

그때부터 한스는 거의 한 마디도 하지 않았고 에마의 눈길을 피했다. 대신 그녀가 다른 곳을 볼 때마다 알 수 없는 기쁨과 양심의 가책이 뒤섞인 마음으로 그녀를 뚫어지게 바라보았다. 그때 그의 내면에서 무언가가 찢어지더니, 아득한 푸른 해안의 낯설지만 유혹적인 새로운 땅이 눈앞에 나타났다. 그는 가슴속의 불안과 달콤한 고통이 무엇인지 알지 못한 채 그저 짐작만 할 뿐이었고, 고통과 즐거움 중 어느 것이 더 큰지도 알지 못했다.

이 즐거움은 한스의 젊은 사랑의 힘의 승리, 강렬한 삶의 첫 예감을 의미했다. 그리고 고통은 이제 아침의 평화가 끝났고, 그의 영혼이 다시는 되찾을 수 없는 유년의 땅을 떠났음을 의미했다. 겨우 첫 번째 난파를 면한 그의 작은 조각배는 이제 새로운 폭풍의 위력 안으로, 그를 기다리고 있는 끝 모를 심연과 위험한 암초 가까이로 휩쓸려 갔다. 아무리 훌륭한 안내를 받아 온 젊은이라 해도 이제 그곳을 통과할 때는 안내자 없이, 오직 자신의 힘만으로 빠져나갈 방법과 대피소를 찾아야만 한다.

견습생이 되돌아와 한스를 압착기 일에서 벗어나게 해 주어 다행이었다. 한스는 조금 더 그곳에 있으면서 한 번 더 에마와 몸이 스치거나 그녀가 다정한 말이라도 걸어 주기를 고대했다. 하지만 에마는 다른 집 압착기 사이를 돌아다니며 수다를 떨었다. 견습생 앞에서 민망해진 한스는 작별 인사도 없이 슬그머니 집으로 돌아와 버렸다.

모든 것이 이상하게 달라졌다. 아름답고 가슴이 설렜다. 과즙

찌꺼기를 먹고 살이 오른 참새들이 짹짹거리며 하늘을 날았다. 하늘은 지금껏 그렇게 높고 아름다운 적이 없었으며, 그렇게 마음 설레게 푸른 적이 없었다. 강물이 한 번도 저렇게 거울처럼 맑고 청록색으로 빛난 적이 없었고, 둑에서도 저렇게 눈이 부시게 하얀 거품이 일고 물결이 쏴쏴 소리를 내며 부딪친 적이 없었다. 모든 것이 맑고 깨끗한 유리 안에 있는, 새로 그린 아름다운 그림 같았다. 모두 큰 축제가 시작되기를 기다리는 것 같았다. 야릇하게 무모한 감정과 이상하고 화려한 희망의 파도가 가슴이 쥘 정도로 강력하고 불안하게 내면에서 요동쳤다. 그리고 이것은 그저 꿈이며, 절대 이루어질 수 없을 것이라는 조심스럽고 수상쩍은 불안도 함께 일었다. 서로 모순된 감정들이 부글대는 샘물처럼 솟아나고, 아주 강력한 것이 그의 내면에서 솟구쳐 자유롭게 발산하는 듯했다. 흐느낌, 아니면 노래, 고함 소리나 커다란 웃음소리가 나는 듯했다. 흥분은 집에 와서야 조금 진정되었다. 집은 당연히 모든 것이 평소와 다름없었다.

"어디 갔다 왔니?" 아버지가 물었다.

"방앗간 플라이크 아저씨한테요."

"그 사람은 즙을 얼마나 만들었어?"

"두 통 정도요."

한스는 아버지가 과즙을 짤 때 플라이크 아저씨네 아이들을 초대해 달라고 했다.

"당연히 그래야지. 다음 주에 할 테니 아이들을 데려와라." 아버지가 웅얼거렸다.

저녁을 먹을 때까지는 아직 한 시간가량 남아 있었다. 한스는 정원으로 나갔다. 이제 전나무 두 그루를 제외하고는 녹색은 거의 볼 수 없었다. 그는 개암나무 가지를 꺾어 허공에 휙휙 소리가 나게 휘둘러보고, 나뭇가지로 마른 나뭇잎을 헤집어 흩날리게 했다. 해는 벌써 산 뒤로 넘어갔다. 그린 듯 섬세한 전나무 우듬지와 시커멓게 윤곽만 보이는 산이 촉촉하고 맑은 청록색의 저녁 하늘을 가르고 있었다. 길게 뻗은 회색 구름 한 덩이가 노란색과 갈색으로 물들어 마치 집으로 돌아가는 배처럼 천천히 아늑하게 황금빛의 옅은 대기를 가르며 골짜기 위쪽으로 흘러갔다.

온갖 색이 어우러져 무르익은 저녁의 아름다움에 사로잡혀 한 스는 신비롭고 낯선 기분으로 정원을 어슬렁거렸다. 가끔 멈춰 서서 눈을 감고 에마가 맞은편에 서 있던 모습, 마시던 잔을 건네주던 모습, 통 위로 몸을 숙였다가 빨개진 얼굴로 다시 몸을 일으키던 모습을 떠올렸다. 그러자 에마의 머리카락, 꼭 끼는 파란 옷을 입은 몸매, 목, 짙은 솜털 때문에 갈색으로 그늘진 목덜미가 보였다. 이 모든 것이 그를 쾌감과 전율로 채웠다. 그런데 아무리 애를 써도 그녀의 얼굴은 기억이 나지 않았다.

해가 완전히 저물었지만 한스는 냉기를 느끼지 못했다. 점점 짙어지는 어둠은 뭐라 불러야 할지 알 수 없는 비밀로 가득한 베일처럼 느껴졌다. 자신이 하일브론에서 온 아가씨한테 반했다는 걸 알았지만 그의 핏속에서 막 깨어난 남성성은 그저 흥분되고 피곤을 부르는 낯선 상황으로 그것을 막연히 이해했을 뿐이었다.

저녁을 먹으면서 한스는 익숙한 환경 한가운데에 자신이 달라진 모습으로 앉아 있는 것이 놀라웠다. 아버지, 나이 든 하녀, 탁자와 집기들 그리고 방 전체가 갑자기 오래된 것같이 보였다. 오랜 여행에서 방금 돌아온 듯, 그는 모든 것을 놀라고 서먹하고 깊은 애정이 뒤섞인 채 바라보았다. 이 사람들과 물건들을, 얼마 전에 목을 맬 나뭇가지를 눈여겨볼 당시에는 작별을 앞둔 사람이 느끼는 슬픔과 우월감에 찬 마음이었다. 그러나 지금 그것은 귀향, 놀라움, 미소, 다시 소유한 기분이었다.

식사가 끝나 한스가 자리에서 일어나려는데 아버지가 늘 그렇듯 무뚝뚝하게 물었다. "한스야, 기계공이 될래, 아니면 서기가 나으냐?"

"왜요?" 한스가 놀라서 되물었다.

"다음 주말에 기계공 슐러한테 가서 일을 시작할 수도 있고, 아니면 그다음 주에 시청에 견습생으로 들어갈 수 있어. 잘 생각해봐! 내일 얘기하자."

한스는 자리에서 일어나 밖으로 나갔다. 갑작스러운 질문에 당황했고 눈앞이 캄캄했다. 활동적이고 활기찬 일상의 삶이 예기치 않게 그의 앞에 나타났다. 몇 달 전부터 낯설게 느껴졌던 그 삶은 유혹적인 얼굴과 위협적인 얼굴로 약속을 하고 강요했다. 한스는 사실 서기도 기계공도 관심이 없었다. 손으로 하는 힘든 육체노동은 조금 두려웠다. 문득 학교 친구 아우구스트가 떠올랐다. 기계공이 된 그 친구한테 물어봐야겠다는 생각이 들었다.

그 일에 대해 고민하는 동안 생각은 점점 흐릿하고 희미해져서, 그 문제는 별로 급하지도 중요하지도 않게 느껴지기까지 했다. 뭔가 다른 일이 그를 몰아 대고 몰두하게 만들었다. 한스는 불안하게 현관을 서성이다 갑자기 모자를 집어 들고 집을 나서 천천히 골목으로 들어섰다. 오늘 에마를 한 번 더 봐야겠다는 생각이 퍼뜩 떠오른 것이었다.

벌써 날이 어두워졌다. 가까이 있는 술집에서 고함 소리와 쉰 목소리의 노랫소리가 흘러나왔다. 불이 켜진 창문들이 꽤 많았다. 여기저기 하나둘씩 불이 밝혀지더니 어두운 밤공기 속으로 흐릿하게 붉은빛이 새어 나왔다. 팔짱을 낀 젊은 아가씨들이 길게 줄을 지어 크게 웃고 떠들면서 즐겁게 골목을 내려갔다. 그 기다란 줄이 흐릿한 불빛 속에서 이리저리 흔들리며 움직였고, 젊음과 환희의 따뜻한 파도처럼 어두워 가는 골목을 지나갔다. 한스는 오랫동안 그들의 뒷모습을 바라보았다. 심장이 터질 듯 뛰었다. 커튼이 쳐진 어떤 창문에서 바이올린 소리가 울려 나왔다. 우물가에서는 어떤 여인이 채소를 씻고 있었다. 다리 위에는 청년 두 명이 애인과 산책을 하고 있었다. 한 남자는 애인의 손을 살짝 잡고 그녀의 팔을 흔들며, 다른 손으로는 담배를 피웠다. 두 번째 쌍은 천천히 꼭 붙어서 걸었다. 남자는 애인의 허리를 감싸 안았고, 여인은 어깨와 머리를 남자의 가슴에 기댔다. 한스는 전에 이런 모습을 수도 없이 봤지만 신경 쓰지 않았다. 하지만 이제 그것은 은밀한 의미를, 불명확하지만 탐욕스런 달콤한 의미를 갖게 되었다. 그는 이 연인들에게서 시선을 돌릴 수가 없었고, 무언가 이해할 수 있을 듯한 느낌으로 상상의 나래를 폈다. 가슴이 답답하지만 내면 깊은 곳에서는 뭔가 깨우치면서 커다란 비밀에 가까이 가고 있다고 느꼈다. 이 비밀이 달콤할지 끔찍할지 알수 없었다. 하지만 그는 두려우면서도 이 두 가지 감정이 어렴풋이 이해가 되었다.

플라이크의 집 앞까지 왔지만, 들어갈 용기가 나지 않았다. 집에 들어가 무엇을 하고 무슨 말을 해야 하나? 한스는 옛날 생각을 떠올려야만 했다. 열한 살, 열두 살 어린애였을 때 그는 자주 이곳에 왔었다. 그러면 플라이크 아저씨가 성경 이야기를 해 주었다. 한스가 지옥과 악마와 영혼에 대해 호기심 어린 질문을 열광적으로 퍼부어도 아저씨는 끄떡도 안 했다. 이런 기억들은 불편했고 양심의 가책을 느끼게 했다. 한스는 어떻게 해야 할지, 자신이 무엇을 원하는지 알 수 없었다. 하지만 자신이 뭔가 은밀하고 금지된 것 앞에 서 있는 것 같았다. 집 안으로 들어가지 않고 문 앞의 어둠 속에 서 있자니 아저씨한테 잘못을 하고 있는 기분이었다. 만일 여기 서 있는 것을 아저씨가 본다면, 아니 지금 문밖으로 나오기라도 한다면, 꾸중을 하기보다는 놀릴 것 같았다. 놀림받는 게 제일 두려웠다.

한스는 집 뒤쪽으로 살금살금 돌아갔다. 정원 울타리에서 불이 켜진 거실을 들여다보였다. 아저씨는 보이지 않았다. 그의 아내는 바느질인지 뜨개질인지 하고 있는 것 같았고, 큰아들은 아직 안 자고 탁자 앞에서 책을 읽고 있었다. 에마는 방을 치우는지 이리저리 돌아다니고 있어서, 그녀의 모습은 잠깐잠깐 보일 뿐이었다. 사방이 얼마나 조용한지 골목 멀리서 울리는 걸음 소리와 정원 저편에서 잔잔히 흐르는 강물 소리까지 또렷이 들렸다. 어둠이 짙어지고 밤공기가 싸늘해졌다.

거실 창문들 옆에 작은 복도 창이 하나 있었는데, 이곳에는 불빛이 없었다. 시간이 꽤 지난 뒤에 이 작은 창문에 희미한 형체가 나타나더니 몸을 내밀어 밖을 내다보며 어둠 속을 살펴보았다. 한스는 그것이 에마라는 것을 알아차렸다. 불안한 기대감으로 그는 심장이 멈춘 것 같았다. 에마는 창가에 서서 오랫동안 조용히 이쪽을 쳐다보았다. 하지만 그녀가 한스를 보았거나 알아차렸는지는 알 수 없었다. 한스는 꼼짝도 안 하고 그녀 쪽을 뚫어지게 바라보았다. 알 수 없는 불안이 솟구쳤다. 그녀가 자기를 알아봐 주기를 바라면서도 한편으로 그럴까 봐 두려웠다.

희미한 형체가 창문에서 사라졌다. 곧 정원으로 통하는 작은 문이 열리고 에마가 밖으로 나왔다. 한스는 처음에는 놀라서 재빨리 달아나려 했지만 이러지도 저러지도 못한 채 울타리에 기대서서 에마가 어두운 정원을 지나 천천히 자신을 향해 걸어오는 것을 쳐다보았다. 그녀가 걸음을 뗄 때마다 도망치고 싶은 마음이 간절했지만 뭔가 강력한 것이 그를 그곳에 붙잡아 두었다.

이제 에마는 한스 바로 앞, 반걸음도 채 되지 않는 곳에 낮은 울타리만을 사이에 두고 섰다. 그녀는 이상하다는 듯 한스를 빤히 쳐다보았다. 한참 동안 아무 말도 없었다. 그런 뒤 그녀가 나지막이 물었다.

"너 무슨 일이야?"

"그냥." 한스가 대답했다. 에마가 '너'라고 말하자 마치 피부를 쓰다듬는 것 같은 느낌이었다.

에마가 울타리 너머로 손을 뻗었다. 한스는 수줍고 다정하게 그 손을 잡고 약간 힘을 주었다. 손을 빼지 않는다는 것을 알자 용기를 내서 그녀의 따뜻한 손을 부드럽고 조심스레 쓰다듬었다. 그렇게 해도 여전히 손을 맡기고 있자, 한스는 그녀의 손을 뺨에 갖다 댔다. 온몸을 뚫고 지나가는 쾌감, 묘한 따스함과 황홀한 피로감의 물결이 그를 덮쳤다. 주변의 공기가 미적지근하고 촉촉한 것 같았다. 이제 정원도 골목도 눈에 안 들어왔고, 오직 가까이 있는 하얀 얼굴과 형클어진 검은 머리카락만 보였다.

"키스해 줄래?"

에마가 이렇게 나직이 물었을 때, 그 소리는 마치 밤하늘 저 멀리서 울리는 것 같았다.

밝은 얼굴이 다가왔다. 몸이 실려 울타리가 약간 바깥쪽으로 기울었고, 흘러내린 머리카락의 옅은 향기가 한스의 이마를 스쳤다. 희고 넓은 눈꺼풀과 짙은 속눈썹에 덮인 그녀의 감은 눈이 한스의 바로 눈앞에 있었다. 수줍은 입술을 에마의 입술에 대자, 온몸에 격한 전율이 흘렀다. 몸을 떨며 잠시 뒤로 물러나려 했지만, 에마는 한스의 머리를 손으로 잡더니, 자기 얼굴을 그의 얼굴에 누르며 입술을 떼지 않았다. 한스는 에마의 입술이 활활 타는 것을 느꼈다. 또 그녀가 그의 입술을 누르며, 마치 그의 생명을 빨아 마시려는 듯 탐욕스레 빠는 것을 느꼈다. 한스는 온몸의 기운이 쭉 빠졌다. 에마의 입술이 그에게서 떨어지기도 전에 떨리는 쾌감은 죽음과 같은 피로감과 고통으로 바뀌었다. 에마가 그를 놓아주자 그는 비틀거리면서 경련이 일 듯 떨리는 손가락으로 울타리를 꽉 붙잡았다.

"너 말이야, 내일 저녁에도 와." 이렇게 말하고 에마는 재빨리 집으로 돌아갔다. 그녀가 떠난 지 5분도 안 되었는데 한스에게는 긴 시간이 지나간 것 같았다. 그는 멍한 눈길로 그녀 뒤를 쫓으며 여전히 울타리 판자에 기대서 있었다. 한 걸음도 떼기 힘들 정도로 피곤했다. 꿈꾸듯 자신의 맥박 소리가 들렸다. 피가 머리 속에서, 심장의 불규칙하고 고통스러운 파도 속에서 요동치다가 다시 심장으로 돌아가 가득 채워 숨이 멎을 지경이었다.

이제 방문이 열리고 플라이크 아저씨가 방으로 들어오는 것을 보았다. 여태 작업장에 있었던 것 같았다. 한스는 자신을 알아차릴

까 봐 더럭 겁이 나 그곳에서 도망쳤다. 그는 천천히 살짝 취한 사람처럼 비틀거리며 걸었다. 걸음을 옮길 때마다 무릎이 후들거렸다. 졸고 있는 박공과 붉은빛이 새어 나오는 흐릿한 창문들이 있는 어두운 골목들이 마치 무대의 배경처럼 그를 스쳐 지나갔고, 다리, 강물, 농장과 정원들도 지나갔다. 게르버가세 거리의 분수가 유난히 크게 울리며 졸졸 흘렀다. 꿈에 취해 한스는 현관을 열고 칠흑 같은 복도를 지나 계단을 오른 뒤 문 하나를 여닫고, 하나를 더 열고 닫았다. 그러고는 그곳의 책상 앞에 앉았다. 꽤 오랜 시간이 지난 뒤에야 그는 집에 돌아와서 자기 방에 앉아 있다는 사실을 알아차렸다. 옷을 벗어야겠다는 생각이 든 것은 그러고도 한참이 지난 뒤였다. 멍한 상태로 옷을 벗은 뒤에 그는 한참을 창가에 앉아 있었다. 갑자기 가을밤의 냉기에 오싹해져서 이불 속으로 파고들 때까지 그는 그렇게 하고 있었다.

금방 잠이 들 거라고 생각했다. 하지만 누워서 몸이 조금 따뜻해지자 다시 심장이 뛰고 제멋대로 피가 격정적으로 끓기 시작했다. 눈을 감으면 에마의 입술이 아직도 자신의 입술에 달라붙어 자신의 영혼을 빨아들이고 고통스러운 열기로 채우는 것만 같았다.

밤늦게야 잠이 들어 그는 이 꿈에서 저 꿈으로 쫓겨 도망 다녔다. 불안스러운 깊은 어둠 속에서 주변을 더듬다가 그는 에마의 팔을 잡았다. 그녀가 그를 껴안았다. 둘은 함께 따뜻하고 깊은 강물 속으로 천천히 가라앉았다. 플라이크 아저씨가 갑자기 그곳에 나타나 왜 그동안 찾아오지 않았느냐고 물었다. 그러자 한스는 저절로 웃음이 나왔다. 그 사람이 플라이크 아저씨가 아니라 마울브론 기도실의 창가에서 한스 옆에 앉아 농담을 하던 헤르만 하일너라는 것을 알아차렸다. 하지만 그 꿈은 곧 사라졌고, 한스는 압착기 앞에 서 있었다. 지렛대가 못 움직이게 에마가 방해하고 있어서 한스는 있는 힘껏 지렛대를 눌렀다. 에마가 한스 쪽으로 몸을 굽히더니 그의 입술을 찾았다. 갑자기 고요해지고 깜깜해졌다. 한스는 다시 따스하고 깊은 심연으로 가라앉았고 어지러워서 죽을 것 같았다. 그와 함께 교장의 훈계 소리가 들렸다. 하지만 그에게 하는 훈계인지는 알 수 없었다.

그런 뒤 늦잠을 잤다. 청명하고 굉장히 아름다운 날이었다. 한스는 천천히 정원을 거닐며 잠에서 깨어 정신을 차리려고 했다. 하지만 끈질긴 잠의 안개는 쉽사리 걷히지 않았다. 정원에 마지막으로 남아 있는 과꽃이 아직 8월인 양 아름답게 웃으며 햇살 아래 피어 있었다. 말라 버린 굵고 가는 가지와 잎이 진 넝쿨 주변으로 따스하고 사랑스러운 햇살이 아양 떨듯 다정하게 흘러넘쳤다. 꼭 초봄 같았다. 하지만 한스는 그런 것을 그저 바라만 볼 뿐 느끼지는 못했다. 그와 아무 상관이 없었다. 갑자기 또렷하고 강한 기억이 그를 사로잡았다. 이곳 정원에 그가 키우던 토끼가 이리저리 뛰어다니고 직접 만든 물레방아와 기구들이 작동하던 그 시절의 기억이었다. 3년 전 9월의 어느 날이었다. 스당[3] 전승기념일 전야였다. 아우구스트가 담쟁이덩굴을 가지고 한스를 찾아왔다. 두 소년은 다음 날의 기념일에 대해 이야기하면서 신이 나서 깃대를 반짝이게 닦고 황금빛 깃봉에 담쟁이덩굴을 잡아맸다. 그게 전부였다. 특별한 일은 없었다. 하지만

---

3 Sedan: 1870년 9월 2일 프랑스 북동부 도시인 스당에서 프로이센이 나폴레옹 3세에 대승을 거두었다.

둘은 축제에 대한 기대에 한껏 부풀어 굉장히 즐거웠다. 깃발이 햇살에 반짝였다. 아나 아주머니는 자두케이크를 구웠다. 밤에는 높은 바위에서 스당의 불을 지펴 올릴 예정이었다.

왜 하필 오늘 그날 저녁 일이 생각나는지, 그 추억이 왜 그리 아름답고 강력한지, 게다가 또 왜 이리 자신을 초라하고 슬프게 만드는지 알 수 없었다. 그는 자신의 유년 시절과 소년 시절이 작별하기 위해서, 과거에는 있었으나 다시는 돌아오지 않을 크나큰 행복이 주는 고통을 남겨 두기 위해서 추억이라는 옷을 입고 즐겁게 웃으며 자기 앞에 와 있다는 사실을 몰랐다. 그저 이런 추억이 에마에 대한 생각이나 엊저녁의 일에 대한 생각과는 어울리지 않으며, 예전의 행복과는 다른 뭔가가 내면에서 일어나고 있다는 것만 느낄 뿐이었다. 다시 황금빛 깃봉이 반짝이고, 친구 아우구스트의 웃음소리가 들리며, 갓 구운 케이크의 냄새가 나는 것 같았다. 그때는 모든 것이 그렇게 밝고 행복했지만 지금은 멀리 가 버리고 낯설어졌다. 한스는 절망한 나머지 커다란 가문비나무의 거친 줄기에 기대어 울었다. 그러자 잠시나마 위로와 구원을 받은 기분이었다.

정오 무렵 한스는 아우구스트한테 갔다. 그는 이제 1급 견습공이 되었고, 몸집도 당당하고 키도 많이 자랐다. 한스는 아우구스트한테 관심사를 털어놓았다.

"이 일은 힘든 일이야." 아우구스트는 노련한 표정을 지으며 말했다. "힘들어. 사실 너는 몸이 약하잖아. 첫해에는 쇠를 단련하면서 빌어먹을 망치질을 내내 해야 해. 대장간의 망치가 숟가락은 아니잖아. 그리고 쇠를 이리저리 옮겨야 하고 저녁에는 뒷정리를 해야 해. 줄질을 하는 것도 힘이 들어. 처음에 그 일이 숙달될 때까지는 낡은 줄밖에 안 줘. 원숭이 엉덩이처럼 매끈한, 갈리지도 않는 줄만 준단 말이야."

한스는 금방 기가 꺾였다.

"그래, 그럼 관둘까?" 한스는 주저하며 물었다.

"아니, 내 말은 그게 아냐! 라멕[4]처럼 굴지 마! 그냥 처음에는 무도장 같지는 않다는 걸 말하는 거야. 그렇지만 그것만 빼고 그래. 기계공은 멋진 직업이야. 그리고 머리도 좋아야 해. 안 그러면 거친 대장장이밖에 안 돼. 자, 좀 봐!"

아우구스트는 반짝이는 쇠로 만든 작고 정교한 기계부품 몇 개를 가져와 보여 주었다.

"자, 이건 0.5밀리미터도 오차가 나면 안 돼. 나사까지 다 손으로 만든 거야. 그러니까 정신을 바짝 차려야 한다는 말이지! 이것들을 이제 더 매끄럽게 다듬고 더 단련해야 해. 그러면 끝나는 거야."

"그래, 멋지네. 그런데 내가 알고 싶은 건 말이야……."

아우구스트가 웃었다.

"겁이 나? 그래, 견습공은 괴롭힘을 좀 당하기는 해. 별수 없어. 하지만 내가 있잖아. 내가 도와줄게. 오는 금요일에 시작한다면, 나는 그때가 마침 2년째 수습이 끝나는 날이야. 그래서 토요일에 첫 주급을 받아. 일요일에 신나게 놀아 보자. 맥주랑 케이크도 있고 모두 다 모일 거야. 너도 와. 그러면 우리가 어떤지 알게 될 거야. 그래, 그때 알게 될 거야! 우리는 옛날에 아주 친했잖아."

---

4 Lamech: 창세기 5장 28~29절에 나오는 인물로 노아의 아버지. 자신이 받은 모욕과 상처에 대해 77배의 복수를 한다고 호언했던 것이 전해지고 있다. 여기서는 허풍을 떨고 과장하는 사람이라는 뜻으로 쓰였다.

밥을 먹으며 한스는 아버지에게 기계공이 되고 싶은데, 일주일 뒤에 일을 시작해도 되겠는지 물었다.

"그래 좋아." 아버지가 말했다. 오후에 아버지는 한스를 데리고 슐러의 작업장으로 가서 견습공 신청을 했다.

어둑해지기 시작하자 한스는 벌써 모든 것을 모두 다 잊어버렸다. 저녁에 에마가 자기를 기다릴 것이라는 생각뿐이었다. 이 생각만으로 벌써 숨이 막혔다. 어떤 때는 시간이 너무 늦게 흐르는 것 같았고, 어떤 때는 너무 빨리 흐르는 것 같았다. 마치 뱃사공이 급류에 내몰리듯, 한스는 이 만남에 내몰리고 있었다. 그날 저녁, 식사는 중요하지 않았다. 한스는 우유 한 잔만 마시고 집을 나섰다.

어제와 똑같았다. 어둡고 졸린 골목, 붉은빛이 새어 나오는 창문, 희미한 가로등, 느긋하게 거닐고 있는 연인들.

플라이크 아저씨네 정원 울타리에 오자 두려움이 몰려왔다. 무슨 소리가 들릴 때마다 저도 모르게 움찔했다. 어둠 속에 서서 귀를 기울이는 꼴이 도둑 같다는 생각이 들었다. 기다린 지 1분도 안 돼서 에마가 나타났다. 그녀는 두 손으로 한스의 머리를 쓰다듬더니 정원 문을 열었다. 한스는 조심조심 안으로 들어섰다. 에마는 조용히 덤불이 우거진 길을 지나 뒷문으로 어둠침침한 현관으로 그를 데려갔다.

둘은 그곳에서 지하실로 내려가는 맨 위의 계단에 나란히 앉았다. 어둠 속에서 서로 간신히 알아볼 수 있기까지는 한참 걸렸다. 에마는 쾌활했고 소곤소곤 쉴 새 없이 이야기를 했다. 그녀는 이미 키스를 여러 번 해 봤고, 연애에 대해서도 잘 알았다. 수줍고 예민한 소년이 그녀는 마음에 들었다. 에마는 한스의 갸름한 얼굴을 두 손

으로 감싸 이마와 눈과 뺨에 입을 맞추었다. 다음은 입술이었다. 그
녀가 다시 오랫동안 빨아들이듯 입을 맞추자 한스는 어지러웠다. 그
래서 맥없이 손도 까딱 못하고 에마에게 기댔다. 그녀는 나직이 웃으
면서 그의 귀를 살짝 잡아당겼다.

에마는 끊임없이 재잘거렸고, 한스는 듣고 있었지만 무슨 말
을 듣고 있는지 몰랐다. 그녀는 손으로 그의 팔과 머리와 목과 손을
쓰다듬고 뺨을 한스의 뺨에 갖다 대었고, 그의 어깨에 머리를 기댔
다. 한스는 아무 말 없이 그냥 내버려 두었다. 고열에 시달리는 사람
처럼 잠깐씩 약하게 움찔거리며 그는 달콤한 전율과 깊고 행복한
두려움에 휩싸였다.

"무슨 애인이 이래!" 에마가 웃었다. "용기가 너무 없어."

그녀는 한스의 손을 잡아서 자신의 목과 머리를 쓰다듬게 하
더니, 가슴에 대고 눌렀다. 한스는 부드러운 가슴의 형태와 달콤하
고 낯선 파도의 물결을 느끼며, 깊은 심연으로 빠져들었다.

"그만, 그만해!" 에마가 다시 입을 맞추려고 하자 한스가 거부
하듯 말했다. 그녀가 웃었다.

에마는 한스를 껴안아 끌어당겨 자기 몸에 바짝 붙였다. 그녀
의 몸에 닿자 정신이 몽롱해서 한스는 아무 말도 할 수 없었다.

"나 좋아하니?" 그녀가 말했다.

한스는 그렇다고 대답하려고 했지만, 고개만 끄덕일 수 있어서
계속 고개만 끄덕였다.

에마는 다시 그의 손을 잡아 장난스럽게 조끼 속으로 밀어 넣
었다. 다른 사람의 맥박과 호흡을 그렇게 뜨겁고 가까이 느끼자, 한
스는 심장이 멎고 죽을 것만 같았다. 그 정도로 숨이 가빠졌다. 그는

손을 빼고 한숨 쉬듯 말했다.

"이제 집에 가야 해."

일어서려는데 다리가 후들거려서 지하실 계단 아래로 굴러떨어질 것 같았다.

"왜 그래?" 에마가 놀라 물었다.

"모르겠어. 너무 피곤해."

정원 울타리까지 가는 동안 에마가 부축해 주면서 몸을 기대고 있었다는 것을 한스는 몰랐고, 잘 가라는 인사도, 뒤에서 문이 닫히는 소리도 못 들었다. 골목을 지나 집으로 돌아왔지만, 어떻게 왔는지 몰랐다. 거대한 폭풍에 휩쓸린 것 같기도 했고, 엄청난 강물이 요동치며 자신을 실어 가는 것 같기도 했다.

좌우에는 희끄무레한 집들, 높은 데는 저 멀리에 있는 산등성이들, 전나무의 우듬지들, 칠흑 같은 어둠과 쉬고 있는 큰 별들이 보였다. 바람이 부는 게 느껴졌고, 강물이 다리의 교각에 부딪치며 흐르는 소리가 들렸다. 그리고 강물 속에 정원과 희끄무레한 집들, 칠흑 같은 어둠과 가로등과 별이 보였다.

다리에 오자 그는 주저앉았다. 너무 피곤해서 집에 못 갈 것 같았다. 다리 난간에 앉아 물소리에 귀를 기울였다. 강물은 교각을 스치며 방죽에 부딪쳐 쏴쏴 소리를 냈고 윙윙 소리 나게 물레방아를 돌렸다. 손은 차갑고, 피가 가슴과 목구멍에 턱턱 막혔다가 성급히 몰아치듯 흐르며 눈을 침침하게 하더니 갑작스레 파도치며 심장으로 흘러들어 머리가 어지러워졌다.

집으로 돌아온 그는 자기 방으로 가서 누워 곧바로 잠이 들었다. 꿈속에서는 엄청나게 큰 공간을 지나 심연에서 심연으로 떨어졌다. 고통에 시달리고 탈진한 채 그는 한밤중에 깨었다. 그러고는 아침까지 자다 깨다를 반복하며 누워 있었다. 채울 수 없는 그리움에 사무치고 주체할 수 없는 힘에 이리저리 내몰리며 새벽에 엄청난 고통과 압박감으로 울음이 터져 나왔다. 그는 한참을 울다가 눈물 젖은 베개에 머리를 묻고 다시 잠이 들었다.

제7장

기벤라트 씨는 우쭐대며 요란스럽게 과즙기 앞에서 일을 하고, 한스는 곁에서 일을 거들었다. 구둣방 주인의 아이들은 두 명만 와서 과일을 날라 주는 척했다. 둘이서 시음용 작은 잔 하나씩과 손에는 엄청나게 큰 검은 빵 한 덩이를 들고 있었다. 하지만 에마는 오지 않았다.

아버지가 술통 만드는 사람과 반 시간 정도 자리를 뜨자, 한스는 용기를 내서 에마에 대해 물어보았다.

"에마는 어디에 있어? 오고 싶지 않대?"

아이들이 입 안의 것을 다 삼키고 말을 할 때까지 시간이 좀 걸렸다.

"갔어." 아이들이 말하면서 고개를 끄덕였다.

"갔어? 어디로?"

"집에."

"아주 간 거야? 기차 타고?"

아이들이 열심히 고개를 끄덕였다.

"언제?"

"오늘 아침에."

아이들은 다시 사과로 손을 뻗었다. 한스는 압착기를 돌리며 과즙 통을 뚫어지게 들여다보았다. 천천히 상황이 이해가 되었다.

아버지가 다시 돌아왔다. 모두들 일하며 많이 웃었고 아이들은 고맙다는 인사를 하고 돌아갔다. 저녁이 되자 모두 다 집으로 돌아갔다.

저녁을 먹은 뒤 한스는 자기 방에 혼자 앉아 있었다. 10시가 되고 11시가 되었지만 그는 불을 켜지 않았다. 그런 뒤 깊은 잠에 빠져서 오래 잤다.

평소보다 늦게 일어났을 때 그는 불행과 상실의 모호한 감정에 휩싸여 있었다. 그러다가 에마가 생각났다. 그녀는 인사도 작별도 없이 떠나 버렸다. 어제저녁 함께 있을 때, 분명 언제 떠날지 알고 있었을 것이다. 그녀의 웃음과 입맞춤, 능숙하게 몸을 맡기던 것이 떠올랐다. 그녀는 전혀 진심이 아니었던 것이다.

이것 때문에 분노의 고통이 일었다. 그와 함께 이제 막 싹을 틔웠지만 충족되지 않은 사랑의 힘이 우울한 아픔이 되었다. 번민에 휩싸여 그는 집에서 정원으로, 거리로, 숲으로 그리고 다시 집으로 돌아다녔다.

그렇게 한스는 어쩌면 너무 일찍 사랑의 비밀을 경험했다. 달콤함은 적고 쓴맛은 컸다. 부질없는 한탄, 간절한 추억과 절망적인 생각으로 가득 찬 날들, 심장이 두근거리고 죄어들어서 잠을 못 이루거나 무서운 꿈에 빠지는 밤을 보냈다. 꿈을 꾸면, 이상하게 들끓는 피의 격동이 무시무시하고 두려운 괴물이 되거나, 죽일 듯 휘감아서 안는 팔이 되거나, 이글거리는 상상의 동물이나 눈이 펑펑 도는 낭떠러지가 되기도 하고, 활활 타오르는 커다란 눈으로 변하기도 했다. 잠에서 깨면 서늘한 가을밤의 쓸쓸함에 에워싸여 혼자라는 사실을 발견하고 그는 에마에 대한 그리움으로 한숨을 쉬며 눈물에 젖은 얼굴을 베개에 묻었다.

슐러 씨네 작업장에서 일을 시작하기로 한 금요일이 다가오고 있었다. 아버지는 아마로 만든 파란 작업복과 혼방으로 된 파란 모자를 사 주었다. 한스는 이 옷을 입어 보았다. 기계공 작업복을 입은 자기 모습이 상당히 우스워 보였다. 학교, 교장선생님과 수학 교사의 집, 플라이크 아저씨네 작업장이나 목사의 집을 지나갈 때 비참한 기분이 들 것 같았다. 그렇게 많은 고민, 부지런함과 땀, 희생해 버린 많은 작은 기쁨들, 많은 자부심과 야심, 희망에 찬 꿈, 이 모든 것들이 다 허사가 되어 버리고 말았다. 이 모든 것이 고작 이제 다른 모든 친구들보다 늦게, 모두에게 조롱당하면서 막내 견습생으로 작업장에 들어가기 위해서였단 말인가!

이 일을 하일너는 뭐라고 할까?

하지만 시간이 흐르자 한스는 차츰 푸른 기계공 작업복에 익숙해지기 시작했고, 이 옷을 처음 입게 될 금요일이 약간 기다려지기까지 했다. 그때가 되면 적어도 무언가를 다시 경험할 수 있을 것이다!

하지만 이런 생각은 어두운 구름 속에서 순간적으로 번쩍이는 번개에 불과했다. 에마가 떠난 것을 그는 잊을 수가 없었다. 그의 피는 그날의 자극을 잊지도 극복하지도 못했다. 더 많은 자극을 달라고, 눈을 뜬 그리움을 어서 채우라고 안달하며 아우성쳤다. 그렇게 답답하고 고통스럽게 시간이 흘러갔다.

가을은 어느 때보다 아름다웠다. 부드러운 햇빛으로 가득했고, 새벽은 은색으로 물들었고, 한낮은 온갖 색으로 웃음 지었으며 저녁은 청명했다. 먼 산들은 벨벳처럼 짙은 푸른색으로 물들고, 밤나무는 황갈색으로 빛났고, 담장과 울타리 위에는 자줏빛으로 변한 담쟁이 잎이 늘어져 있었다.

한스는 불안해서 자신으로부터 도망쳤다. 온종일 마을과 들판을 헤매 돌아다녔고 사람들을 피했다. 자신이 겪고 있는 사랑의 괴로움을 눈치챌까 봐 그랬다. 저녁이면 골목으로 가서 하녀들을 바라보았고 양심의 가책을 느끼며 연인들을 몰래 뒤쫓기도 했다. 삶에서 바라는 모든 것과 모든 마법이 에마와 함께 가까이 왔다가, 심술궂게 다시 사라진 것 같았다. 그녀 곁에서 느꼈던 고통과 압박감은 더 이상 생각하지 않았다. 만일 그녀를 다시 만난다면 수줍어 하지 말고 그녀의 모든 비밀을 캐내어, 지금 눈앞에서 닫힌 마법에 걸린 사랑의 정원으로 밀고 들어가겠다고 마음먹었다. 그의 모든 환상은 이 답답하고 위험한 덤불 속에 얽혀 용기를 잃고 이리저리 헤매며 집요하게 자신을 괴롭히면서 비좁은 이 마법의 원 밖에 넓고 아름다운 공간이 밝고 아름답게 펼쳐져 있다는 사실은 전혀 알려 하지도 않았다.

처음에 걱정했던 금요일이 막상 오자 한스는 기뻤다. 아침 일찍 파란색 새 작업복에 모자를 쓰고, 조금은 주저하며 게르버가세를 내려가 슐러 씨 작업장으로 향했다. 아는 사람 몇몇이 호기심을 가지고 그를 쳐다보고, 그중 한 명은 이렇게 묻기까지 했다. "웬일이

186

야? 금속공이 된 거야?"

작업장은 벌써 활기차게 돌아가고 있었다. 장인은 한창 쇠를 단련하고 있었다. 그가 빨갛게 달궈진 쇠 한 조각을 모루에 놓으면, 숙련공이 무거운 망치를 내리쳤다. 장인은 좀 더 섬세하게 모양을 잡으며 망치질을 했다. 집게를 자유자재로 놀리면서 손에 맞는 망치로 숙련공의 망치질 사이사이에 박자를 맞추며 모루를 쳤다. 그 소리가 밝고 경쾌하게 아침을 뚫고 활짝 열린 문밖으로 울려 나왔다.

기름과 줄밥으로 시커먼 작업대에는 조금 나이 든 숙련공과 아우구스트가 서서 각자 자기의 바이스¹ 앞에서 작업에 몰두하고 있었다. 천장에는 선반, 숫돌, 풀무, 드릴을 작동시키는 피대가 빠르게 돌면서 윙윙거렸다. 수력을 이용해 일을 하는 때문이었다. 아우구스트는 작업장에 들어서는 한스를 보고 고개를 끄덕이며, 장인이 시간이 날 때까지 문에서 기다리라는 신호를 했다.

한스는 조심스레 대장간 화덕, 멈춰 있는 선반, 윙윙거리는 피대와 활차를 바라보았다. 장인은 쇠를 단련하고 나서 이쪽으로 와서 크고 강하고 따뜻한 손을 내밀었다.

"모자는 저기에 걸어 놔라." 이렇게 말하며 그는 벽에 있는 빈 못을 가리켰다.

"자, 이리 와. 저기가 네 자리이고, 네 바이스야."

그러면서 제일 뒤쪽에 있는 바이스로 한스를 데려가더니, 사용법과 작업대와 공구를 정리하는 방법을 보여 주었다.

"네 아버지가 말씀하셨어. 네가 힘센 장사는 아니라고. 딱 봐

---

1 공작물을 끼워서 고정하는 기구.

도 그렇구나. 자, 그러니 우선 조금 더 튼튼해질 때까지는 쇠 두드리는 일은 안 해도 된다."

장인은 작업대 아래로 손을 뻗어 주철로 된 작은 톱니바퀴를 꺼냈다.

"이걸로 시작해라. 이 바퀴는 막 주물 작업을 마친 거라서 아직 거칠고 여기저기 작은 돌기랑 이음새가 있어. 그걸 매끈하게 갈아야 한다. 안 그러면 나중에 정밀한 공구들이 훼손될 수 있다."

그가 톱니바퀴를 바이스에 고정시킨 뒤에 낡은 줄을 가져와 어떻게 하는지 시범을 보였다.

"이제 네가 계속해라. 다른 줄을 쓰면 안 된다! 정오까지는 이 일만으로 충분할 거다. 다 한 다음에 나한테 보여라. 그리고 일할 때는 시키는 것 말고는 아무것도 신경 쓰지 마. 견습생은 생각을 할 필요가 없어."

한스는 줄질을 시작했다.

"잠깐만!" 장인이 소리쳤다. "그렇게 말고. 왼손을 이렇게 줄 위에 올려놔. 혹시 왼손잡이냐?"

"아니에요."

"그래 좋아. 그렇게 해."

장인은 자기 바이스 있는 곳으로 갔다. 문가에 있는 첫 번째 자리였다. 한스는 그의 작업을 눈여겨봤다.

처음 줄질을 하면서 한스는 줄이 아주 부드럽고 쉽게 나가서 놀랐다. 하지만 쉽게 잘 갈린 부분은 주물의 제일 위쪽 표피 거친 부분이었고, 정작 매끄럽게 갈아야 할 것은 그 아래에 있는 도톨도톨한 쇠라는 것을 알았다. 그는 집중해서 열심히 일했다. 어릴 적에는 놀이 삼아 무언가를 만들었다. 하지만 그 후 손으로 눈에 보이는 쓸 만한 것을 만드는 즐거움을 느껴 본 적이 없었다.

"좀 더 천천히 해라!" 장인이 이쪽을 향해 외쳤다. "줄질을 할 때는 박자를 맞춰야 해. 하나, 둘, 하나, 둘. 그리고 힘을 줘 누르면서 해라. 안 그러면 줄이 망가진다."

제일 나이 많은 숙련공은 선반에서 뭔가를 하고 있었다. 한스 는 저도 모르게 곁눈질을 했다. 숙련공은 강철볼트를 나사받이에 고 정시켰다. 피대를 교차로 걸자 볼트가 불꽃을 튀며 윙윙거리면서 정 신없이 돌아갔다. 그사이 숙련공은 아주 얇고 반짝이는 쇳조각을 거기서 털어 냈다.

작업장 사방에는 공구, 쇳덩어리, 강철, 주석, 반쯤 공정을 마 친 작업들, 반짝이는 작은 톱니바퀴, 끌, 드릴, 온갖 형태의 선반용 끌과 송곳이 널려 있었다. 화덕 옆에는 망치와 코킹해머, 모루받침 대, 집개와 납땜인두가, 벽에는 줄과 절삭기가 일렬로 걸려 있었다. 선반 위에는 기름걸레와 작은 빗자루, 연마용 줄과 쇠톱, 기름병과 산酸이 들어 있는 병, 못과 나사가 든 상자들이 여기저기 놓여 있었 다. 숫돌은 수시로 사용되었다.

한스는 벌써 손이 새까매진 것을 보고 만족스러웠다. 작업복 도 곧 낡아 보였으면 하고 바랐다. 검게 찌들고 기워 놓은 다른 사람 들의 것과 비교하니 그의 옷은 완전히 새것에 색도 파랬다.

오전이 지나자 외부에서도 사람들이 왔다. 이웃의 편물공장 직원들이 작은 기계부품을 매끈하게 갈고 수리하기 위해 찾아왔다. 어떤 농부가 와서 맡겨 놓은 빨래압착기[2]에 대해 물었다. 아직 작업 이 끝나지 않았다는 소리를 듣자 그는 욕을 퍼부었다. 그런 뒤에는 점잖은 어느 공장 주인이 왔다. 장인은 그와 함께 옆방으로 가서 협상을 했다.

이런 와중에도 사람들과 톱니바퀴와 피대는 계속 일을 했다. 한스는 살면서 처음으로 노동의 찬가를 듣고 이해했다. 그 찬가는 적어도 인생 초보자를 사로잡고 기분 좋게 취하게 만드는 뭔가가 있었다. 그는 자신의 하찮은 존재, 하찮은 삶이 거대한 리듬 속에 들어가 함께 어우러진 것 같았다.

9시 정각에 15분 동안 휴식이 주어졌다. 모두 빵 한 조각과 과즙 한 잔을 받았다. 이제야 아우구스트가 새로 온 견습생에게 인사를 건넸다. 한스를 격려하면서, 다음 일요일에 대해 신이 나서 이야기하기 시작했다. 그날 첫 주급으로 동료들과 실컷 놀 것이라고 했다. 한스는 자신이 지금 줄질하고 있는 바퀴가 무엇인지 물어보았고, 탑시계의 부품이라는 소리를 들었다. 아우구스트는 그 바퀴가 나중에 어떻게 돌아가고 작동하는지 보여 주려고 했지만, 최고참 숙련공이 다시 줄질을 시작하자 모두 재빨리 각자의 자리로 돌아갔다.

10시와 11시 사이에 한스는 피곤해지기 시작했다. 무릎과 오른쪽 팔이 조금 아팠다. 한쪽 발로 지탱했다가 다른 발로 바꾸고, 살며시 팔다리를 펴기도 했다. 하지만 별 도움이 되지 않았다. 그래서 줄을 잠시 내려놓고 바이스에 몸을 기댔다. 아무도 그에게 신경 쓰지 않았다. 그렇게 선 채로 쉬면서 피대가 윙윙거리는 소리를 듣고 있을 때, 살짝 무감한 상태가 되어 1분 정도 눈을 감았다. 바로 그때 장인이 그의 뒤에 서서 물었다.

---

2 커다란 롤에다 빨래를 말아서 굴려 가면서 눌러 말리고 다리는 기계.

"그래, 무슨 일이냐? 벌써 지쳤어?"

"네, 조금요." 한스가 솔직히 말했다.

숙련공들이 웃었다.

"그럴 수 있지." 장인이 조용히 말했다 "이제 납땜을 어떻게 하는지 보여 주마. 이리 와!"

한스는 호기심을 갖고 납땜을 지켜보았다. 우선 인두를 달군 뒤 땜질할 자리에 납땜용 액을 발랐다. 그 위에 뜨거운 인두로 하얀 금속을 방울방울 떨어뜨리면 피식거리며 약하게 소리가 났다.

"걸레로 잘 닦아 내라. 납땜용액은 금속을 부식시키기 때문에 쇠에 남아 있으면 안 된다."

이 일이 끝난 뒤 다시 한스는 자신의 바이스로 가서 작은 톱니바퀴에 줄질을 했다. 팔이 아프고, 줄을 누르는 왼손이 빨개지고 통증이 오기 시작했다.

정오에 주임 숙련공이 줄을 내려놓고 손을 씻으러 가자, 한스는 작업한 것을 장인에게로 가져갔다. 그는 쓱 훑어보고는 말했다.

"제대로 됐다. 그만해도 되겠다. 네 자리 아래에 있는 상자에 똑같은 바퀴가 있어. 오후에는 그걸로 작업해라."

이제 한스도 손을 씻고 작업장을 나섰다. 한 시간 동안 점심 식사 휴식이었다.

수습 직원이 된 이전의 학교 친구 두 명이 길에서 한스의 뒤를 따라오며 놀려 댔다.

"주 시험에 합격한 금속공이네!" 그중 한 명이 소리쳤다.

한스는 더 빨리 걸었다. 도대체 지금 만족하고 있는 것인지 아닌지 정말 알 수가 없었다. 작업장에서 일하는 것은 마음에 들었다.

단지 너무 피곤했다. 말도 못 하게 피곤했다.

집에 들어와 이제 앉아서 밥을 먹을 생각으로 기분이 좋았는데, 갑자기 에마 생각이 났다. 오전 내내 그녀를 잊고 있었다. 조용히 자신의 방으로 올라가 그는 침대에 몸을 던졌다. 고통스러워서 절로 신음이 나왔다. 울고 싶었지만 눈물이 나지 않았다. 절망스럽게 다시 그리움에 빠져 탈진하는 것을 느꼈다. 어지럽고 머리가 아팠다. 흐느낌을 참느라 목이 아파 왔다.

점심 식사는 고역이었다. 아버지한테 대답하고 설명해야 했고, 별것도 아닌 우스갯소리를 들어야 했다. 아버지는 기분이 좋은 것 같았다. 밥을 먹자마자 한스는 정원으로 나가 햇살 속에서 15분 정도 반쯤 몽상에 잠긴 채 시간을 보냈다. 다시 작업장에 돌아갈 시간이 되었다.

이미 오전에 손이 발갛게 부어올랐는데 이제 정말 아프기 시작했다. 저녁에는 너무 부어서 물건을 잡을 때마다 통증이 느껴졌다. 일과를 마치고 돌아가기 전에는 아우구스트한테 가르침을 받으며 작업장 전체를 정리해야 했다.

토요일은 더 힘들었다. 두 손이 화끈거렸고, 부어오른 곳은 물집이 잡혔다. 장인은 기분이 안 좋은지 아주 작은 일에도 욕을 했다. 아우구스트가 물집은 며칠이면 나을 것이고 그러면 손이 단단해져서 아무 감각도 없을 것이라고 위로했다. 하지만 한스는 말할 수 없이 불행했다. 종일 시계만 흘끗거리며 절망한 채 톱니바퀴에 줄질을 했다.

저녁에 뒷정리를 할 때 아우구스트가 귓속말로 내일 동료 몇 사람이랑 빌라흐에 가서 신나게 놀 것이니 꼭 오라고 했다. 2시에 데리러 오겠다고 했다. 사실은 일요일 내내 집에 누워 있고 싶었다. 그렇게 비참하고 피곤했다. 집에 오니 아나 아주머니가 상처 난 손에 바를 연고를 주었다. 8시에 일찍 잠자리에 들었지만 그는 늦잠을 자고 말았다. 아버지와 교회에 가기 위해 서둘러야 했다.

점심 식사 때 그는 아우구스트 얘기를 꺼내고 오늘 함께 교외로 놀러 갈 생각이라고 말했다. 아버지는 반대하지 않고 50페니히까지 주면서 저녁 식사 전까지 돌아오라고만 했다.

아름다운 햇살이 비치는 골목들을 어슬렁어슬렁 걸어가면서, 한스는 몇 달 만에 처음으로 다시 일요일의 기쁨을 느꼈다. 평일에 시커먼 손에 피곤한 몸을 끌고 다녔을 때보다 거리는 더 멋있었고 태양은 더 밝았으며 모든 것이 더 축제 같았고 더 아름다웠다. 이제야 정육점 주인과 제혁업자, 빵집 주인과 대장간 주인이 집 앞의 볕이 잘 드는 긴 의자에 당당하게 기분 좋게 앉아 있는 것이 이해되었다. 이제 더 이상 그들이 속물이라고 생각되지 않았다. 모자를 비딱하게 쓰고, 하얀 깃에 깔끔하게 솔질한 외출복을 입고 줄을 지어서 산책하거나 술집으로 가는 노동자나 숙련공과 견습공 들도 보였다. 항상 그렇지는 않지만 대개 수공업자는 수공업자끼리, 목수는 목수끼리, 미장이는 미장이끼리 어울려 자신들의 지위가 가진 명예를 지켰다. 이들 중에서 금속공 조합이 제일 품위가 있는데, 그중 기계공이 최고였다. 이 모든 조합들은 뭔가 친근함이 있었다. 물론 조금 어리석고 우스운 점도 많지만, 그 뒤에는 수공업의 아름다움과 자부심이 숨어 있었다. 이런 아름다움과 자부심은 오늘날에도 여전히 뭔가 기쁨을 주는 것, 유용한 것을 의미한다. 가장 보잘것없는 양복점 견습생도 수공업의 이런 점에 대해 약간의 자부심을 갖고 있다.

슐러 씨네 집 앞에는 젊은 기계공들이 느긋하면서도 당당하게 서서, 지나가는 사람들에게 고개를 끄덕여 인사하고 서로 이야기를 나누고 있었다. 이것을 보면 이들이 서로 신뢰하는 집단으로 외부 사람을 필요로 하지 않는다는 것, 일요일에 놀 때도 그렇다는 것을 잘 알 수 있었다.

한스도 그것을 느꼈고 이 집단의 한 사람이라 기뻤다. 하지만 예정된 일요일의 놀이에 조금 겁이 나기도 했다. 기계공들이 알차고 격하게 삶을 즐긴다는 것을 익히 아는 때문이었다. 어쩌면 춤을 추러 갈지도 몰랐다. 한스는 춤을 못 추었다. 하지만 어쨌든 남자다움을 보여 주고, 필요한 경우에는 살짝 취할 위험도 감수할 생각이었다. 그는 맥주를 많이 마셔 버릇하지 않았고, 담배는 조심하며 겨우 시가 한 대를 끝까지 피울 수 있었다. 콜록거리며 창피당하지 않을 정도였다.

아우구스트가 아주 반갑게 맞아 주었다. 나이 든 숙련공이 같이 가려 하지 않아, 대신 다른 작업장의 동료가 동참해서 전부 네 명이었는데, 이 정도면 온 동네를 뒤집어 놓기에 충분하다고 했다. 그리고 오늘 술값은 자기가 낼 것이니 모두들 마시고 싶은 만큼 맥주를 마셔도 된다고 했다. 아우구스트는 한스에게 시가 하나를 권했다. 그런 뒤 네 사람은 천천히 움직이기 시작해 느긋하고 당당하게 시내를 어슬렁거리며 지나갔다. 아래쪽 보리수광장에 와서야 빌라흐에 제때 도착하기 위해 빠르게 걸었다

거울 같은 강물이 파란색, 황금색, 하얀색으로 빛났고, 잎이 거의 다 떨어진 가로수 길의 단풍나무와 아카시아 사이로 부드러운

10월의 태양이 온화하게 내리비쳤고, 높은 하늘은 구름 한 점 없이 파랬다. 고요하고 청명하고 쾌적한 가을날이었다. 이런 날에는 지난 여름의 모든 아름다움이 마치 고통 없고 호의적인 기억인 듯 부드러운 대기를 가득 채운다. 아이들은 계절을 잊고 꽃을 찾아다니고, 노인들은 생각에 잠긴 눈으로 창 앞이나 집 앞의 긴 의자에서 하늘을 쳐다본다. 왜냐하면 올해뿐 아니라 지난 모든 삶의 다정한 기억들이 청명한 푸른 하늘에 떠다니는 것 같기 때문이다. 그러나 젊은이들은 즐겁고 아름다운 날을 찬미했다. 재능과 기질에 따라 술을 마시거나 고기를 먹었고, 노래하거나 춤을 추었으며, 술판을 벌이고 엄청난 싸움판을 벌였다. 왜냐면 어디서나 신선한 과일 케이크를 구웠고, 최근에 짠 사과즙이나 포도주는 지하실에서 발효되고, 술집 앞이나 보리수가 늘어진 광장에서는 바이올린이나 하모니카가 올해의 마지막 아름다운 날들을 축하하며 춤과 노래와 사랑의 유희를 유혹하기 때문이었다.

젊은이들은 걸음을 재촉했다. 한스는 태연한 척 시가를 피웠는데, 담배가 아주 잘 받아 자신도 놀랐다. 숙련공은 자신이 이곳저곳 돌아다녔던 이야기를 했다. 떠벌여도 아무도 방해하지 않았다. 그건 중요한 일이었다. 수공업계에서는 제일 겸손한 견습생이라도 밥벌이를 좀 하고, 남들이 알지 못한다고 생각하면 자신이 방랑[3]하며 겪은 일을 거침없이 엄청나게 부풀리는 때문이었다. 수공업에 종사하는 젊은이의 삶에 대한 놀라운 문학은 민족의 공동재산으로,

---

3 젊은 수공인들은 일을 배우며 이곳저곳 떠돌았는데, 이들의 이야기는 낭만주의 시대부터 문학의 중요한 소재가 되었다.

모든 개인의 삶을 토대로 한 전통적인 옛 모험을 새로운 아라비아 무늬로 색다르게 직조했다. 떠돌이 직공이 일단 이야기를 시작하면, 불멸의 오일렌슈피겔[4]이나 불멸의 슈트라우빙어[5]의 면모를 갖추기 때문이다.

"그러니까 프랑크푸르트에서 있을 때야. 젠장, 그때는 살 만했지. 이건 내가 아직 한 번도 얘기한 적이 없는 건데, 어떤 부자 상인이, 그 뺀질뺀질한 원숭이 같은 인간이 우리 주인의 딸이랑 결혼하고 싶어 했어. 하지만 그 인간을 주인의 딸이 퇴짜 놨어. 나를 더 좋아한 때문이지. 넉 달 동안 딸은 내 애인이었어. 내가 주인 영감이랑 싸우지만 않았더라면 거기 눌러앉아 사위가 됐을 거야."

숙련공은 계속 이야기를 이어 가면서 그 뻔뻔한 주인 영감이 어떻게 자신을 괴롭히려 했는지 말했다. 딸을 팔아먹으려던 그 가련한 인간이 한번은 감히 자신을 못살게 들볶고 때리려고 손을 뻗기에 그가 아무 말 없이 망치를 휘두르며 노려봤더니 머리통은 소중했던지 아주 조용히 사라지더니 나중에 그 비겁자가 서면으로 자신을 해고했다고 했다. 숙련공은 또 오펜부르크에서 있었던 큰 싸움 이야기도 했다. 자신까지 세 명의 금속공이 일곱 명의 공장 노동자를 죽도록 흠씬 두들겨 팼는데, 그 얘기는 오펜부르크에 가서 꺽다리 쇼르쉬한테 물어보기만 하면 된다는 얘기였다. 쇼르쉬는 아직도 그곳

4 틸 오일렌슈피겔Till Eulenspiegel: 14세기에 실존했다는 인물로 이후 민담집에 자주 등장했다. 장난을 즐겨 기능공들뿐 아니라 귀족이나 교황까지 그의 속임수에 넘어갔다고 한다.
5 Straubinger: 의사이자 시인인 칼 테오도르 뮐러Carl Theodor Muller (1796~1873)의 노래에 등장하는 인물로, 여러 곳을 떠돌며 수공업의 기능을 익히러 다닌 기능공이자 방랑자이다.

에 살고 있는데 당시 싸움판에 끼어 있었다고 했다.

어투는 냉정하고 난폭했지만 그는 마음 깊은 곳에서 뿜어 나오는 큰 열정과 희열을 담아 이 모든 것을 이야기했다. 그리고 모두 정말 즐겁게 귀를 기울이면서, 나중에 자신도 다른 곳에서 다른 동료들에게 한번 이 이야기를 해 줘야지라고 몰래 마음먹고 있었다. 모든 금속공이라면 누구나 한 번쯤 주인집 딸과 연애를 하고, 못된 주인한테 망치를 들고 대들기도 하고, 일곱 명의 공장 노동자를 흠씬 두들겨 패 주고 싶기 때문이었다. 이야기 무대는 때로는 바덴, 때로는 헤센, 혹은 스위스로 바뀌기도 한다. 망치 대신에 줄이나 시뻘겋게 달군 쇠로 대체되기도 하고, 싸움의 대상은 공장 노동자 대신 제빵사나 재단사일 때도 있다. 하지만 이야기 내용은 늘 옛날 그대로였다. 그래도 사람들은 항상 이런 이야기를 듣고 또 듣는다. 왜냐면 이런 이야기는 오래전부터 내려오는 것으로 아주 유쾌하며, 동업자 조합에 명예를 안겨 준다. 그렇다고 방랑하는 직공들 중에서 체험의 천재나 창작의 천재라고 할 만한 인물이 전혀 없다는 말은 아니다. 근본적으로는 성격이 같은 이 두 천재들은 오늘날에도 방랑하는 직공들 가운데 존재한다.

아우구스트가 누구보다 이야기에 빠져들어 좋아했다. 그는 계속 웃으며 맞장구를 쳤고 벌써 반쯤 숙련공이 된 듯했으며, 얕보는 한량의 표정으로 시가 연기를 금빛 대기 속으로 뿜어 댔다. 이야기꾼은 자신의 역할을 계속했다. 동참하는 것만으로도 아랫사람에게 친절하게 대해 주는 것이라고 생각한 때문이었다. 사실 숙련공 신분으로 일요일에 견습공들과 어울리는 것은 적절하지 않았고, 견습공이 술로 돈을 탕진하는 데 거드는 것은 창피한 일이었다.

그들은 국도를 따라 한참을 강 하류 쪽으로 걸었다. 이제 완만한 경사를 이루며 산으로 굽어진 차도로 갈지, 걸어야 할 거리는 차도의 절반이지만 가파른 산길로 갈지를 결정해야 하는 곳에 도착했다. 그들은 멀고 먼지까지 날리는 차도를 택했다. 산길은 평일에 가거나 산책을 하는 신사들이 이용하는 길이다. 하지만 서민은 시적 정취가 남아 있는 국도를 좋아하는데 일요일에는 더욱 그렇다. 가파른 산길을 오르는 것, 그것은 농부나 도시 출신의 자연 애호가들이 하는 일이다. 그것은 노동이거나 운동으로, 서민에게는 아무 즐거움도 주지 않는다. 반대로 국도에서는 기분 좋게 걸어가며 수다를 떨 수 있다. 그리고 장화나 외출복을 망가트리지도 않고, 마차나 말도 볼 수 있고 느긋하게 거니는 다른 사람들을 만나거나 앞지를 수도 있다. 화장을 한 아가씨들이나 혹은 노래하는 청년 무리와 우연히 마주칠 수도 있다. 누군가에게 농담을 던질 수도 있고, 웃으며 그것을 되받아칠 수도 있다. 그냥 서서 수다를 떨 수도 있고, 미혼이라면 처녀들 무리를 뒤쫓거나 쫓아가며 장난을 걸 수도 있다. 친한 동료와 개인적인 불화가 있다면 저녁에 행동으로 표현하고 해소할 수도 있다!

그래서 그들은 차도로 갔다. 그 길은 여유가 있고 땀 흘리는 것을 싫어하는 사람처럼 커다란 곡선을 이루며 완만하고 쾌적하게 산 위로 나 있었다. 수련공 한스는 웃옷을 벗어 지팡이에 묶어 어깨에 걸쳤다. 이제 그는 이야기를 멈추고 씩씩하고 쾌활하게 휘파람을 불기 시작했다. 한 시간 뒤에 빌라흐에 도착할 때까지 그는 휘파람을 불었다. 한스는 몇 번 빈정거리는 소리를 들었지만, 심한 것은 아니었다. 한스 자신보다 아우구스트가 더 열심히 그를 방어해 주었다.

이윽고 그들은 빌라흐에 도착했다.

붉은 기와지붕과 은회색 초가지붕의 집들이 늘어선 마을이 가을빛으로 물든 과일나무 사이로 보였다. 마을 뒤쪽으로는 숲이 우거진 산이 솟아 있었다.

젊은이들은 어느 술집에 들어갈지 의견이 갈라졌다. '닻'은 맥주가 최고이고, '백조'는 케이크가 아주 맛있고, '모퉁이 집'은 주인 딸이 예뻤다. 결국 아우구스트가 '닻'으로 들어가자고 밀어붙였다. '모퉁이 집'이 몇 잔 마시는 동안 없어지는 것도 아니니 나중에 들르면 된다며 눈을 찡긋하며 말했다. 모두 인정하고 마을로 들어갔다. 마구간들을 지나고, 제라늄 화분이 놓인 나지막한 농가의 창문을 지나서 '닻'으로 갔다. 둥그스름한 어린 밤나무 두 그루 너머에서 이 술집의 금빛 간판이 햇살에 번쩍이며 유혹했다. 숙련공은 실내에 앉고 싶어 했지만, 유감스럽게도 홀이 꽉 차서 정원에 자리를 잡을 수밖에 없었다.

손님들 사이에서 '닻'은 고급 술집으로 알려졌다. 농부들이 드나드는 구식 주점이 아니라, 창문이 많이 달린 현대적인 네모난 벽돌 건물에 긴 의자 대신 일인용 의자가 있고, 알록달록한 양철 광고판도 많이 걸려 있었다. 게다가 여종업원은 도시풍의 옷차림이었고, 주인은 절대 셔츠 바람으로 있지 않고, 늘 갈색의 양복을 완벽하게 차려입고 있었다. 사실은 파산을 해서 주인이 원래의 자기 집을 주채권자인 큰 양조장 주인한테서 빌린 것인데 이후 오히려 전보다 더 번창했다. 정원에는 아카시아나무 한 그루가 서 있고, 주위에 친 철망 울타리에는 담쟁이가 반쯤 덮여 있었다.

"여러분의 건강을 위하여!" 숙련공이 외치며 세 사람과 잔을 부딪쳤다. 과시하려고 그는 단숨에 잔을 비웠다.

"이봐요, 예쁜 아가씨, 잔이 비었어요. 한 잔 더!" 그가 종업원에게 외치며 맥주잔을 내밀었다.

맥주는 기가 막혔다. 시원하고 너무 쓰지도 않았다. 한스는 자기 잔을 거리낌 없이 비웠다. 아우구스트는 술맛 좀 아는 사람의 표정으로 술을 마신 뒤 혀로 입맛을 다셨다. 그러고는 형편없는 난로처럼 연기를 뿜으며 담배를 피워 댔다. 한스는 속으로 감탄했다.

이렇게 쾌활하게 일요일을 보내고, 그렇게 해도 되고 그럴 자격이 있는 사람처럼 술집에 앉아 삶과 즐거움에 숙달된 사람들과 함께 있는 것이 그리 나쁘지 않았다. 같이 웃고 이따금 농담을 던지는 것은 멋졌다. 다 마신 잔을 보란 듯 탁자 위에 소리 내어 내려놓고 거침없이 "아가씨 한 잔 더!"라고 외치는 것은 멋지고 남자다웠다. 다른 탁자에 있는 지인과 건배하는 것, 꺼진 시가 꽁초를 왼손에 끼어 늘어뜨리고 있는 것, 다른 사람들처럼 모자를 뒤로 넘겨 쓰는 것도 멋졌다.

같이 온 다른 작업장의 숙련공이 이제 흥이 나서 이야기를 시작했다. 그가 알고 있는 울름의 어떤 금속공은 품질 좋은 울름 맥주를 스무 잔이나 마실 수 있는데, 다 마시고 나서는 입을 닦으면서 '자, 이제 좋은 와인 한 병 더!'라고 외쳤다고 한다. 그리고 칸슈타트의 어떤 화부火夫는 소시지 열두 개를 연달아 먹을 수 있고 그것으로 내기에서 이겼는데 두 번째 내기에서는 졌다고 한다. 작은 술집의 식단표에 있는 것을 다 먹어 치울 수 있다고 큰소리쳤는데, 거의 다 먹이 치웠지만 식단표 마지막에 네 종류의 치즈가 있었는데 세 번째 치즈를 먹다가 접시를 밀어 버리더니 한 입 더 먹느니 죽는 게 낫겠다고 말했다는 것이다.

그 이야기도 큰 박수를 받았다. 세상 여기저기에 끊임없이 먹고 마시는 사람이 늘 있다는 것을 보여 주는 것이었다. 각자 그런 영웅이나 그들의 여러 능력에 대한 이야깃거리가 있기 때문이었다. 그 영웅은 누군가의 이야기에서는 '슈투트가르트의 어떤 남자'가 되었다. 다른 사람은 '어떤 경비병이었는데, 아마 루트비히스부르크일 거야'라며 이야기를 했다. 또 다른 사람의 이야기에서는 영웅이 먹은 것이 감자 열일곱 개였고, 다른 사람의 이야기 속에서는 샐러드를 곁들인 팬케이크 열한 개였다. 사람들은 이런 사건들을 진짜인 양 진지하게 설명했다. 멋진 재능과 이상한 사람들이 많고, 그중에는 기가 막힌 기인들도 있다는 사실에 기분 좋게 빠져들었다. 이런 유쾌함과 소박함은 술집 단골손님들이 물려받은 오래되고 귀한 유산이었다. 젊은이들은 음주, 정치논쟁, 흡연, 결혼과 죽음을 따라서 하듯 이런 것도 계속 따라 하게 된다.

세 번째 잔을 마시는데 누군가 케이크는 없냐고 물었다. 여종업원을 불렀고, 케이크가 없다는 소리를 듣자 모두 엄청나게 화를 냈다. 아우구스트가 일어서더니 케이크가 없으면 다음 집으로 가겠다고 했다. 다른 작업장에서 온 숙련공도 술집이 형편없다고 욕을 퍼부었다. 프랑크푸르트에서 온 직공만 그냥 있자고 했는데, 여종업원과 조금 친해져서 벌써 몇 번이나 그녀를 진하게 쓰다듬었기 때문이다. 한스는 그 모습을 구경하고 있었는데 맥주와 함께 이런 광경이 그를 이상하게 흥분시켰다. 그래서 이제 자리를 뜨게 돼서 다행이었다.

술값을 내고 모두 거리로 나서자, 한스는 아까 마신 맥주 세 잔의 취기를 느끼기 시작했다. 편안한 기분으로, 반쯤은 피곤하고 반쯤은 뭔가를 저지르고 싶은 마음이었다. 눈앞에 얇은 베일이 쳐진 것 같기도 했다. 베일을 통해 보이는 모든 것은 실제보다 멀리 떨어져 있는 것 같았고 거의 비현실적으로 보였다. 꼭 꿈속 같았다. 저도 모르게 계속 웃음이 나왔다. 모자를 더 대담하게 삐딱하니 쓰니 자신이 굉장히 쾌활한 사람이라는 생각이 들었다. 프랑크푸르트에서 온 직공이 다시 전투적으로 휘파람을 불기 시작했다. 한스는 그 박자에 맞춰 걸으려 했다.

'모퉁이 집'은 아주 조용했다. 농부 몇 명이 금년도 포도주를 마시고 있었다. 생맥주는 없고 병맥주만 있었다. 일행 각자 앞에 한 병씩이 놓였다. 다른 작업장에서 온 숙련공은 통 크게 보이고 싶어서 모두를 위해 커다란 사과케이크 하나를 주문했다. 한스는 갑자기 허기를 느껴 케이크 몇 조각을 연달아 집어 먹었다. 술집의 허름한 갈색 방의 벽에다 고정시켜 놓은 단단하고 널찍한 벤치에 그는 편안하고 몽롱하게 앉아 있었다. 구식의 진열장과 거대한 난로가 어둠 속에서 희끄무레하게 보였고, 나무 창살로 된 큰 새장 안에는 박새 두 마리가 푸드덕거렸다. 빨간 열매가 가득 달린 마가목 나뭇가지 하나가 새 먹이로 창살 사이에 꽂혀 있었다.

주인이 잠깐 탁자로 와서 손님을 반겼다. 대화가 다시 시작될 때까지는 시간이 조금 걸렸다. 한스는 독한 병맥주를 몇 모금 마셔 본 뒤, 과연 한 병을 다 마실 수 있을지 의심스러워졌다.

프랑크푸르트에서 온 숙련공이 다시 지독한 허풍을 떨기 시작했다. 라인란트의 포도밭 축제, 방랑, 싸구려 여인숙에서의 생활에 대해 떠벌렸다. 모두 기분 좋게 그의 이야기에 귀를 기울였고, 한스도 이젠 웃음을 참을 수가 없었다.

그런데 갑자기 자신이 제정신이 아니라는 게 느껴졌다. 번번이 방, 식탁, 병, 술잔과 동료들이 부드러운 갈색 구름이 되어 흘렀다가, 바짝 정신을 차릴 때만 다시 형태가 잡혔다. 가끔 대화나 웃음소리가 갑자기 커질 때면 그도 따라 웃고 무슨 이야기를 했지만, 무슨 소리를 했는지 곧 잊었다. 건배를 하면 그도 따라 술잔을 마주쳤다. 한시간 뒤에 그는 자신의 병이 비어 있는 것을 놀라서 쳐다보았다.

"잘 마시네." 아우구스트가 말했다. "하나 더 할래?"

한스는 웃으며 고개를 끄덕였다. 이렇게 계속 퍼마시면 아주 위험할 것 같은 생각이 들었다. 하지만 그때 프랑크푸르트 숙련공이 노래를 부르기 시작하고 모두 따라 부르자, 한스도 목이 터져라 같이 불렀다.

그 사이 술집은 사람들로 꽉 찼다. 주인 딸이 여종업원을 도우러 왔다. 갈색 눈에 키가 크고 몸매가 좋은 아가씨였는데 얼굴이 건강하고 활기차 보였다.

그녀가 병을 새로 한스 앞에 놓자, 옆에 앉아 있던 숙련공이 최고의 상냥한 찬사를 퍼붓기 시작했다. 하지만 그녀는 들은 척도 하지 않았다. 관심이 없다는 것을 보이기 위해서였는지, 아니면 한스의 어린 티 나는 섬세한 얼굴이 마음에 들어서였는지, 그녀는 한스에게로 몸을 돌리더니 재빨리 그의 머리를 쓰다듬었다. 그러고는 음식을 차려 놓은 테이블로 가 버렸다.

벌써 세 병째 마시고 있던 숙련공은 그녀를 따라가서 말을 걸어 보려고 갖은 애를 썼지만 허사였다. 키가 큰 아가씨는 냉정하게 그를 쳐다보더니 대답도 않고 곧바로 등을 돌렸다. 그러자 그가 식탁으로 돌아와서 빈 병을 두드리며 갑작스레 열을 올리며 외쳤다. "여러분, 신나게 놉시다, 건배!"

그러더니 여자에 대한 이야기를 음탕하게 늘어놓기 시작했다.

한스한테는 흐릿하니 뒤섞인 목소리만 들릴 뿐이었다. 두 번째 병을 거의 다 마셔 갈 무렵에는 말하는 것뿐 아니라 웃는 것조차 힘들기 시작했다. 박새가 있는 새장 쪽으로 가서 새들을 어르려고 했지만 두 걸음 걷고는 어지러워 넘어질 뻔해서 조심스럽게 다시 돌아왔다.

거리낌 없던 즐거움은 그때부터 점점 약해졌다. 자신이 취했다는 것을 알았고, 술 마시는 게 재미도 없었다. 저 멀리서 온갖 불행이 자신을 기다리고 있는 것 같았다. 집으로 돌아갈 길도 걱정스러웠고, 아버지와의 불쾌한 말다툼, 아침 일찍 또다시 작업장으로 나갈 일도 걱정되었다. 점점 머리가 아파 왔다.

다른 사람들도 실컷 마셨다. 아우구스트는 정신이 맑을 때 돈을 지불하려 했다. 1탈러를 냈지만 잔돈은 얼마 못 받았다. 그들은 수다를 떨고 웃으며 길을 걸었다. 밝은 석양에 눈이 부셨다. 한스는 제대로 서 있을 수가 없었다. 비틀거리며 아우구스트한테 기대 그에게 보조를 맞추며 걸었다.

다른 작업장에서 온 숙련공은 감상적이 되어 〈내일이면 난 여기를 떠나야 해〉[6]를 부르며 눈물을 글썽였다.

원래 집으로 돌아갈 생각이었다. 그런데 '백조'를 지날 때, 숙

---

6 프리드리히 질허가 쓴 민요.

련공이 이곳도 들어가겠다고 우겼다. 문 앞에서 한스는 헤어지려고 했다.

"나는 집에 가야 돼요."

"혼자 걸을 수도 없잖아." 숙련공이 웃었다.

"갈 수 있어요, 있어요. 나는…… 집에…… 가야 해요."

"그럼 화주火酒 딱 한 잔만 더 해, 꼬맹이! 다리에 힘이 생기고 속도 편해질 거야. 정말이야. 두고 봐."

한스는 손에 작은 잔이 들려 있는 것을 느꼈다. 잔에 든 술을 많이 흘리고 나머지를 들이키자 목구멍에 불이 붙는 것 같았다. 울컥 구역질이 올라왔다. 혼자 비틀거리며 술집 계단을 내려가, 어떻게 왔는지는 모르지만 마을로 왔다. 집과 울타리와 정원들이 비딱하니 돌면서 혼란스레 그의 주변을 스쳤다.

그는 사과나무 아래 눅눅한 풀밭에 몸을 뉘었다. 언짢은 기분, 고통스러운 두려움과 못 다 한 생각으로 잠이 들지는 않았다. 더럽혀지고 모욕당한 것 같았다. 집에 어떻게 가지? 아버지한테 뭐라고 말하지? 내일 어떻게 될까? 삶의 의욕이 사라지고 비참한 기분이었다. 이제 영원히 쉬고 잠들고 스스로를 부끄러워해야 할 것 같았다. 머리와 눈이 아팠다. 일어나서 계속 걸어갈 기운도 없었다.

갑자기 조금 전 즐거움의 흔적이 뒤늦게 몰아친 파도처럼 다시 몰려왔다. 얼굴을 찡그리며 그는 노래를 흥얼거렸다.

오, 너 사랑스런 아우구스틴,
아우구스틴, 아우구스틴,
오 너 사랑스런 아우구스틴,

모든 게 사라졌구나.[7]

노래를 다 부르자마자 가슴 깊은 곳이 아팠고, 모호한 상념과 기억들, 부끄러움과 자책의 우울한 물결이 몰아쳤다. 그는 큰 소리로 신음하고 흐느끼며 풀밭에 쓰러졌다.

한 시간이 지나자 주위가 어두워졌다. 그는 몸을 일으켜 위태롭고 힘겹게 산 아래로 걸음을 옮겼다.

기벤라트 씨는 아들이 저녁 식사 때 돌아오지 않자 욕을 퍼부어 댔다. 9시가 되었는데도 한스가 여전히 돌아오지 않자, 오랫동안 쓰지 않던 튼튼한 등나무 막대를 꺼내 놓았다. 이놈이 이제 아버지의 회초리가 쓸모없을 만큼 다 컸다고 생각하는 거지? 집에 들어오기만 해라. 따끔한 맛을 보여 주마!

10시가 되자 아버지는 현관문을 잠가 버렸다. 아드님께서 밤늦게까지 놀 모양인데, 그렇다면 자야 할 곳도 알겠지.

하지만 기벤라트 씨는 잠을 못 이루었고 화가 치밀어 오르면서 시시각각 아들의 손이 문고리를 돌리고 초인종 줄을 당기기만을 기다렸다. 그리고 이런 장면을 상상해 보았다. 싸돌아다니는 녀석은 한번 당해 봐야 해! 이 버르장머리 없는 놈은 아마 취했을 거야. 곧 술이 번쩍 깰 거다. 바보 같은 놈, 교활한 놈, 비열한 놈! 그는 아들을 뼈마디가 어긋나도록 패 줄 참이었다.

하지만 결국 아버지도 그의 분노도, 쏟아지는 잠을 이기지는 못했다.

7 오스트리아 민요.

같은 시각, 아버지가 이렇게 마음속으로 협박하던 한스는 이미 싸늘하게 식어 조용히 어두운 강물을 따라 천천히 골짜기 아래로 떠내려가고 있었다. 구역질도, 수치심도 괴로움도 그를 떠났다. 차갑고 푸르스름한 가을밤이 저 멀리 희끄무레 물에 실려 가는 그의 연약한 몸을 내려다보고 있었다. 그의 손과 머리카락과 창백한 입술을 시커먼 강물이 어루만지며 장난쳤다. 날이 밝기도 전에 사냥을 나온 겁 많은 수달이 그를 힐끗 쳐다보고는 소리 없이 미끄러지듯 지나갔을 뿐, 아무도 그를 보지 못했다. 그가 어떻게 물에 빠졌는지 아무도 몰랐다. 어쩌면 길을 잃었을지도 모르고, 급경사진 곳에서 미끄러졌을지도 모른다. 어쩌면 물을 마시려다 중심을 잃었을지도 모른다. 아름다운 강물에 마음을 빼앗겨 몸을 숙였다가 평화와 휴식으로 가득한 밤과 창백한 달빛이 그를 보고 피곤함과 두려움에 빠진 그를 조용히 죽음의 그늘로 등을 밀었는지도 모른다.

　　한스는 다음 날 낮에 발견되어 집으로 옮겨졌다. 놀란 아버지는 회초리를 치우고 쌓인 화를 풀 수밖에 없었다. 울지 않았고 별 내색도 안 했다. 하지만 밤이 오자 다시 뜬눈으로 지새우며, 가끔 문틈으로 이제는 아무 말도 없이 잠잠해진 아들을 바라보았다. 아들은 깨끗한 침대에 누워 있었다. 여전히 고상한 이마와 창백하고 영리한 얼굴을 하고 있었다. 그 모습은 마치 여느 사람과는 다른 운명을 살 권리를 타고난 사람처럼 보였다. 이마와 양손에는 약간 푸르스름하고 긁힌 붉은 자국이 나 있었다. 예쁘장한 얼굴은 잠들어 있었고, 흰 눈꺼풀이 눈을 덮었다. 살짝 열린 입은 만족스럽고 거의 즐거워 보였다. 아들은 활짝 꽃필 때 갑자기 꺾여서 즐거운 행로에서 억지로 끌려간 모습이었다. 아버지도 피로와 외로운 슬픔에 젖어 아들이 살포시 미소 짓고 있다는 행복한 착각에 빠졌다.

　장례식은 작업장의 동료와 호기심에 구경 온 사람들로 가득했다. 한스 기벤라트는 다시 유명인이 되어 모두의 관심을 받았다. 교사들, 교장과 목사가 다시 그의 운명에 나타났다. 그들 모두 프록코트와 실크해트를 갖추고 나타나 운구 행렬을 따라 서로 귓속말을 주고받으며 무덤에 잠시 머물렀다. 라틴어 교사가 특히 우울해 보였다. 교장이 그에게 조용히 말했다. "그래요, 선생님, 저 아이는 큰 인물이 될 수도 있었습니다. 우수한 애들이 자주 저렇게 잘못되니 참 슬프지 않습니까?"

　구둣방 주인 플라이크 씨는 아버지와 끝없이 흐느끼고 있는 나이 든 아나와 더불어 무덤에 남았다.

　"네, 참 마음 아픈 일입니다, 기벤라트 씨." 슬픔을 함께하며 그가 말했다. "저도 저 아이를 참 좋아했습니다."

　"알 수가 없습니다." 기벤라트가 탄식했다. "저 애는 정말 재능이 많았어요. 다 잘 풀렸죠. 학교나 주 시험이나. 그런데 갑자기 불행이 모든 것들을 덮쳐 버렸어요!"

　구둣방 주인은 교회묘지 문을 지나 돌아가고 있는 프록코트 입은 사람들을 가리켰다.

　"저기 신사분들이 가시네요." 그가 나직이 말했다. "아이가 저렇게 된 데는 저분들도 한몫했어요."

　"뭐라고요?" 기벤라트는 버럭 화를 내면서 미심쩍은 놀란 눈으로 구둣방 주인을 뚫어지게 쳐다보았다. "뭐라고요? 젠장, 대체 왜요?"

　"진정하세요, 이웃 양반. 나는 그냥 교사들을 말하는 겁니다."

"왜요? 어째서요?"

"아, 그만둡시다. 그리고 이웃 양반이나 나, 어쩌면 우리도 이 애한테 소홀했는지 모릅니다. 그렇게 생각지 않으세요?"

소도시 위로 푸른 하늘이 기분 좋게 펼쳐져 있고, 골짜기에는 강물이 반짝이며 흘러갔다. 전나무로 뒤덮인 산들은 그리움을 품은 채 저 멀리 푸르게 완만하게 이어져 있었다. 구둣방 주인은 서글픈 미소를 지으며 기벤라트 씨의 팔을 잡았다. 기벤라트 씨는 이 시간의 정적과 이상하게 마음이 쓰라린 수많은 상념들에서 빠져나와 당황해하면서 익숙한 자신의 삶의 골짜기를 향해 머뭇머뭇 발걸음을 옮겼다.

흔들리며 성장해 가는
젊은 영혼들을 위하여

박광자(옮긴이)

일곱 개의 장章으로 구성된 헤세의 『수레바퀴 아래서Unterm Rad』는 사춘기 소년 한스 기벤라트의 학창 시절을 보여 준다. 마을의 자랑거리인 한스가 신학생을 선발하는 주州 시험에 합격하여 예비 신학교에 입학하지만 학교 생활에 적응하지 못하고 죽음을 맞게 되는 약 1년 반 동안의 이야기이다. 헤세의 초기작에 속하는 이 작품은 1906년(29세)에 발표되었는데, 자서전적인 성격이 강하다.

1877년에 뷔르템베르크 주의 소도시 칼프에서 태어난 헤세는 라틴어학교 졸업 후 마울브론 신학교에 입학했지만, 그다음 해에 학교를 무단이탈하는 사고를 내고 신학교를 나오게 되었다. "13세 때부터 시인이 되기로 결심했다"는 헤세는 신학교를 나온 후 신경쇠약으로 어려움을 겪으며 서점과 공장 등에서 일했다. 시집 『낭만적인 노래Romantische Lieder』와 산문집 『자정 뒤의 한 시간Eine Stunde

---

I   헤르만 헤세의 「짧막한 이력서Kurzgefasster Lebeslauf」에서 인용.

hinter Mitternacht』을 출간했지만 한동안 인정을 받지 못했다. 1904년에야 그는 『페터 카멘친트Peter Camenzind』로 큰 성공을 거두고 결혼도 하게 되어 처음으로 안정된 생활을 할 수 있게 되었다. 『페터 카멘친트』와 『수레바퀴 아래서』는 헤세의 대표적인 초기 작품으로, 이 작품에서 무엇보다 눈에 띄는 점은 뛰어난 서정성이라고 할 수 있다. 특히 고향 칼프의 사계절이 매우 생생하고 아름답게 그려져 있다. 헤세는 다음과 같이 회상한다.

> "나이를 먹어 소년 시절과 청년 시절을 보낸 고향 마을을 다시 보기 어렵게 되면 될수록 점점 더 칼프와 슈바벤에 대한 그리움이 강렬해지기만 한다. 작가로서 내가 숲이나 강, 계곡이나 밤나무 그늘, 전나무 향기에 대해 이야기를 할 때면 그것은 다름 아닌 바로 칼프 주변의 숲, 칼프의 밤나무, 칼프의 전나무와 계곡이었다."[2]

『수레바퀴 아래서』의 구조는 주인공의 장소 이동에 따라 삼등분되는데, 제1~2장에서 한스 기벤라트는 고향 마을에 머물고, 제3~5장은 마울브론의 기숙학교, 그리고 제6~7장에서 다시 고향으로 돌아온다. 줄거리는 권위적인 교육의 '수레바퀴에 깔려' 좌초한 한스가 공장의 견습공으로 새 출발을 시도하지만 며칠 만에 동료들과 어울려 술을 마시고 귀가하다가 강에 빠져 목숨을 잃는 것이다. 한스의 죽음은 사고인지 자살인지 확실치 않지만, 그를 죽게 만든 것은 규율과 통제로 일관하는 학교 교육과 소도시의 답답한 시민사회이다.

---

2 베른하르트 첼러Bernhard Zeller가 쓴 헤세 전기에서 인용.

이 소설은 흔히 같은 해에 발표된 로베르트 무질(1880~1942)의 『생도 퇴를레스의 혼란』[3]과 함께 학교소설, 또는 학생소설로 분류된다. 바이마르 공화국 말기에 뒤늦게 식민지 확보 전쟁에 뛰어든 독일은 애국심, 질서, 절도 등을 강조하며 제국주의적인 교육에 매진하게 되었다. 무질의 군사학교, 『수레바퀴 아래서』의 신학교가 그런 모습을 선명하게 보여 준다. 이런 학교에서는 개인보다 사회, 감성보다 능력이 강조되는데, 그것은 다른 의미에서 우리가 지금 몸담고 있는 능력 위주의 사회, 피 말리는 현대 경쟁사회와 결코 다르지 않기에 헤세의 『수레바퀴 아래서』는 오늘날 한국의 청소년들에게 계속 감동을 주고 있다.

헤세의 소설들은 대부분 성장소설의 형태를 취하고 있다. 모두가 남성이 주인공인데, 이들 주인공은 이성과의 사랑이 아니라 동성 간의 우정을 통해 성장한다. 남성에 의한 남성 교육이 주 내용이다. 주인공들은 대개 자신보다 정신적으로 강한 친구를 멘토로 가지는데, 예컨대 싱클레어에게는 데미안이, 골드문트에게는 나르치스가, 싯다르타에게는 바수데바가 있어 도움을 준다. 『수레바퀴 아래서』에서도 주인공 한스의 동급생 하일너에게서 멘토의 면모를 발견할 수 있다. 하일너는 한스의 멘토이자 도플갱어이며 내면의 소리, 한스의 자기Selbst[4]일 수 있다.

산골 소도시에 하늘의 별처럼 갑자기 나타난 영재 소년 한스

---

3 로베르트 무질Robert Musil: 『생도 퇴를레스의 혼란Die Verwirrungen des Zöglings Törleß』(1906).
4 '자기'란 의식과 무의식을 포괄하는 정신의 정체성, 전체 인격, 당장은 보이지 않지만 시간이 지나면 드러나게 될 것까지를 포함한 '나'이다.

해설

는 경쟁력 있는 활기찬 능력자가 아니라 예민한 감성을 가진 병약한 예술가이다. 하지만 한스는 자신의 정체성을 제대로 인식하지 못한다. 반면 하일너는 자신의 본성을 파악하고 용감하게 자신만의 길을 간다. 치유하는 사람Heiler을 연상시키는 하일너Heilner는 한스에게 한 줄기 빛과 같은 존재지만,『수레바퀴 아래서』에서는 멘토인 하일너의 적극적인 한스에 대한 교육도, 한스의 자기 정체성 찾기도 이루어지지 않는다. 이 점이 10여 년 뒤에 출간된『데미안』(1919)과 다른 점으로, 두 작품 사이에는 헤세의 융 분석심리학과의 만남이 있다. 헤세는 첫 번째 결혼이 실패로 끝나면서 지속적으로 정신과 치료를 받았고, 융의 심리학을 통해 인간의 내면과 자기구현의 과정에 깊은 관심을 갖게 되었다. 그 결과『데미안』에서 주인공 싱클레어는 약 10년에 걸친 사춘기 방황을 통해 그의 자기Selbst인 데미안과 하나가 되어 자기구현Selbstverwirklichung[5]의 길을 찾게 된다.

한편 한스의 익사와 관련해서 강과 익사의 모티브는 헤세 소설에서 반복적으로 등장하는 중요한 모티브가 된다. 마지막에 한스는 세상의 고통을 뒤로한 채 어두운 강물을 따라 골짜기 아래로 떠내려간다. 물에 실려 가는 그의 연약한 몸을 푸르스름한 가을밤이 내려다보고, 그의 손과 머리카락과 창백한 입술을 강물이 어루만지며 장난친다. 개성을 무시하는 교육제도의 희생자인 한스는 불행한 종말을 맞지만 강은 한스의 행복의 공간이 되고, 이후 헤세의 소설에서 강 혹은 익사는 파멸보다 완성의 의미에 더 가까워진다. 예컨

5 자기구현이란 융의 분석심리학의 용어로, 헤세에게 자기구현이란 무상하고 불완전한 존재인 인간이 참된 '자기'를 발견하고 자신의 가능성을 인식하여 지속적인 성장을 위해 노력하는 것을 말한다.

대 『싯다르타Siddhartha』(1922)에서 싯다르타는 삶의 끝자락에서 강을 바라보며 완성의 미소와 함께 삶을 마감하고, 만년의 대작 『유리알 유희Das Glasperlenspiel』(1943)에서 유리알 유희의 명인 크네히트는 차가운 호수에 뛰어들어 죽음을 통해서 말썽꾸러기 제자에 대한 그의 대교육을 완성한다. 거기서 물은 완성의 공간이다.

『수레바퀴 아래서』에서 또한 주목할 점은 기성사회와 아웃사이더, 시민사회와 예술가/지성인과의 대립이다. 전지적 시점의 화자는 제1장에서 한스를 소개하면서 지나치게 똑똑한 것은 몰락의 징조라고 경고한다. 한스는 외딴 그의 고향에서는 볼 수 없던 특출한 아이로, 무지한 대부분의 마을 사람들이나 한스의 아버지와는 다른 세계에 속한다. 한스는 자연을 사랑하는 소년으로 처음부터 견습공으로 공장에서 일할 수 있는 생활인은 아니다. 그를 죽게 만든 것은 좁은 의미로는 교육제도이지만 넓은 의미로는 속물적인 시민사회이다. 소박하고 도덕적으로 보이지만 편협한 기성사회에서 한스는 외로운 아웃사이더이다. 그의 때 이른 죽음은 계속되는 두통과 질병으로 예고된 바 있다.

이 작품에서 사회에 융합되지 못한 첫 희생자는 누구의 눈에도 띄지 않게 겨울 연못에 빠져 죽은 힌딩어이다. 유대인이라는 존재 자체가 이미 그의 아웃사이더적 성격을 잘 드러내는데, 힌딩어는 그와 마찬가지로 말이 없는 그의 아버지만 참석한 장례식을 끝으로 조용히 사라진다. 같은 아웃사이더지만 이들과 반대되는 인물이 하일너이다. 조숙한 그는 교장의 훈시를 면전에서 반박하고, 한스가 성서처럼 귀하게 여기는 교과서에 마구 낙서를 하고 학교를 무단이탈하고 자퇴하여 고향으로 돌아간다. 그 후의 생활에 관해서는 자

215

세히 서술되어 있지 않지만, 하일너는 삶의 고뇌를 무난히 극복하고 성인이 된 것으로 서술되어 있다. 하일너는 『데미안』에서 카리스마 있는 멘토인 데미안으로 다시 등장한다. 초기작 『수레바퀴 아래서』는 방대한 헤세 문학의 여러 모티브와 주제를 발견할 수 있는 흥미로운 작품이다.

작가 연보

1877 7월 2일 남독의 소도시 칼프Calw에서 아버지 요하네스 헤세와 어머니 마리 군데르트 사이에서 탄생. 아버지는 발틱계 독일인, 어머니는 스위스 혈통이었음.

1890 라틴어학교에서 수학.

1891 7월에 목사가 되기 위한 관문인 마울브론 신학교 입학.

1892 3월에 신학교 중퇴. 작가가 되기로 결심.
5월부터 바트 볼, 슈테텐, 바젤에서 정신과 치료받음.

1893~94 에스링겐에서 서점 직원으로 일함.

1894~95 고향의 탑시계 공장에서 견습사원으로 일함.

1895-99 튀빙겐에 있는 헤켄하우어 서점의 직원으로 일함.

1899 시집 『낭만적인 노래Romantische Lieder』와 산문집 『자정 뒤의 한 시간Eine Stunde hinter Mitternacht』 발간.

1899~1903 바젤에서 서점 점원으로 일하며 스위스 여행.

1901 첫 번째 이탈리아 여행(프로렌스, 라벤나, 베니스).
『헤르만 라우셔의 유작집Hinterlassene Schriften und Gedichte von Hermann Lauscher』 출간.

1902 어머니 사망.

1903 두 번째 이탈리아 여행.

1904 『페터 카멘친트Peter Camenzind』의 성공과 명성.
마리아 베르누리Maria Bernouli와 결혼. 가이엔호펜의 농가로 이주.

1906 『수레바퀴 아래서Unterm Rad』 출간.

1907 가이엔호펜에 새집을 마련하고 이사. 『이편에서Diesseits』 출간.

1907~12 잡지 『메르츠März』의 공동 발행인이 됨.

1908 『이웃 사람들Nachbarn』 출간.

1910 장편 『게르투르트Gertrud』 출간.

1911 시집 『도상에Unterwegs』 출간. 한스 슈트르트체네거와 인도 여행.

1912 『우회로Umwege』 출간.

1912~19 베른으로 이주.

1913 『인도에서Aus Indien』 출간.

1914 『로스할데Roßhalde』 출간.

1914~19 '베른 독일포로 복지회'에서 활동. 전쟁 반대와 다수의 정치평론 발표.

1915 『크눌프Drei Geschichten aus dem Leben Knulps』, 시집 『고독한 자의 음악Musik des Einsamen』 출간.

1916 정신과 의사인 랑Lang박사의 치료를 받음. 루체른 근처의 요양지에 체류. 『아름다워라 청춘이여Schön ist die Jugend』 출간.

1919 에밀 싱클레어라는 필명으로 『데미안Demian』 발표.

1919~22 잡지 『비보스 보코Vivos Voco』의 공동 발행인이 됨.

1919 테신의 몬타뇰라Montagnola로 이주. 수채화 그리기 시작.

1920 『화가의 시Gedichte des Malers』, 『클링조어의 마지막 여름Klingsors letzter Sommer』, 『방랑Wandern』, 『혼란을 보며Blick ins Chaos』 출간.

1921 『시선집Ausgewählte Gedichte』 출간.

1922 『싯다르타Siddhartha』 출간.

1923 『싱클레어의 비망록Sinclairs Notizbuch』 출간.

스위스 국적 취득. 마리아 베르누리와 이혼.

1924 루트 뱅어Ruth Wenger와 결혼.

1925 『요양객Kurgast』 출간.

1926 『그림책Bilderbuch』 출간. 프로이센 예술원 회원이 됨.

1927 『황야의 이리Der Steppenwolf』 출간. 루트 뱅어와 이혼.

1928 『관찰Betrachtungen』, 시집 『위기Krisis』 출간.

1929 『밤의 위안Trost der Nacht』, 『세계 문학 안내Eine Bibliothek der Weltliteratur』 출간.

1930 『나르치스와 골드문트Narziß und Goldmund』 출간. 프로이센 예술원 탈퇴.

1931 예술사가인 니논 돌빈Ninon Dolbin과 결혼. 『유리알 유희Das Glasperlenspiel』 집필 착수.

1932 『동방여행Die Morgenlandahrt』 출간.

1933 『정원에서의 시간Stunden im Garten』 출간.

1937 『회고록Gedenkblätter』, 『신 시집Neue Gedichte』 출간.

1939~45 나치에 의해 독일에서 출판 금지 당함.

1943 『유리알 유희Das Glasperlenspiel』 출간.

1945 『꿈 여행Traumfährte』 출간.

1946 노벨 문학상 수상. 시사 평론집 『전쟁과 평화Krieg und Frieden』 출간.

1947 베른대학교에서 명예박사학위 받음. 고향 칼프의 명예시민에 위촉됨.

1951 『만년 산문Späte Prosa』 출간.

1955 『전집』 6권 출간.

1957 『전집』 7권 출간.

1962 8월 9일 뇌출혈로 사망. 성 아본디오 묘지에 안장됨.

작가 연보

수레바퀴 아래서

클래식 라이브러리 011

1판 1쇄 인쇄 2024년 3월 15일
1판 1쇄 발행 2024년 3월 25일

지은이 헤르만 헤세
옮긴이 박광자
펴낸이 김영곤
펴낸곳 아르테

TF팀 이사 신승철
TF팀 이종배
출판마케팅영업본부장 한충희
마케팅1팀 남정한 한경화 김신우 강효원
출판영업팀 최명열 김다운 권채영 김도연
제작팀 이영민 권경민
디자인 최원석

출판등록 2000년 5월 6일 제406-2003-061호
주소 (우 10881) 경기도 파주시 회동길 201(문발동)
대표전화 031-955-2100
팩스 031-955-2151

ISBN 979-11-7117-507-9 04800
ISBN 978-89-509-7667-5 (세트)

아르테는 (주)북이십일의 문학·교양 브랜드입니다.

——— 책값은 뒤표지에 있습니다.
——— 이 책 내용의 일부 또는 전부를 재사용하려면 반드시
      (주)북이십일의 동의를 얻어야 합니다.
——— 잘못 만든 책은 구입하신 서점에서 교환해 드립니다.

『슬픔이여 안녕』『평온한 삶』『자기만의 방』『워더링 하이츠』『변신』『1984』『인간 실격』『도리언 그레이의 초상』『월든』『코·초상화』『수레바퀴 아래서』『데미안』『비계 덩어리』『사랑에 대하여』『라쇼몬』『이방인』『노인과 바다』『위대한 개츠비』『작은 아씨들』

클래식 라이브러리 시리즈는 계속 출간됩니다.